역사소설

# 황 제

## 제국의 부활

**❶**

文 榮

평민사

역사소설

# 황 제

— THE EMPEROR —

**❶**

## 책 쓰기 전에 만난 사람

나는 고종을 '조선왕조를 멸망시킨 마지막 황제'라고 하는 일제의 식민사관이 신경질 나게 싫어서 고종의 참 모습을 보여주는 소설을 쓰고 싶었다. 그리고 이 작품에 내 일생일대의 모험을 걸고 싶었다. 그래서 대학 후배인 모 방송사의 신모 PD를 찾아갔다. '고종황제'를 다시 조명하고 싶었기 때문이다.

신PD를 찾아간 이유는 그와 개인적인 인연이 있었기 때문이었다. 방송국 일층 로비에 도착해서 문자를 보내니 그가 웃으면서 내려왔다. 신입사원시절 햇병아리처럼 항상 밝았던 모습 그대로였다. 십오 년 만의 재회였다. 신PD는 당시 '차마고도'라는 방송사에 한 획을 긋는 다큐멘터리 프로그램을 제작하여 방송대상을 휩쓴 유명한 PD가 되어 있었다.

"고종황제를 재조명하고 싶어… 만약 고종이 없었다면 말이야 우리나라는 아마 1890년대에 이미 일본에게 먹혔을 거야…"

1890년대에 일본의 식민지가 되었다는 의미와 1900년대에 식민지가 되었다는 것의 차이는 역사적으로 실로 엄청나다고 나 혼자 생각하면서 침을 튀겼다. 그는 빙긋이 웃는 모습으로 나를 올려다 보며 말했다.

"다 맞는 말이에요. 근데 말이죠… 이상하게 고종 얘기만 하면 시청률이 2~3 퍼센트는 떨어져요. 우리나라 사람들이 왕조의 멸망 사는 본능적으로 싫어하는 것 같아요."

신PD는 입사 초년병 시절, 방송사에 입사해서 다들 싫어하는 노래자랑 프로에 배정을 받았다. 'PD는 다 그런가 보다…' 하면서 멋도 모르고 3년 동안 빡세게 공개방송 프로그램 조연출을 하면서 전국을 유랑, 갖은 고생을 다했다. 그러다가 '역사다큐' 프로를 맡아 자기 전공을 살려 우리 역사를 기본으로 하는 다큐전문 PD로 정식 입봉했다. 전공을 살리는 프로를 맡아서 몇 년 동안이나 제작을 했으니 많이 신이 났겠지? 재미와 함께 의무감도 느꼈을 것이다.

그런데, 재미와 의무감이 너무 과해서 급기야는 세계의 오지, 티 벳에서 3년간 티벳인과 함께 먹고 함께 자고, 굶고, 주리며 인류사에 길이 빛날 '차마고도' 라는 프로그램을 제작하여 방송계의 흐름을 뒤바꾸어 놓은 장본인이 되었다. 그런 대 PD 앞에서 '역사' 를 주제로 '아는 척' 을 할 수 있다는 사실은 자못 신나는 일이었다.

"그래? 아니 고종황제가 '대한제국' 을 세우지 않았다면 일제가 우리나라를 훨씬 일찍 합병을 했을 것이고 더 악랄하게 착취를 했을 것 아냐? 만약 그렇게 됐다면 국력이 엄청나게 강해진 일본은 아마 중일전쟁, 태평양전쟁에서 이겨서 지금의 세계는 미국과 일본, 이렇게 양극체제가 돼 있을 거야… 그러니, 고종이 인류역사에 끼친 위업은 정말 놀라운 거야. 난 그걸 알리고 싶다고…"

거품을 물고 말하는 나의 모습을 차분하게 바라보는 그. 사. 람. 인간적으로 정말 무지… 침착하다. 성격이 원래 그런가? 아니면… 냉정함을 잃지 말아야 하는 그의 직업이 인간을 그렇게 만들었나? 내 생각에는 아마 원래 그런 자기 성격에다가 티벳에서 삼 년간 오체투지를 하고 방금 돌아와서 그런가보다 생각했다. 오체투지 하는 사람들을 골백번 카메라에 담다 보면… 자기도 머릿속으로 수만 번 그들과 함께 오체를 (정신적으로지만…) 땅바닥에 투지했을 것이다. 왜, 그런 것 있지 않은가? 공부 잘하는 사람 옆에 앉으면 괜히 공부가 하고 싶어지는 마음….

"아, 선배님이 소설을 쓰시겠다는 데야 누가 말립니까. 자판이 가자는 대로 가면 되지요…."

신PD가 그 말을 하는 동안 나는 그의 이마를 유심히 관찰하기로 하였다. 혹시나 정신적 오체투지를 해도 인간의 육체에 어떤 영적인 흔적이 남게 되지 않을까 하는 의구심 가득한…. 눈. 빛. 으. 로….


"근데 말이야. 고종에게 엄청난 황금이 있었던 것 같아. 그리고 고종이 미국인 헐버트를 통해서 독일은행에 엄청난 자금을 입금시켰다는데 그것에 관한 기사도 얼마 전에 신문에 났었잖아?"

이마 한가운데에가 조금 붉어진 것 같다는 느낌이 들은 순간, 신PD가 퉁명스런 얼굴을 조용히 접고 테이블 앞으로 살그머니 다가온다.

"그래요…. 그 기사, 나도 봤어요."

관심이 약간 동한 모습이다. 돈 얘기에는 약하구나…

"근데, 그뿐만이 아냐. 대원군이 남긴 황금이 지금도 궁궐 내의

지하 어딘가에 묻혀 있고 그 분량이 엄청난 것 같아. 그리고, 6.25 때 의친왕의 하인이 의친왕의 보따리 등짐을 지고 피난을 가다가 서울역 앞에서 냅다 튀었다는데 그 안에 보물지도가 들어있었던 것 같거든. 그리고 말이야… 의친왕이 해방되자마자 경복궁 안에서 고종이 쓰시다 남긴 황금을 찾아내서 자기 의붓아들을 시켜서 미국으로 보낸 것 같은데, 지금 그 규모가 엄청나게 불어나서 미국의 각종 펀드에 저축돼 있다는 얘기도 있어. 의친왕이 원래 소싯적에 미국에서 유학생활을 좀 했었거든…"

신PD가 좀 더 앞으로 다가서며 내게 물었다.

"그래요? 그거 흥미 있는 얘기네요. 그런 걸 써야 사람들이 책을 볼 거예요. 요즘 누가 책을 사서 봐요?"

"알았어. 내가 책을 쓰다가 그쪽에 관한 자료나 소스가 있으면 보내주지. 역사다큐 제작하는 데 필요하다면 활용해봐. 근데, 그런 돈 얘기보다는 나는 고종황제가 정말 위대하다는 걸 보여주고 싶은데…"

나는 아쉬운 마음을 뒤로 하며 그와 헤어졌다. 딴은 그렇다. 아무리 위대한 황제라 해도 그 당시는 일본이 우리보다 국제화가 몇 발 앞섰으니 우리가 따라잡기란 무리였을 것이다. 역사에서 대가를 지불하지 않는 공짜 발전이란 없으니까…. 그렇더라도 고종이 그 당시 미약한 국력에도 불구하고 현란한 외교술과 판단력으로 일본의 침략야욕을 결정적 시기인 20년간이나 지연시킨 사실은 우리 역사에서 드러나지 않는 위대한 업적이다. 조선역사에서 최고의 공격수가 태조 이성계나 세종대왕이라면 최고의 수비수는 고종황제일 것이다. 공격수는 화려한 조명을 받지만 수비수는 잊혀진다.

그러나 내가 만일 감독이라면 아마 제일 먼저 수비수를 선발하지 않을까? 나는 그런 점을 쓰고 싶었으나 사실…. 황금의 소재에 대해서도 궁금하지 않은 것은 아니다!

황금! 막대한 분량의 황금과 황실 비자금. 어디에 어떻게 숨겨져 있을까? 독일은행에 지금도 있다는 그 고종황제의 헐버트 비자금은 어떻게 하면 다시 찾을 수 있을까? 그리고 과연 대원군이 목숨 걸고 지킨 거대한 황금은 궁궐 어디쯤에 숨겨져 있을까? 단서는 없을까? 지금이라도 금속 탐지기를 동원해서 샅샅이 뒤져 볼까? 경복궁 지하에 과연 비밀통로가 있을까? 헐버트는 왜 그렇게 아픈 몸을 이끌고 굳이 한국으로 돌아오셨고 왜 일주일 만에 돌아 가셨을까? 미국에는 의친왕의 숨겨진 후손이 살고 있을까? 그들이 과연 고종이 남긴 내탕금을 잘 간수해서 수 억, 조 원으로 불려 놓았을까?

나는 모른다. 그러나 일단…. 모든 가능성은 열려 있다!

# 황제

**1**

### 차례

1 만남 _13

2 서고 _19

3 금줄 _25

4 금역 _30

5 계획 _37

6 혁파 _42

7 대비 _47

8 서원 _52

9 섭정 _57

10 합하 _62

11 색주 _68

12 연모 _74

13 습격 _81

14 충돌 _87

15 수결 _93

16 배필 _98

17 걱정 _102

18 중건 _107

19 비결 _115

20 결론 _121

21 비석 _126

22 단서 _131

23 국혼 _137

24 실록 _142

25 분노 _150

26 지연 _155

27 임무 _162

28 상소 _167

29 철수 _174

30 이전 _181

31 설득 _186

32 흉계 _192

33 타령 _198

34 혼사 _204

35 방화 _209

36 양요 _215

37 후사 _221

38 해산 _227

39 왕자 _233

40 장조 _239

41 정조 _246

42 연합 _252

43 동도 _258

44 서기 _264

45 회의 _270

46 임신 _276

47 난산 _281

48 음모 _287

# 1
# 만남

시카고 미술관은 그 규모가 엄청나게 크다. 그 큰 미술관을 하루에 다 본다는 것은 무리다. 물론 주마간산(走馬看山)식으로 둘러본다면야 할 말은 없지만 입장료가 아깝지 않은가? 어린 시절… 크리스마스카드에서 보았던 빨간 모자를 쓴 예쁜 여인과 아이의 그림에 나의 필이 꽂혔다. 정말 아름다웠다. 르누아르의 그림이다. 원본을 보니 정말 더욱 아름다웠다. '역시 그림은 원본으로 봐야 해…' 이런 생각을 하는 순간…

"르누아르의 그림을 좋아하십니까?"

하얀 피부에 키가 큰 백인이 유창하게 한국말을 걸어왔다. 나는 속으로 '혼혈 한인이 세일 것이다'라고 생각했다.

"예. 정말 아름다운 그림입니다. 저 그림을 보고 있으니까 마음이 정말 편안해집니다."

"그렇죠? 저도 그렇습니다."

그 백인도 나의 말에 적극 찬성하는 것 같았다. 미국에서는 모르는 사람들끼리도 거리낌 없이 말을 나누는 것이 그 나라의 풍습이다. 나는 그냥 인사치레로 물었다. 나에게 질문을 해 준 보답이라고나 할까?

"여기 사십니까?"

시카고에 나는 아들 제이드의 졸업식 때문에 오게 되었다. 시카고 미대 졸업반인 제이드가 세계적인 건축가 '부르스 모어' 에게 선발되어 육 개월 간의 학사 훈련 과정을 마치고 학점을 취득하여 졸업을 하게 된 것이다. 다 늘어서 갑자기 미술공부를 해야 되겠다며 학부생으로 편입학한 제이드가 수십 대 일의 경쟁을 뚫고 학부생으로는 유일하게 '부르스 모어' 의 연습생이 된 것이다. 면접날, 다른 학생의 포트폴리오는 일 분도 안 보던 '부르스 모어' 가 제이드를 면접할 때는 무려 삼십 분을 할애하여 묻고 또 물었다고 한다. 특히, 자연공원에서 꽃을 심는 방법으로 '콩 속에 씨앗을 넣은 뒤, 비둘기에게 먹여 똥을 싸게 하여 자연스럽게 꽃을 퍼뜨려보자' 는 제안에 대해서 부르스 모어가 몹시 호기심을 느꼈던 모양이다. 자연 생태계의 방법대로 자연을 만들어내자는 제이드의 간단한 아이디어는 그가 수조 원 규모의 대규모 자연생태공원 설계를 앞두고 있었기 때문인 것으로 생각된다.

"뉴욕에서 왔습니다. 딸아이의 졸업식 때문에 왔죠."

"그래요? 그럼 혹시 시카고 미대?"

"예. 그렇습니다. 그럼 당신도?"

우리는 금세 친해졌다. 그의 이름은 아이작 리였다. 예상대로 미국에서 태어난 절반의 한인 이 세였다. 다음날 오전, 햇볕이 쨍쨍 내리쬐는 시카고 공원에서 현대미술가 중 최고의 작품가격을 자랑한다는 제프쿤스의 지겨운 영어 연설을 참아가며 졸업식을 마쳤다. 나는 아이작을 만나기 위해 복잡한 졸업식장을 빠져나와 다시 약속 장소인 어제의 시카고 미술관으로 향했다. 어제의 르누아르 그림 '테라스에서' 앞에서 만나기로 했다.


"나보다 먼저 오셨군요."

"저도 금방 왔습니다."

유네스코에 근무하는 아이작은 작년에 서울을 다녀왔노라고 말하면서 내게 질문을 했다.

"이 그림을 보면 무엇이 느껴지십니까?"

"음… 편안함. 그리고 그리움이랄까요? 저는 특히 돌아가신 어머니 생각이 납니다. 어머니께서 살아계셨다면 젊었던 시절에 아마 저런 모습이 아니었을까 하는 생각 말입니다."

"마음속에 숨겨진 그림이 떠오르신 거군요."

"예. 그렇습니다. 저도 저 그림을 보기 전에는 내 마음속에 그런 그림이 있었는지 몰랐습니다."

"풍수를 믿으십니까?"

밑도 끝도 없는 풍수 이야기가 튀어나왔다. 혹시나 수맥을 보는 전문가가 아닌가 하여 내가 되물었다.

"혹시, 조상분들 중에 탐침봉을 들고 석유 캐시던 분이 계십니까?"

서부영화에서 보면 '기역' 자 쇠막대기 두 개를 평행으로 들고 물이 있는 곳을 찾으러 다니다가 쇠막대기가 서로 만나는 지점을 파냈더니 갑자기 물이 아니고… 석유가 나와서 부자가 되었다는 등의 이야기가 생각났다.

"그런 조상 분은 안 계시지만 제가 대학서 문화인류학을 공부할 때, 풍수에 관해서 공부했습니다. 결국 풍수란… 인간의 마음속에 그려진 심상을 끄집어내어 풀어내는 학문이라고 생각합니다. 이 그림이 당신에게 그런 역할을 하고 있군요."

"그렇습니다. 저는 그런 개인적인 차원의 풍수가 아닌 국가적 운명이나 세계적 조류에 대한 '대풍수'에 대하여 나름대로 연구를 하고 있었습니다."

"그래요?"

나의 '대풍수' 이야기에 대하여 아이작이 호기심을 느낀 모양이었다.

"그렇다면, 전 국민의 마음속에 감추어진 풍수를 말하는 것이군요?"

"예. 그렇습니다. 역시 금방 이해를 하시는 군요. 그리고 이미 결정되어있는 풍수를 변화시키는 차원으로서의 '풍수화'도 연구하고 있습니다."

"풍수가 바뀔 수 있나요? 산이 갑자기 꺼진다면 몰라도…"

"예. 산을 바꾸는 것은 할 수 없을지라도 마음속에 들어있는 산의 모습은 변화시킬 수 있습니다. 그리고 산이 무슨 재개발이나 그런 과정을 통하여 없어진다고 해도 마음속에서까지 없어지는 것은 아니지 않습니까?"

"그렇지요. 이번에 한국에 가서도 그런 이야기를 많이 하고 왔습니다. 청계천 광장에 엄청나게 큰 불기둥을 세웠더군요. 그것 때문에 불로 인한 큰 사고나 골치 아픈 문제가 많이 발생될 것 같습니다. 걱정입니다."

아이작이 잠시 머뭇머뭇하더니 내게 진지한 어조로 입을 열었다.

"당신에게 하고 싶은 말이 있습니다. 지난 백 년 간, 아무에게도 말하지 못했던 이야기가 있는데요. 조용한 데로 자리를 옮길까요?"

백 년 간 말하지 못하던 이야기라니… 무슨 이야기일까? 백 살도 안 되어 보이는 사람이 말이다. 궁금증이 일어난 나는 그가 안내하는 온타리오가의 팟벨리 샌드위치점으로 자리를 옮겼다.

"지금, 경복궁 지하에 엄청난 분량의 금괴가 있습니다. 대원군과 고종황제께서 관리하시던 황금입니다."

아이작이 다소 황당하지만 거대한 화두를 불쑥 꺼냈다. 언제였던가? 먼 옛날 어느 땐가 잠시 들었다가 기억 속으로 아스라이 사라진 황실금괴 이야기… 그 이야기를 미국 시카고 한복판에서 서양인의 얼굴을 한 낯선 사람에게 듣게 되다니… 속으로 깜짝 놀랐지만 태연한 척… 하며 내가 되물었다.

"그렇습니까? 규모는 얼마나 되나요?"

"수조, 아니 수십조 원에 이를지 모르는 규모입니다."

"아니, 그런데 그게 왜 지금까지 남아 있답니까?"

"예. 남아있게 된 데에는 사연이 있습니다. 아마 조만간 발굴이 되겠지요."

엄청난 금괴가 아직까지 남아 있다는 것은 실로 뜻밖의 이야기였다.

"그럼, 만약에 발굴된다면 그 소유권은 어떻게 됩니까? 누가 주인이 된다는 이야기입니까?"

"글세… 그게 좀 애매합니다. 국가 소유인지 후손 소유인지 매우 불분명해졌습니다. 그리고 문화재 영역을 단순한 금괴 매장설만 가지고 훼손할 수는 없지 않겠습니까?"

"그렇겠지요. 그런데 그게 왜 거기에 묻혔답니까?"

"만약 거기에 금괴가 묻힌 사연을 제가 이야기하면 당신이 글로

써 주실 수 있겠습니까?"

"글이라면 뭐… 얼마든지 쓸 수 있습니다. 어려운 일은 아니지요."

"아니, 제 얘기는 그게 아니라… 그 일이 쉽지 않을 것이라는 뜻입니다. 오랜 시간 동안 글을 쓰시게 되면 아마 엄청나게 많은… 어려운 일들이 벌어질 것입니다."

"어쨌든 이야기를 해 주신다면 그건 제가 알아서 생각을 해 보겠습니다."

"좋습니다. 그렇다면 제가 그동안의 이야기를 다 해드리겠습니다. 서울로 돌아가서 제 친구들을 다시 만나기 전에 당신께 모든 것을 말씀드리게 되어 정말 기쁩니다. 그러니까 지금으로부터 약 백사십여 년 전의 이야기입니다."

아이작의 이야기가 시작되었다. 그의 가슴속에서 오랫동안 묵혀 두었던 이야기가…

# 2

# 서고

익성군 명복이 대궐에서 보낸 가마를 타고 들어가 나라의 주인이 된 지 백일이 지났다. 1863년 12월 8일, 철종이 후사 없이 승하하자 조대비는 영조대왕의 현손인 홍선군 이하응의 둘째 아들 명복을 익성군으로 봉한 뒤, 조선의 26대 임금으로 보위에 올린 것이다. 앞마당에서 팽이를 치며 놀던 자신의 둘째 아들 명복이 애꾸눈 관상쟁이 백운학에게 큰 절을 받은 후, 이태가 지나자 만인지상의 자리인 왕이 되어 대궐로 들어갔다. 모든 것은 미리 정해진 것인가? 그러나 홍선군 이하응에게는 전과 별반 달라진 것이 없었다.

철종대왕 승하 이튿날, 조대비는 임금의 아버지가 된 그의 작호를 대원군으로 승격시키라는 전교와 함께 약간의 봉토를 내렸으나 그는 사양하였다. 대원군이란 임금의 아버지라는 존칭 외에 다른 뜻은 없으니 전교가 있건 없건 당연히 받을 작호를 받은 것 아닌가? 딱히 달라진 것을 꼬집어내라면 하나 있긴 있었다. 그가 가는 곳마다 사람들이 모두 고개를 숙이고 예를 차린다는 것이다. 백일 전을 되돌아본다면 이는 엄청난 변화였다.

"조대비는 지금 나에 대해서 어떤 생각을 하고 있는 걸까?…"

창덕궁 외원을 가로지르던 이하응은 앞으로 전개될 사태에 대하여 어떤 예측을 하여 어떻게 행동을 하여야 할지 마땅한 방책이 없었다. 앞으로 뭐가 어떻게 될지 도무지 감을 잡을 수가 없었다. 암중모색(暗中摸索)… 단지 지난 육십 년간 안동 김씨 일파가 조선을 쇠망의 길로 이끌었다는 믿음만은 확실했으므로 혹시나 자신에게 어떤 기회가 주어진다면 그들을 모두 휩쓸어버리고 오천 년 역사의 대업을 이루고 싶은 마음뿐이었다. 허나 안동 김씨들이 어떤 사람들인가? 정조대왕이 일으켜 놓은 업적이 세도정치로 근간부터 흔들리고 있었다. 겉은 멀쩡해 보이나 손으로 툭 치면 먼지가 되어 부서져 내리는 낡은 누각 같은 모습…. 그것이 지금의 나라꼴이었다.

"안동 김씨들을 몰아내려면 뭔가 강한 힘이 필요해…."

멀찍이 바라보니 허름한 누각이 눈에 들어왔다. 2층 건물이다. 우뚝 서 있는 모습이 매우 을씨년스럽다.

"종복아 저기 보이는 누각은 무엇이냐?"

"예. 소인은 잘 모르옵니다. 예전에 규장각으로 쓰이던 곳 같은데… 책을 모아놓은 창고가 아니겠습니까?"

자신과 같은 해에 태어난 종복은 어렸을 때부터 자신을 모셔온 하인이다. 절대 먼저 나서는 일이 없고 또 알고 있는 것도 많았지만 진득한 성격이라 묻기 전에는 먼저 말하는 법이 없었다. 할아버지 대로부터 대대로 운현궁에서 살았으니 어렸을 적부터 함께 공부하고 함께 놀았던 친구 겸 하인이다.

"책이라… 규장각이라면 정조대왕께서 아끼던 그 규장각이 아니더냐?"

몇 번 지나쳤던 길이지만 처음으로 누각의 모습이 그의 눈에 들어왔다. 정조대왕은 규장각으로 쓰이던 이곳이 이렇게 되리라고 생각이나 하셨을까? 대왕께서 살아계셨을 적에는 아마 여기 서고 안에서 수많은 인재들이 나라의 앞날을 걱정하며 밤을 새워가며 연구를 하고 계획을 세웠을 것이다. 그런 자취를 찾아보는 것도 어떤 도움이 될지 모르는 일이라는 생각이 들었다.

"내, 한 번 들어가 보리라"

종복이가 냉큼 앞서더니 누각으로 다가가서 소리쳤다.

"물렀거라. 대원위대감님 행차이시다."

종복의 우렁찬 목소리가 봄볕 내리쬐는 낡은 서고 앞에서 울려 퍼졌다. 누군가 들어야 할 사람이 있겠지.

"물렀거라. 대원위대감님 행차이시다."

아까보다 더 큰 목소리가 아니었으면 아마 아무도 나타나지 않았을 것이다. 커다란 정문이 삐그덕 소리를 내며 앞쪽으로 열렸다. 이내 갓을 쓴 초라한 중늙은이가 허우적대며 달려와 조아렸다.

"뉘시온지요?"

"네 이놈! 대원위대감 행차이시다. 네 직함과 함자를 이르렸다!"

종복은 대원군이 대궐로 들어갈 경우를 대비하여 호령을 미리 연습한 모양이었다. 어쩌면 저리 자연스럽게 잘 둘러댈까? 오십은 넘었음직한 선비가 대원군의 위아래를 훑어보며 대답을 했다.

"소인은 이 서고의 대교직을 맡고 있는 김갑손이라 하오마는, 어쩐 일로 찾으셨는지요?"

"내가 누군지는 이미 알았을 터이고… 그래, 이곳이 정조대왕께서 규장각으로 쓰시던 곳이오?"

"그렇사옵니다마는…"

"내, 한 번 둘러보고 싶으니 안내를 하소. 해 주시겠소?"

반말을 한다는 것은 선비로서의 몸가짐에 어울리지 않는다는 생각에 이하응은 대교라는 선비에게 중간 말로 대응을 하게 되었다. 아직은 아무도 대원군의 존재를 인식하지 못하는지라 대원군도 대궐 안에서는 매사 조심을 할 수밖에 없는 처지. 종복과는 입장이 달랐다. 대교 김갑손이 떨떠름한 얼굴로 대원군을 쳐다보며 아뢰었다.

"대감께서 서고를 둘러보시는 거야 상관없소마는 도대체 무슨 까닭인지 소인 모르겠사옵니다. 갓 쓴 선비가 여기에 제 발로 찾아온 적은 아마 삼십 년 만에 처음인 것 같소…. 이리들 오시오."

김갑손은 서고문을 열고 대원군과 종복을 안으로 들였다. 서고 책장마다 책들이 수북이 쌓여 있으리라… 하는 그의 예상은 그대로 들어맞았으나 예상을 맞추었다는 산뜻한 기분이 들지 않고 오히려 찝찝한 느낌이 드는 이유는 무엇일까?

"대교영감. 지난 삼십 년간 아무도 여기 서고에 사람이 들지 않았다는 것이 사실이오?"

"예. 십년 전인가 가례도감이 있었을 때, 혼사 관계로 그 쪽 사람들이 가례도감 책자를 찾길래 내가 검서관과 함께 그 책자를 찾아서 바친 적은 있소마는 당신 같은 외부 선비가 직접 찾아온 적은 없소이다."

"여기 규장각은 어디 소관이오?"

"정조임금 살아계실 때는 임금께서 직접 경영하셨고 철종임금이 즉위하시고는… 딱히 소관이 없어서 예조 쪽의 직제학께서 관장하셨는데 지금은 예조참판께서 겸직하고 계시오나 참판께서는 이 사실을 아마 모르고 계실 것이옵니다."

버려진 부서임에 틀림없었다. 예상을 맞추고도 찝찝한 느낌이 들었던 이유가 바로 이것이었다. 아무도 여기에 들어오지 않았다는 그 느낌… 그렇게 육십 년이 흘렀다. 그런 느낌이 육십 년간 책장마다 가득 쌓여 있었을 터이니 책들이 자신을 낯설어 하지 않았겠는가?

"대교영감이 관리하시는 서고가 이것이 다요?"

"아니오. 여기 서고와 정색당, 열고관, 개유와 그리고 한두 개 더 있소마는…"

"내 찬찬히 한 채씩 둘러볼 것이니 영감은 여기 있으셔도 되겠소."

그 말을 듣자 대교 김갑손은 황급히 손을 흔들며 말했다.

"다른 것은 상관없소마는 개유와 안의 금줄 쳐진 곳은 절대 들어가면 안 되는 곳이니 그리 아시오."

종복이 득달같이 달려들었다. 대갓집 하인에게 절대적으로 필요한 것은 지략보다는 완력이다. 완력이라면 누구에게도 뒤지지 않는 종복이었다.

"어느 안전이라고 감히 아니 되느냐 하느냐?"

이하응이 조용히 대교에게 하문하였다.

"연유가 무엇이오?"

"금줄이 쳐진 곳은 임금 외에는 아무도 들지 못하는 법이오."

"그런… 곳이 있소?"

호기심이 발동되는 느낌이 단전에서부터 감지되었다.

"대감! 그리로 나를 안내하시오!"

이하응과 종복은 마뜩잖은 낯빛의 대교대감을 따라 개유와 서고의 금줄 앞에 도착했다. 이하응이 금줄을 제치고 안으로 성큼 들어서자 대교의 낯빛이 일그러지며 몸으로 막아서려는 몸짓을 잠깐

보였지만 종복의 부라린 눈길을 보자 이내 구석으로 물러났다. 얼마 후, 금줄 안에서 종복을 부르는 소리가 들렸다.

"종복아 여기 책들을 속히 들고 나오너라…."

종복은 서책 수십 권을 양팔에 끼고 나와 대원군과 함께 운현궁으로 향했다.

# 3

# 금줄

 "캥!'

오후의 후원에 장작 패는 소리가 울려 퍼졌다. 아직은 장작이 필
요한 초봄이다.

"종복아!'

하루종일 방안에 틀어박혀 서책을 읽던 대원군이 큰 소리로 종
복을 불렀다. 후원 아궁이 옆에서 막 장작을 패기 시작하던 종복이
도끼를 땅바닥에 내려놓으며 큰 소리로 대답했다.

"예. 대감나리."

"너 속히 가마를 대령하고 개유와로 떠날 채비를 하거라."

아무래도 책을 또 가져와야 하나보다. 종복은 얼른 적삼을 걸치
고 가죽신으로 바꿔 신었다. 가마를 타러 나오는 대원군의 몸짓이
다른 날과는 달리 날렵해 보였다. 허우적대며 길을 나서는 대원군
은 오른손으로 오래된 서책을 한 권 꽉 움켜쥐고 있었다. 어제 개유
와에서 가지고 나온 서책 중 한 권임이 분명했다. 서책을 힐끗 쳐다
보던 종복이 대원군에게 물었다.

"뭐가 잘못되었습니까?"

혹시나 대원군의 조상이나 부친인 남연군에 관한 기록에 문제가 있지나 않을까 하고 종복은 추측해보았다. 얼마 전, 부친 남연군의 묘를 이장한 것이 혹시라도 문제가 되었단 말인가?

"아니다."

"서책에 무슨 문제라도 있었습니까?"

"내, 장조대왕의 편지를 읽었느니라."

장조대왕이라면 정조의 아버지 즉, 뒤주에 갇혀 돌아가신 사도세자 아니시던가?

"장조대왕께서 뭐가 잘못 되었습니까?"

도대체 앞뒤가 맞지 않는 대원군의 장조대왕 얘기는 뜬금없는 소리였다.

"다른 소리 말고 속히 떠나거라. 날이 저물겠다."


삼월의 봄바람은 아직 차가웠다. 바람이 불어오자 가마꾼들의 얼굴이 찌그러들었다. 종복은 찬 바람을 피하기 위해 가마 옆에 찰싹 달라붙었다. 언덕 너머 저 멀리 경회루 뒤로 인왕산이 보였다. 간밤에 읽었던 서찰 속에서 뜻이 불분명했던 글귀가 아침 내내 대원군의 입속에서 맴돌았다.

"인왕… 이가라…"

"예? 간밤 꿈에… '인왕산이… 가라! 고 해서 지금 가는 것이옵니까?"

"아니다. 내 잠시 간밤에 읽었던 글귀가 생각나서 중얼거렸느니라…"

"인왕이가라 하셨지요?"

바로 곁에서 정확히 들은 종복이 되물었다.

"그렇다. 人王二家라 했느니라. 사람人, 임금王, 둘二, 집家니라."

"그럼, 금가네요. 金家! 人王二자를 하나로 합치면 쇠金자 아닙니까요?"

"그런… 가?"

둘 사이에 잠시 침묵이 흘렀다. 가마가 궁궐 담장 근처에 이르자 대원군이 가마꾼에게 일렀다.

"됐네. 여기서 가마를 멈추게."

"어제 가셨던 개유와를 가시려면 아직 길이 많이 남았사온데…"

"아니다. 가마는 여기 두고 너는 나를 따라 오너라."


궁궐 담장 근처에 가마를 남겨둔 두 사람은 부지런히 발걸음을 옮겨 어제 갔었던 낡은 누각들이 있는 곳으로 다가갔다.

"대교 영감 계시오?"

종복의 호령에 대교 김갑손은 삐걱 하는 소리와 함께 대원군의 앞으로 나타났다. 어제 빌렸던 책을 반납하려고 다시 오는 것 같은데 종복의 품에 서책이 없는 것을 보자 대교가 의아한 얼굴로 물었다.

"무슨 일로 또 오셨소?"

"내, 다시 개유와로 가봐야 할 일이 있으니 앞장서시오."

대원군의 말에 궁시렁거리는 얼굴로 양팔을 소매 속에 넣은 대교가 앞장을 섰다. 또 서책을 가져가려는 것 같았다. 개유와의 문을 열고 세 사람은 다시 금줄 앞에 다가섰다. 조금도 망설임 없이 금줄을 들어 올린 대원군은 어제 책을 가지고 나왔던 서가로 향했다. 장조임금의 편지를 놓아두었던 서가에 다다르자 대원군은 위, 아래, 좌, 우를 번갈아가며 살펴보기 시작했다. 책들이 가득 찬 서가들뿐이었다. 금줄 안이라고 해서 금줄 밖과 다른 점은 없었다. 금줄 안에서 대원군의 큰 소리가 들렸다.

"종복아, 이리 좀 들어오너라!"

책을 가져가려나보다 하고 들어온 종복에게 대원군은 나직이 말했다.

"여기에 이상한 것이 없는지 한 번 샅샅이 살펴 보거라."

"이상한 것이라니요? 책밖에 더 있습니까?"

"글쎄! 여러 말 말고 속히 살펴 보거라. 책 말고 뭔가 이상한 것이 있으면 속히 내게 알리거라. 알겠느냐?"

"예!"


오후의 햇살이 서고의 들창으로 천천히… 가느다란 속도로 들어오고 있었다. 책이 가득한 서고와 오래된 책들, 그리고 그 위에 살며시 내려앉는 나른한 봄의 정적, 책 사이를 가볍게 날아다니는 책 먼지들….

"아무 것도 없는뎁쇼. 책 외에는 없습니다. 없고 말굽쇼."

처음부터 책 외에는 아무 것도 없는 것이 확실해 보이는 서고에서 책 이외의 것을 찾는다는 일은 허공에다 침을 뱉는 일이나 다름이 없었다. 한참 동안 서가를 두리번거리며 헤매던 대원군이 찾기를 포기한다는 뜻의 맥없는 표정으로 금줄을 걷으며 밖으로 걸어나왔다.

"금줄 쳐진 곳이 여기 말고 또 있는 데가 있소?"

책을 가지고 나올 것이라고 예상을 했던 대원군이 빈손으로 나오자 대교는 의아한 얼굴로 대원군을 쳐다보며 대답했다.

"금줄 쳐진 곳은 여기뿐이오. 원래 금줄 쳐진 곳은 국법으로 임금 외에 들이면 안 되게 되어 있소마는 절대 다른 이들에게는 말하지 마시오."

다소 기운 없는 목소리로 대원군이 다시 대교에게 물었다.

"금줄 쳐진 곳이 여기뿐이라면 다른 곳은 아무나 다 들어갈 수 있다는 말이오?"

"그렇지는 않소. 비록 금줄은 안 쳐져 있으나 누각 자체가 금역이라 금줄이 쳐진 것과 마찬가지인 곳이 있소마는…"

"뭐요? 거기가 어디요? 당장 그리로 갑시다."

대원군의 눈이 휘둥그레지며 다그치듯 대교를 향해 앞장을 서라는 시늉을 보냈다. 그러나 대교는 난처한 얼굴로 대답했다.

"여기 금줄 쳐진 곳을 들어가신 것도 국법을 위반한 것이어늘 다시 금역에 들어가신다 하시면 제가 더 이상 가만히 있을 수가 없소이다."

대교가 나름 강경하게 나올 태세였다.

"어느 누각이오?"

"바로 뒤에 금서각이오마는…"

말을 마치자마자 대원군이 소리쳤다.

"종복아, 서둘러라!"

# 4
# 금역

"여기는 금역이오! 보시오. 여기 ‘人王二家’라 새겨져 있지
않소?"

대교가 문지방에 희미하게 쓰인 글자를 손으로 가리키며 말했
다. 간밤에 읽었던 바로 그 글귀였다. 그 글귀가 왜 이런 곳에 쓰여
있을까 하는 의아한 얼굴로 대원군이 그를 쳐다보며 말했다.

"인왕이가라니… 무슨 뜻이오?"

대원군이 궁금증을 이기지 못한 눈빛으로 대교 김갑손을 바라보
자 그가 면박을 주듯이 심드렁하게 대답했다.

"이 양반이 도대체 어느 서당을 나오셨는가? ‘백성과 임금이 두
개의 집을 갖는다’ 하였으니 백성들은 왕의 집에 가까이 오지 말라
는 뜻이지 무엇이오."

"아하! 그렇군요!"

궁금증이 풀린 눈치를 보이자 대교가 외쳤다.

"그러니 어서 돌아가시오!"

아까보다 확실히 더 큰 목소리였다. 김갑손이 두 손으로 문을 가

로 막고 더 이상은 들어갈 수 없음을 표시하자 눈치 빠른 종복이 나섰다.

"비키시오"

종복이 대갈일성 큰 소리로 대교에게 소리쳤다. 곧 완력을 쓸 태세를 보이는 종복! 팔뚝의 근육들이 즉시 쓰일 태세를 하면서 우락부락 튀어 올랐다.

"임금 외에는 아니되오!"

김갑손이 겁먹은 얼굴이었지만 단호하게 종복을 향하여 두 팔을 벌렸다.

"이 자가… 큰 경을 한 번 당해봐야 알겠소?"

대원군이 종복을 가로막으며 나섰다.

"어허… 내 임금의 애비 되는 사람이오. 임금의 명을 받들고 있는 사람에게 어찌 금역이라 하시오? 비키지 않는다면 임금의 명을 어긴 죄를 면치 못할 것이오."

대원군의 절도 있는 호통이 있자 대교의 얼굴에 주눅 든 빛이 역력했다. 대원군은 음성을 낮춰 대교에게 다시 한 번 조용히 하문했다.

"그럼… 임금과 함께 다시 오리이까?"

순간, 대교의 얼굴이 일그러지며 당황하는 표정.

"아, 아니오. 여기는 임금 외에는 들어갈 수 없는 곳이오. 나도 들어갈 수 있는 것은 연에 몇 차례뿐이오. 상감의 수결이 있기 전에는 절대 들어갈 수 없소."

"내, 잘 알았으니 대교 영감은 여기 계시면 될 것 아니오?"

대원군의 부드러운 어조는 협상이 끝난 것임을 뜻하는 것이었다. 즉, 대원군은 어명을 받드는 자로서 금역에 들어가고 나머지 사람은 안 들어가는 것으로서의 묵계였다.

"종복아! 문을 열어라."

열린 문으로 대원군은 성큼성큼 걸어 들어갔다. 대교와 종복은 대원군의 뒤태를 물끄러미 바라보며 하릴없는 얼굴로 서로를 바라보았다. 人王二家라고 쓰여 있는 금서각이라고 해서 다른 서고와 다른 점은 없었다. 서가마다 가득 쌓인 책들. 먼지가 살며시 앉은 책 표지. 도대체 무슨 책이 금서란 말인가? 개유와와 다른 점은 하나도 없었다. 대원군은 한 책, 한 책 자세히 살펴보며 무엇이 다른 서고와 다른 점인가를 파악하려 애쓰고 있었다. 정조임금의 각종 서찰과 정조임금이 어렸을 적에 아버지인 장조에게 드리는 효성의 글, 그리고 정조가 즉위하고 나서 돌아가신 아버지를 그리워하며 쓴 효심록들, 개인 문집, 홍재전서, 어정서 등 모두 정조대왕의 효심과 할아버지인 영조대왕께 드리는 충심의 글들이었다. 모든 책에서 하나같이 정조대왕의 효심과 충심을 읽을 수가 있었다.

"명복이가 이 책들을 읽었어야 하는 건데…"

대원군이 신음하듯 내뱉었다. 그러나 명복이 이 책들을 읽을 필요는 없었다. 이미 만인지상(萬人之上)의 자리에 오를 것을 예상하고 그렇게 가르치지 않았던가! 헌종대왕께서 승하하시고 후사가 없어 강화도까지 내려가서 은언군의 손자를 철종으로 모시는 사태를 보고나서 장차 자기 아들도 임금이 되지 말란 법이 없다는 것을 깨달은 그였다.

"그런데, 다른 서고와 다른 점이 무어란 말인가?"

한참이나 서가를 이곳저곳 뒤져 보았건만 아무런 차이점을 발견하지 못한 대원군은 혼자 중얼거리며 뒤돌아서서 금서각을 나오기 시작했다. 특별한 소득이 없는 오늘 하루였다. 서가의 책들을 뒤로 하고 나오는 순간, 서가의 책들이 그의 뒤통수에 대고 뭐라고 조잘 거리며 낮은 목소리로 비아냥대는 것 같은 느낌이 들었다.

"뭔가? 이 느낌은…."

급히 뒤를 돌아 서가의 책들을 바라보는 순간… 서가의 책들이 갑 자기 눈부시게 빛나고 있다는 느낌이 들었다. 온몸의 모골이 위로 솟구치는 느낌! 자신의 모든 머리털이 하늘로 솟아오르고 있다는 느 낌이 들었다. 서가의 책들을 다시 바라보니 책들이 갑자기 황금빛으 로 빛나고 있다는 느낌이 들었다. 그렇지! 서가의 책들은 다른 서고 의 책들과는 달랐다. 모든 책들이 다 정조대왕이 직접 기록한 책들 이었다. 즉, 정조대왕 당신만이 이곳 금서각에 들어오실 수 있었고 정조대왕 당신만의 비밀스런 모든 것이 이 금서각에 존재할 수 있는 자격이 주어진 것이었다. 모든 책들은 다 정조대왕께서 친필로 직접 기록하신 것들이었고 아무도 이곳에 들이지 못하도록 대왕께서 엄 명을 내리신 것이었다. 그분, 정조대왕만의 공간이었다. 거대한 생 각이 대원군의 머릿속으로 스쳐 지나갔다. 서책들은 모두 종이로 만 들어졌건만 모두다 황금종이로 느껴지는 이유는 무엇인가? 그 이유 가 이 금서각 안에 반드시 존재할 것임이 분명했다.


"정조대왕이시여…."

홍선대원군 이하응의 온몸의 수억 세포가 정조대왕의 모든 것을 흡수하고 있었다. '그렇군요… 대왕님의 혼백이 여기에 계셨군요. 여기 금서각에서 내가 오기를 기다리며 수십 년간 참고 계셨군요. 너무나 늦게 나타나 정말 죄송하옵니다.'

"정조대왕이시여…."

두 발이 저절로 땅에서 걸어지는 느낌이 대원군의 몸에서 느껴졌다. 마지막 서가에 다다르자 다리의 힘이 다 빠져버려 바닥에 털썩 주저 앉았다. 주저앉은 그의 눈앞으로 서가 맨 아래 칸의 책이 다가왔다. 홍인한·정후겸 등을 사사한 후 정조의 정치적 처분이 정당함을 밝힌 『명의록(明義錄)』이었다. 이상한 전율을 느끼며 그 책을 집어들자 나무 바닥에 있는 작은 문고리가 눈앞으로 서서히 다가왔다. 손가락 두 개가 겨우 들어가는 자그마한 문고리였다. 문고리에 손가락을 대고 고심하던 대원군이 힘껏 서가를 밀자, 서가가 천천히 움직였다. 그리고 문고리를 잡고 일어나는 순간 문고리가 위로 치켜 올려졌다. 나무 판이 문고리에 붙어서 문고리를 따라 위로 올려 젖혀진 것이다. 올려 젖혀진 공간 안으로 휑한 공간의 느낌이 따라 올라왔다. 아주 오래된 냄새… 오래된 공간 특유의 냄새가 스멀스멀 기어 올라왔다. 공간을 내려다보았다. 어두웠다. 어두웠지만 그러나 분명하고 강력한 물체들의 느낌이 서서히 느껴졌다. 그 순간, 종복이 人王二家를 金家라고 말한 기억이 번뜩 떠올랐다. 그렇다! 이 집의 이름은 人王二家가 아닌 金家임이 틀림없었다. 대왕께서 금을 보관하시려고 손수 지은 집인 것이다. 저 안에… 정조대왕께서 자신을 위하여 준비하신 유지가 있음이 분명히 느껴졌다. 갑자기 감사를 드리고 싶은 마음이 목구멍에서부터 올라왔다.

"감사합니다. 정조대왕이시어. 감사합니다."

오른발로 발판을 짚으며 조심조심 뒷걸음질쳐 안으로 내려갔다. 사람 키만한 높이의 공간이었다. 그러고 보니, 이 곳 금서각 서고의 바닥은 모두 나무로 되어 있었다. 다른 누각과는 판이하게 달랐다.

들어올 때 왜 그걸 못 느꼈을까? 그의 눈 앞으로 지하창고 안에 가득히 쌓여있는 물체들이 이내 들어왔다. 어두웠지만 뚜렷하게 느껴졌다. 야행성 삵의 눈처럼 대원군의 눈은 모든 것을 파악하고 있었다. 금괴? 만져보지 않아도 그것이 금괴라는 믿음이 확실히 들어왔다. 그 믿음은 되돌릴 수 없는 믿음이었다. 그 확실한 믿음으로 그는 물체의 윗부분에 손을 얹고 한 개의 물체를 집어 들었다. 금괴를 본 적은 없었지만 금괴라는 느낌의 묵직함이 손으로 느껴졌다. 색깔을 구분할 수 있는 빛이 거의 없는 어두운 공간이었지만 그것은 분명 누런 황금색일 것이었다. 앞 이빨로 손에 집어든 물체를 깨물어 살며시 긁어내렸다. 부드러운 금속의 느낌⋯. '나는 금이요' 하고 속삭이는 소리가 조용히 들렸다. 금괴가 확실했다. 손으로 두어 번 무게를 느껴 보았다. 묵직했다. 금괴가 확실했다. 전율이 그의 온 몸을 휘감아 내려갔다. 대원군은 조용히⋯ 그 자리에 꿇어 앉았다.

"정조대왕이시어⋯. 억조창생(億兆蒼生) 우리 조선을 굽어 살피시고 불초한 저에게 이런 막중한 사명을 부여하심을 감사하나이다⋯."

눈물이 두 뺨 위로 주르르⋯ 흘러 내렸다. 한참을 꿇어앉아 있던 대원군은 분연히 떨치고 일어났다. 오른손을 불끈 쥐고 허공을 향해 외쳤다. 어린 아들 고종의 얼굴이 눈앞에 떠올랐다.

"전하! 이제 전하께서 이 못난 아비를 신하로 삼아 이 나라 조선을 다시 살려내시게 되심을 감축드리옵니다."

어린 고종의 웃는 얼굴이 그려졌다. 그러나⋯ 금서각을 걸어 나오는 대원군의 표정은 냉정하기 그지없었다. 두 팔을 도포 안에 구겨 넣은 채로 대원군은 종복에게 크게 외쳤다.

"가자!"

무슨 책을 찾다 말고 허겁지겁 돌아가는가? 두 사람의 뒤통수를 바라보며 대교 김갑손은 중얼거렸다.

"참 이상한 양반들도 다 있구면…."

# 5

# 계획

밤새 뒤척이다가 새벽녘이 돼서야 한 숨을 붙인 대원군의 침소에 종복의 우렁찬 목소리가 울려 퍼졌다. 그 소리에 대원군의 선잠이 깼다.

"대감나리! 아침상 올릴깝쇼?"

퍼득 정신이 든 대원군은 그리다 만 화선지 쪽으로 급히 기어갔다. 어젯밤, 종이로 곱게 싸 놓은 금속괴를 얼른 집어 들었다. 허겁지겁 종이를 풀고 다시 한 번 손으로 힘껏 움켜잡아 보았다. 어젯밤과 똑같은 느낌, 강하고 차가운 느낌 그대로였다. 이 아침의 묵직한 느낌도 어제 느꼈던 금서각에서의 첫 느낌 그대로였다. 거기서 금괴 하나를 도포자락에 몰래 숨겨 가지고 나온 일은 조선 땅에서는 아무도 모르는 혼자만의 비밀이었다. 아니, 거기 금서각 지하에 엄청난 금괴가 있다는 사실을 아는 사람은 오직 자신밖에는 없는 비밀 중의 비밀이었다.

"대감나리! 기침하셨습니까? 아침상 봐 올릴까요?"

"오냐!"

귀찮다는 듯이 대답을 내뱉은 대원군은 다시 한 번 금괴를 찬찬히 바라보았다. 아침 햇살이 마당까지 퍼져 있었지만 방안은 아직 어두 웠다. 확실히 알 수는 없었지만 금괴의 색깔, 노란 빛은 아니었다. 은 괴일 수도 있는 것이었다. 은괴? 은괴와 금괴의 차이는 색깔뿐이다.

"수저를 가져오너라!"

"예? 조반을 가져오라굽쇼?"

대원군이 수저라고 말하는 것 같았지만 종복이 조반으로 되물었 다. 대원군이 뭔가 잠시 헷갈렸다고 생각한 것이다.

"그게 아니고… 수저를 가져오란 말이다. 놋수저!"

"아, 예…"

조반상이 오기 전에 웬 수저 타령이시란 말인가? 조반상 위에 당 연히 수저가 올라오련만 오늘따라 유난을 떠시는군… 종복이 주저 하는 모습을 보기라도 한 것 같이 대원군이 다시 방안에서 크게 소 리쳤다.

"아… 빨리!"

"예!"

부엌으로 달려간 종복은 조반상의 수저를 냉큼 낚아채서 대원군 의 침소로 쳐들어갔다.

"여기 있습니다."

"됐다!"

"곧 조반상 들이겠습니다."

종복이 방을 나선 것을 확인하자 대원군은 노안당 후원으로 통 하는 뒷문을 열고 행랑 마루로 나섰다. 금속괴를 왼손에 들고 놋수 저를 오른손에 든 대원군은 행랑마루에 걸터앉아 금속괴의 가운데

부분을 힘껏 긁어냈다. 그 순간, 찬란한 노란 빛이 아침 햇살에 반짝였다. 금괴다! 의심할 여지가 없는 금괴였다! 다시 각진 옆 부분을 긁어냈다. 역시 노란빛이 반짝거렸다. 온 몸통이 전부 금괴임이 확실했다. 하나의 무게가 대략 백 냥은 되어 보이는 무게였다. 이 정도라면 장안의 고래등 같은 양반집을 열 채는 살 수 있는 값이었다. 정조대왕께서 자신에게 금괴의 존재에 관한 힌트를 주기 위하여 人王二家라는 비밀스런 글귀를 써 놓고 일반인의 출입을 봉쇄하면서 오랜 세월 동안 기다린 것이다.

"음…"

낮은 신음이 대원군의 목구멍 깊은 곳으로부터 흘러나왔다. 고마움과 감격의 기쁨으로 그의 몸이 뜨겁게 달아올랐으나 머리는 더욱 차가워졌다. 그렇다면 어제 보았던 금서각의 지하 창고에 있는 금괴의 총액은 상상을 할 수 없는 어마어마한 분량이었다.

"이걸 이제 어떻게 한다?"

가슴이 쿵쾅거리며 잠시 정신이 혼미해진 대원군의 귓전에 종복의 목소리가 들려왔다.

"조반상 대령이옵니다."

그 소리에 대원군은 화들짝 놀라서 방안으로 튀어 들어왔다. 종복은 조반상을 방 한가운데 놓고 방안을 둘러보았다. 평소의 행동처럼…. 그러자 대원군이 말했다.

"됐다. 나가보거라!"

"아… 예?"

"나가보래도!"

뒤돌아나가며 종복은 다시 한 번 방안을 휘둘러본다. 혹시라도 뭔가 대원군의 신상에 이상이 있다면 이는 자신의 책임인 것이다. 방안 청소나 기물의 정비, 정돈은 모두 종복의 소관인 것이었다. 심심풀이 파적으로 난을 치기를 즐기시는 대감의 방에 항상 화선지와 묵필을 준비해야하는 그였기에 한뻠의 소홀함도 없어야 하는 것이다. 그런 종복의 세심한 눈초리가 오늘따라 마치 자신을 향하고 있는 것 같았지만 대원군은 아무 말도 안 하고 애써 말을 꾹 참았다. 숟가락을 들어 밥을 푹! 푼 뒤 입안으로 가져갔다. 많이 먹어야 할 것 같았다. 뭔가 해야 할 일이 산더미처럼 자신을 향해 다가오고 있는 것 같은 느낌이었다. 그리고 그 일은 다 해내야 했다. 겁이 나기 시작했다.

"가만있자… 저러다 저기 금괴가 있다는 것을 누구 하나라도 안다면…"

거기에까지 생각이 이르자 더럭 겁이 났다. 모든 것이 수포로 돌아가는 것이다. 종복이야 그렇다 치고 우선 자신과 아무 관계가 없는 김갑손 대교가 이 일을 일단 가장 잘 알 수 있는 위치에 있지 않은가? 이건 뭔가 화급한 일이었다. 급하다! 이제 자신이 뛰지 않으면 저 금괴는 자신의 손으로부터 멀어질 것이고 누군가 저 금괴를 차지하는 자, 그 자가 이 세상 모든 권세와 영광을 차지할 것이었다. 그 금괴를 차지할 자는 자신과 자신의 아들 고종임금 이외에는 절대로 존재해서는 안 되는 일이었다.

"저걸 빼앗겨서는 안 된다!"

자신과 임금 이외에는 아무도 이 금괴를 차지해서는 안 된다는 확신이 서자 대원군은 다급해졌다. 우선 김갑손의 눈을 피해야 한다. 조반을 물리자 대원군은 큰 소리로 외쳤다.

"가마를 대령하여라!"

"예…"

개유와에 또 가야 할 일이 생기신 모양이었다. 종복은 가마를 챙기고 대원군에게 말했다.

"가마 대령하였사옵니다."

가마로 급히 내려오는 대원군의 발걸음이 어제보다 더 허우적대고 있었다. 뭔 일이 그리 급하신 것인가? 개유와에 분명 장조대왕의 편지가 있었다고 했으니 그 편지에 임금이 된 명복에게 전할 급한 교훈이 반드시 있음이 분명했다.

"예서 내릴깝쇼?"

어제 내렸던 궁 밖 어귀에 이르자 종복이 가마 안의 대원군에게 말했다.

"아니다. 서고쪽으로 가자!"

"예? 예!…"

가마꾼에게 서고쪽으로 가라 명을 내린 종복은 개유와 앞으로 다가서자 가마를 내려놓았다. 사흘째 대원군이 보이자 대교는 아예 대원군이 다시 올 것이라고 예상했다는 듯이 아무 말도 안 하고 문을 열고 나왔다. 뻘쭘히 서 있는 김대교에게 대원군이 말했다.

"금서각으로 갈 것이오. 너희들도 나를 따라 금서각으로 와서 나를 기다릴 것이다!"

금서각에 이르자 대원군은 직접 손으로 문고리를 열어젖히고 잰걸음으로 안으로 들어갔다. 잠시 후… 두 손을 도포자락에 깊숙이 찔러 넣은 대원군이 어색한 걸음걸이로 누각의 문 앞에 나타났다.

"가자!"

아침결에 갑자기 찾아온 대원군이 어기적거리며 가마를 타고 금방 떠나버리자 대교는 어제와 비슷한 말을 다시 중얼거렸다.

"참, 알다가도 모를 양반이로구먼…."

# 6

# 혁파

황금의 보호가 가장 시급한 문제였다. 하루라도 지체했다가 누구의 입에서라도 그 사실이 알려진다면 모든 것은 허사가 되는 것이다. 낮말은 쥐가 듣는다 했던가? 새가 듣는다 했던가? 머릿속이 흔들렸다. 지식체계가 갑자기 혼란스러워졌다. 이 말과 저 말이 제대로 연결이 되지 않았다. 그래도 머리 한 쪽에서는 맹렬한 속도로 한 종류의 생각이 움직이고 있었다. 그 생각이 숨소리를 가쁘게 했다. 우선 이 많은 금괴를 자신이 확실하게 확보할 안전한 방법이 필요했다.

"거기 그 자리에 계속 두었다가는 결코 안전하지 못할 것이다. 강력한 보호체계가 필요하다…"

아침부터 서고를 급히 다녀온 후로 대원군이 평소와 다르게 방에서 마당으로 그리고 다시 방으로 들락날락하는 모습을 관찰하던 종복이 말했다. 필시 무슨 말 못할 곡절이 있음이 분명했다.

"시원한 식혜 한 사발 올릴깝쇼?"

대원군의 부인 민씨는 특히 식혜를 잘 담갔다. 궁에 있는 어린 고

종에게도 벌써 항아리째, 몇 번이나 가져다 드린 민씨의 솜씨는 궐
내에서도 소문이 나 있었다.

"오냐…"

그놈, 눈치 하나는 참 빠르다. 항상 대원군을 위해서, 그리고 어
린 고종을 위해서 온몸과 마음을 바칠 준비가 되어있는 유일한 인
간이었다. 종복이 놋주발에 가득 담아 가져온 식혜를 한 순간에 마
셔버린 대원군은 온몸이 개운한 느낌이 들었다. 이제 머리가 제대
로 돌아가는 느낌이었다.

"급할수록 돌아가라 했겠다!"

"예? 어디를 돌아가신다구요?"

옆에서 듣던 종복이 눈을 휘둥그레 뜨며 대원군을 바라보았다.

"아… 아니다."


급한 것은 무엇이고 돌아가라는 것은 무엇인가? 급한 것은 금괴
를 안전하게 보호하는 것이고 돌아가는 것은 어린 임금의 나라를
반석 위에 세우고 종묘사직의 기틀을 굳건히 세우는 것이었다. 지
난 육십 년 동안 왕은 있으나마나한 존재였다. 나약한 왕과 수렴청
정으로 이어진 왕권으로 인하여 나라는 이미 거덜이 난 상태였다.
그럼에도 세도가들의 집안으로는 전국에서 올라온 각종 금은보화
(金銀寶華)가 산더미처럼 쌓여 처리할 곳이 모자랄 지경이었다. 세
도정치가 이처럼 나라를 어지럽히니 각종 난리와 도둑이 들끓는
게 이 나라 조선의 지금 모습이 아닌가? 그러나 그들 중 가장 큰 도
둑은 바로 왕권을 농락하고 자기들의 세도만 강화하려는 안동
김씨 일파였다.

"혁파하여야 한다!"

급격한 혁파만이 이 나라 조선을 살릴 수 있었다. 그러나 방법이 문제였다. 안동 김씨의 세력을 자신 혼자의 힘으로 감히 대항할 수는 없었다. 모든 권한은 그들의 손아귀에 있었다. 언제 어린 임금을 허수아비 왕으로 내몰지 알 수 없는 일이었다. 아마도 지금쯤 그런 일들이 진도가 많이 나갔을 것이었다. 벌써 임금이 바뀐 지 백일이 지났으니…

안동 김씨를 뒤에서 밀어주는 세력은 다름 아닌 선비들이었다. 전국에 경전 꽤나 읽었다고 하는 유생들은 모두 안동 김씨의 세력이라고 봐야 할 것이었다. 그런 유생들의 소굴이 바로 서원이었다. 서원, 사당, 향교의 유생들은 자기네 경비와 필요물품 내역을 지역의 농민들에게 부과하고 강제로 징수를 하였다. 아무런 법적근거가 없는 행위였으나 이를 거절했다가는 동네에서 살 수가 없었다. 농사를 못 짓게 괴롭히는가 하면 툭하면 장정들을 보내어 행패를 부리고 두들겨 패는 일이 잦았다. 저들이 근거도 없이 백성들에게 요구하는 액수도 만만치 않아 국세보다 많은 것은 다반사였다. 지방에는 이렇게 또 하나의 조정이 있는 셈이었다.

"이것들을 어떻게 일시에 제거한다?"

지난 육십 년간 아무도 하지 못한 일이었다. 조대비는 물론 그 누구도 이런 사실을 잘 알고 있었지만 누구 하나 나설 수 없는 것이 현실이었다. 또, 그 숫자는 오죽 많은가? 우선 이것들이 어린 임금에게는 가장 큰 위협 세력인 것이다. 제거하지 않으면 언젠가는 자신이 죽을 것임이 분명했다.

"조대비를 찾아가야 한다."

해답이 있다면 조대비였다. 조대비가 움직여주어야 한다. 조대비의 강력한 지원이 없으면 성공할 수 없는 일이었다. 조대비를 설득한 뒤, 금괴를 안전하게 보호할 방도를 찾아야 한다. 우선은 규장각 서고 일대를 자신의 수하 아래 두는 일이 가장 급한 일이었다. 누군가가 서고에 접근하지 못하도록 철저히 방비를 시키는 것이 가장 먼저 해야 할 일이었다. 지금처럼 김갑손 같은 몇몇 힘없는 선비들에게 방비를 맡길 수는 없는 노릇이었다. 서고까지 드나드는 통로도 너무 복잡했다. 금괴가 있는 금서각까지는 복잡하기 그지없는 길을 지나가야 했다. 운현궁과 바로 직결되는 통로가 있어야 했다. 지저분한 건물을 몇 채 허물고 새로 길을 내야만 해결될 문제였다.

"조대비를 어떻게 설득한다?"

물론 조대비가 자신을 신임한다는 것은 잘 알고 있었다. 그러나 신임하는 문제하고 자신의 의견을 들어주는 문제는 전혀 차원이 다른 문제였다. 신임 정도로 끝나서는 안 되는 일이었다. 자신을 철저히 믿어주고 자신의 말대로 움직여주어야 한다. 아들을 새 임금으로 추대하는 문제는 자신의 말을 들어주었다기보다는 조대비 쪽에서 더 시급한 문제였기 때문에 가능한 일이었다. 병약하고 후사가 없는 철종임금이 갑자기 돌아가시기라도 한다면 하루라도 보위를 비워놓을 수는 없는 일이다. 그러니 절박했던 쪽은 자신이 아닌 조대비 쪽이었다.

"줄탁동시(啐啄同時)!"

안과 밖의 손뼉이 맞아야 소리가 나게 되는 것이 세상의 이치다. 자신의 뜻과 조대비의 마음이 맞아떨어져야 일이 성사되고 정사가 바로 돌아가게 될 것이다. 어떻게 해서든지 조대비의 마음을 사로 잡는 것이 흥선대원군 이하응의 지금의 할 일이다.

"줄탁동시다!"

가만히 앉아 있으면 무슨 일이 되는가? 움직이자! 움직여야 한다. 우선은 부딪히고 보자. 조대비의 마음을 알아야 한다. 읽어내야 한다. 가서 이야기해보고 물어보고 대답을 하다 보면 그 분의 마음을 읽어낼 수 있을 것이다. 그런 다음에 자신의 뜻을 펼쳐 보이는 것이 순리였다.

"가마를 대령하라…"

종복이 어정쩡한 얼굴로 대원군을 쳐다보았다. 아침에 서고에 다녀왔거늘 또 서고를 가잔 말인가?

"대비전으로 가자!"

# 7
# 대비

조대비라고 부르는 대왕대비 신정왕후는 풍양 조씨 가문 출신이다. 순조대왕의 세자비로서 남편 효명세자가 죽고 자신의 아들 헌종이 왕위에 오르자 어린 헌종을 대신하여 수렴청정을 한 적이 있었으니 이번이 두 번째 수렴청정이 되는 것이다.

"대원위대감께서 어쩐 일이시오?"

편전에서 수렴청정을 마치고 대비전으로 돌아와 점심을 먹고 나니 졸음이 쏟아지는 찰나, 대원군이 불쑥 나타난 것이다. 얼굴을 본 지 석 달이 넘은 터였다. 그렇지 않아도 한 번 만나야 할 것 같았는데 장례도감이다 산릉도감이다 하여 바쁘게 지내다 보니 이제사 서로 얼굴을 대하게 된 것이다.

"대왕대비마마! 소인 문후 올리옵니다. 진작 찾아뵙지 못한 것, 송구하옵니다."

"아니오. 그렇지 않아도 내 한 번 대감을 뵙고 싶었소. 상감께서 영명하시고 효심이 지극하시어 모든 정사를 훌륭히 치리하시니 이 모든 공은 대감의 공이라 아니할 수 없소."

"황공하옵니다. 대비마마. 주상께서 혹여라도 아직 연배가 어려 대비마마님께 누가 되지나 않았는지 몹시 걱정이 되었사옵니다."

"절대 그렇지 않소. 그 점은 염려 마시오. 오히려 내 나이가 상감에게 누가 되지나 않을까 그것이 염려라면 염려일까. 상감께서 워낙 영민하시니 분명 대감께서 제왕의 도를 어려서부터 철저히 가르치셨음을 내 새록새록 느낍니다."

그렇게 말하는 조대비를 살며시 올려 본 대원군은 조대비의 얼굴에서 환갑을 앞둔 할머니의 지친 표정을 발견할 수 있었다. 어린 시절, 왕비로 간택되어 궁으로 들어와 남편이 일찍 죽고 자식마저 일찍 죽어 여자로서의 행복이란 한 번도 느껴보지 못한 조대비의 박복한 얼굴이 금박으로 수놓은 화려한 저고리와 대비되고 있었다. 조대비가 대원군에게 물었다.

"일전에 내린 은과 토지를 왜 거절하셨소?"

대왕대비의 명으로 운현궁에 내린 토지와 은을 대원군은 거절했다. 호조에 돈이 없다는 것을 잘 아는 대원군으로서 나라의 재물을 축낸다는 것은 도리가 아니었다.

"나라의 재정이 부족하거늘 아무 봉직도 없이 어찌 임금의 아비라고 녹을 받을 수 있겠사옵니까?"

나라에서 내려 보낸 토지와 은을 거절했다는 소식은 대비가 대원군을 다시 한 번 생각해 볼 계기를 만들어 주었다. 강직한 사나이가 아니라면 비정상적인 인물임이 분명했다. 그런데 이번이 세 번째 만남이었지만 비정상 쪽이라기보다는 강직한 인물 쪽이라는 생각이 들었다. 그동안 그냥 왕족의 한 사람으로서 세도가의 곁방살이나 하는 한량인 줄 알았는데 속으로는 심지가 매우 깊은 사람일

지도 모른다는 생각이 들었다.

"내 그렇지 않아도 호조의 재정이 아니라 대궐에서 직접 보내는 돈으로 충당하라 명을 내렸는데 대감께서는 어찌 거절하시었소?"

"호조의 돈이나 대궐의 돈이나 다를 바가 없는 나라의 돈이온데 신이 어찌 명을 받을 수 있겠사옵니까? 대비마마께서는 소인의 무례를 용서하여 주시옵소서."

산뜻한 느낌이 늙은 대비의 마음속으로 살며시 파고 들어왔다. 이런 아비에게서 영민한 임금이 나온 것은 매우 지당한 결과였다. 조정의 대신들과는 달랐다. 달라도 정반대 방향으로 달랐다. 사실 한 번도 대원군과 대화다운 대화를 나눠볼 기회가 없었다. 그런데 이제 대화를 나눠보니 평생 자신의 주변을 맴돌던 조정의 대신들과는 판이하게 달랐다. 어린 임금에게는 이런 강직한 아비가 있어야했다. 나라가 어렵고 동학의 무리들이 백성들의 마음을 빼앗고 있는 이때에 뭔가 새로운 인물들이 나타나서 나라를 위해 제대로 일을 해 줘야 할 터였으나 매일매일 진행되는 편전의 크고 작은 일 상사가 조대비를 몹시 피곤하게 했다.

"나를 찾아온 특별한 연유가 있소?"

이제 드디어 대원군의 의사를 말할 시간이 된 것이다. 말해야 한다. 이 구더기 같은 부패한 관리들과 서원들을 몰아내고 나라를 바로 잡아야 한다. 그러나 욕심을 내서는 안 되는 법. 과유불급(過猶不及)이다.

"삼정이 문란하고 동학이 퍼진 가장 큰 이유의 중심에 서원이 있 사옵니다. 서원이 얼마나 많이, 어떻게 있는지를 먼저 조사하시어 이를 바로 잡음이 절실한 때이옵니다."

서원의 얘기는 지난 육십 년간 아무도 꺼내지 않았던 금기사항이었다. 조대비는 머리를 무언가로 상쾌하게 얻어맞은 느낌이 들었다. 서원을 조사하라는 것은 결국 없애라는 말로 연결되는 말이다. 그렇게 해야 나라가 바로 잡히는 것을 조대비가 모르는 바가 아니었으나… 나이든 여자의 몸으로 그 일을 감당해낸다는 것은 너무나 벅찬 일이었다.

"서원을 조사하라 하시었소?"

"예. 서원을 조사하시어 이를 정비하심이 마땅하옵니다."

대원군은 자신의 말이 먹혀들어가고 있음을 느꼈다. 조대비의 말투가 부드럽고 정감이 있었다.

"내 한 번 깊이 생각하고 조치하리이다."

"예, 마마…"

그런 말을 자신의 앞에서 거리낌 없이 토해내는 대원군을 바라보니 임금의 아비 될 자격이 충분히 있었다. 충신을 하나 발견해 낸 것 같았다.

"그럼 소인은 물러가 분부 받들겠나이다. 그리고 물러가기 전에 대비마마께 소인의 마음을 전하오니 받아주시옵소서…"

대원군은 비단에 싼 금괴 두 점을 대비에게 건넸다. 물끄러미 비단 보자기를 내려다보던 조대비가 잠시 후 비단을 펼쳤다. 차가운 금속의 느낌이 손에 느껴지자 조대비는 움칠하며 놀라는 눈치였다. 보자기 사이로 노란 색의 금괴 두 개가 반짝반짝 빛나고 있었다. 어젯밤 무명포로 밤새 닦은 것이었다.

"이… 이것이 무엇이오?"

"예, 선대로부터 물려받은 유산이옵니다. 나라의 재정에 보태주시옵기를 바랍니다."

말은 맞는 말이다. 정조대왕으로 부터 물려받았으니 말이다.

"아니, 이럴 것까지는 없소이다. 그냥 가져가시지오. 대감께서도 요긴하게 필요하실 텐데요…"

"아니옵니다, 마마. 이는 선대의 명이오니 제 어찌 그 명을 거역하겠사옵니까?"

"정히 그러하시겠소?…"

조대비는 금괴를 잠시 바라보다가 조용히 비단보자기로 쌓아 옆으로 물려놓고 대원군을 찬찬히 바라보았다. 이런 금괴를 집안에 쌓아두고 영의정 김좌근이 지나는 길에 엽전을 구걸하여 술을 얻어먹었다니 분명 비범한 인물임이 확실했다.

"대감! 내, 대감의 충정은 익히 아는 터! 대감께서 이 늙은 나를 많이 도와주셔야겠소."

"여부가 있겠사옵니까?"

예를 올리고 대비전을 나오는 대원군의 발걸음은 한없이 가벼웠다.

"됐다!"

## 8
# 서원

조대비의 서원조사령이 떨어졌다. 달포는 걸릴 줄 알았던 조사령이 한 주일만에 떨어진 것이다. 환갑을 바라보는 여자가 다스리는 조정에서 이례적인 일이었다. 그 사실을 가장 먼저 달려와 알려준 사람은 조성하와 이호준이었다. 동가숙서가식하며 친하게 지낼 무렵부터 홍선군 이하응과 가장 친했던 세 사람이었다. 이호준은 서당 친구로 어렸을 때부터 알고 지냈으며 그 인연으로 자신의 서녀와 그의 서자를 결혼시킨 사돈지간이 된 사이였다. 조성하는 조대비 친정의 조카 되는 사람으로 문과에 급제하여 가장 말직인 대교 직함을 맡았으나 아직 본청 보직을 받지 못해 할 일이 없는 처지였다. 조대비와의 연결고리 역할을 하는 사람이다.

"대왕대비께서 대원군 대감의 말씀을 받아들여 서원조사령을 내리셨소."

기뻤다. 조대비가 남편 익조의 이름을 따서 아들 명복을 익성군에 봉하고 궁궐에 들어오자마자 관례를 치를 수 있도록 모든 것을 주청한 사람은 다름 아닌 조성하였다. 새 임금 등극의 일도 당연히 그의 노고를 빌린 것이었다. 조대비의 신임을 받기 시작한 조대교는 수렴청정을 시작한 조대비에게 매일 아침 문후를 드리며 시중의 여론이라든가 대신들의 사생활 등을 수집하여 아뢰었으며 궁극적으로는 한 자리를 차지할 요량이었다. 조성하의 말에 대원군은 반가운 마음으로 대답했다.

"대비전에서 이렇게 빨리 서원조사령을 내리실 줄은 몰랐소. 그래, 대비마마의 안색은 어떠하시오?"

지난 번 조대비를 보았을 때는 매우 피로한 기색이 있었으므로 가장 궁금한 것은 조대비의 건강이었다.

"대비께서는 그럭저럭 하시오. 연세가 있으시고 또 나라의 큰 일을 치르시다보니 다소 피로하신 것은 사실이오마는 당장 변고가 있으실 것은 아니시니 염려 마시오."

조성하의 말을 듣고 있던 이호준이 거들었다.

"어쨌거나 서원조사령은 떨어졌고… 조야가 시끄럽게 되지 않겠소? 몸조심을 해야 할 때가 아닌가 하오."

대원군이 발끈한 목소리로 이호준을 바라보며 빠르게 말했다.

"몸조심을 해야 한다면 왜 서원조사령을 내리셨겠소. 이는 대비께서도 매우 바라시는 바니 여러분들도 앞으로 많이 수고를 하셔야겠소."


여론이 어떻게 진행될지는 모르나 아무튼 서원조사령을 내린 근원이 대원군에게 있다는 사실이 조정 대신들에게 조만간 알려질 것이고 그렇게 되면 대원군에게도 어떤 일이 벌어질지는 아무도 몰랐으나 어쨌거나 일은 벌어진 것이다. 서원 일은 그렇고… 이제는 당연히 거론되어야 할 것을 이야기할 순서였다.

"지난 번 임금께서 익성군에 책봉되시고 관례를 행하셨으니 이제는 배필을 맞이하여야 할 순서가 아니오? 조대비께서도 매우 흡족해 하시던데…"

관례를 행하시는 익성군 명복의 모습을 흐뭇하게 바라보시던 조대비의 얼굴을 떠올리며 조대교가 말했다.

"아직 그런 이야기를 할 처지는 아닌 것 같소이다. 갈 길이 구만리 같은데… 어쨌든 그 일은 우리 안주인 민씨께서 처결할 터인즉 서두를 일은 아닌 것 같소."

사돈 이호준을 바라보며 대원군이 대답했다. 이호준이 대원군의 말에 맞장구를 치며 고개를 끄덕이자 대원군이 조대교를 바라보며 말했다.

"그런데 조대교는 언제쯤 직책을 맞게 될 예정이시오? 대교라 함은 가장 아래 벼슬 아니겠소? 조대비가 뭐랍디까?"

"대비께서도 생각은 하시겠소마는 워낙 처결하실 일이 많으시고 또 철종대왕의 실록을 만드셔야 할 일도 있으시니 오죽 바쁘시겠소?"

"철종대왕의 실록이라면…. 조대교가 하셔야 할 역할이 있으시지 않겠소? 본시 대교직이라 하는 것은 책이나 행정을 두루 맡아서 하셔야 할 터인데 이제 철종대왕의 실록 만드는 일에 많은 사람들이 거들어야 할 터인데…"

"그렇소. 나도 그런 생각을 안 한 바는 아니나 그래도 조대비의 명이 우선인지라…"

임금이 돌아가시면 그동안 사관들이 기록한 사초를 서책으로 충실하게 장황한 후 실록으로 만들어 후대의 표본으로 남기는 것이 조선의 예법이자 정사의 근본이었다. 대원군이 잠시 말을 끊었다가 다시 생각이 난 듯 조대교에게 물었다.

"그런데 규장각 서고에서 일하는 김갑손이라는 대교를 혹시 아시오?"

"왜요? 그자가 뭐 어쨌기에 물으시오?"

"아니, 그게 아니라…"

"아는 자요? 나는 전혀 모르는 자요. 혹시 내가 임명을 받아 그 자리로 갈 지도 모르겠소마는 당분간 실록을 만들어야 하니 서고 쪽에 사람이 많이 필요할 것이오."

"사람이 필요하다니요?"

"아, 왜 실록을 만들려면 아무래도 규장각의 여러 서고에서 과거 대왕님의 실록들을 가져와 참고를 해야 할 것 아니겠소? 그러니 서고관리자가 많이 필요할 것이오."

조대교의 말은 대원군의 마음을 일순간에 흔들어 놓았다. 가슴이 쿵쾅거리기 시작했다. 심박수가 올라가면서 가슴이 갑자기 답답해지기 시작했다. 더듬거리는 말투로 대원군이 조성하에게 물었다.

"그러면…. 규장각 서고에 사람이 많이 드나들게 된단 말이군요?"

"그야 당연한 일 아니겠소?"

사람이 많이 드나들게 되면 분명 황금의 존재도 우연한 기회에 알려지게 될 것이고 그렇게 되면 모든 일은 수포로 돌아가게 되는 것이다. 대원군의 얼굴이 서서히 흙빛으로 변했다.

"막을… 방도가 없겠소?"

더듬거리는 목소리로 대원군이 물었다. 이호준이 거들고 나왔다.

"아니, 무슨 말씀을 하시는 게요? 나라의 큰 일을 하는데 막다니요? 대감께서 거기 서고 안에다 예쁜 여자라도 숨겨 놓은 것이오? 으하하하…"

두 사람이 껄껄 웃는 순간, 대원군은 모든 것을 들킨 것처럼 속이 뜨끔했다. 숨겨 놓은 것은 여자가 아니라 황금이라는 사실을 사람들이 알아 버리면 만사가 끝장나는 것이다.

"아니오. 아무 것도 아니오. 난 단지 지난 번 지나는 길에 몇 번 보았을 뿐이오. 너무나 썰렁하고 누각이 낡아보여서…"

오늘따라 대원군이 한없이 순진해 보였다. 웃음을 마친 조대교가 대원군을 안심시키려는 듯 말했다.

"곧 대비마마의 전교가 있으실 것이니 너무 걱정마시오. 규장각이 그렇게 버려져 있다는 것은 우리 모두의 수치가 아니겠소? 정조대왕께도 너무나 죄송한 일 아니오?"

"그렇지요?"

맞장구치는 대원군의 마음은 편치 않았지만 조만간 규장각 내외 서고에서는 많은 작업 인력들이 분주하게 들고날 것만은 분명한 사실이었다.

# 9

# 섭정

조대교와 함께 아침 문후를 들어가는 것은 이번이 처음이었다. 함께 들어가는 이유는 대비에게 조대교의 규장각 대교 자리 하나를 추천하기 위함이었다. 아무리 높은 사람의 조카일지라도 자기 자리를 자기 입으로 부탁한다는 것은 낯간지러운 일이기 때문이었다. 대원군의 입으로 조대교의 자리를 하나 추천한다는 것은 친구를 위하는 좋은 일이었다. 누이 좋고 매부 좋은 계책이었다. 조대교가 흔쾌히 동의했음은 물론이다. 조대교를 금서각 담당의 책임자로 확실히 박아 놓고 거기 금서각 일원의 출입자를 철저히 통제하는 것이 대원군에게는 급선무였다. 물론 조대교가 대원군의 속마음을 알 리 없다. 감히 황금 따위의 생각은 상상도 할 수 없는 일일 것이다.

"대비마마, 문후드리옵니다."

편전으로 나갈 준비를 하고 있었던 조대비였다. 금박의 화려한 치장에 노리개가 주렁주렁 달려있었다. 조대비가 나가야 어전회의가 열리는 것이다. 아마도 지금쯤 어전에서는 서원 조사에 관한 문제로 설왕설래(說往說來)가 많을 것이었다.

"대원위대감께서 아침부터 어쩐 일이시오."

그윽이 바라다보는 조대비의 눈초리가 믿음직해 보였다. 대원군과 십 년 이상 차이가 나는 조대비는 십 년 전의 자신을 생각해 보았다. 철종임금을 강화도에서 납치하다시피 불러 놓고 모든 처결은 안동 김씨의 입맛대로 처결하였던 시절이었다. 왕대비인 자신과는 아무런 의논도 하지 않는 정사였다. 모든 것이 귀찮고 따분하여 우이골에다 정자를 마련하고 거기서 편하게 지내다 오곤 하던 시절이었다.

"실은 조대교를 위하여 들어왔사옵니다."

"조카를 위해서라구요?"

말을 마친 대비가 조대교를 바라보자 조대교가 속을 들켰다는 듯 계면쩍은 웃음을 흘렸다. 속셈을 숨길 수 없는 단순한 친구다.

"그래, 내 조카를 위해서 무슨 말씀을 하시려구요."

"예, 조대교가 급제한 지가 수삼 년이오는데 아직 직책을 받지 못하와 규장각에 대교로 임명하심이 가한 줄 아뢰옵니다."

두 사람이 친한 줄은 알고 있었지만 껄렁거리는 조카보다는 임금의 아버지인 대원군이 더 실한 인물임을 조대비는 잘 알고 있는 터이다.

"허허… 그래요? 내 조카가 직접 주청을 드렸더라면 아마 귓등으로 들었을 것이오만 대원군대감이 이리 나서서 주청을 하시니 내 어찌 거절할 수가 있겠소? 내, 그리 하리이다."

곁에서 듣고 서있던 조대교의 조심스럽게 오므라진 입이 일시에 헤벌쭉 벌어졌다. 조대교가 속으로 이렇게 외치는 것 같아 보였다. '이렇게 쉬운 일을…' 잘 된 일이었다. 모두에게 잘 된 일이었다.

말을 마친 조대비는 다시 한 번 찬찬히 대원군의 얼굴을 바라다보았다. 패기와 정열로 가득 찬 기개와 의욕이 그의 내부에서 용수철처럼 튀어나올 준비를 하고 있는… 억제된 풀무불이었다. 그 억제된 화덕의 덮개를 열어젖히기만 하면 뜨거운 불꽃이 당장이라도 치솟을 것이었다. 도끼와 낫과 쇠스랑 그 어느 강쇠라도 담금질 할 수 있는 강력한 풀무불이었다.

"대감의 부탁은 들어주었고…. 오늘 무슨 급한 일이라도 있소?"

이제는 자기의 부탁을 들어주어야 한다는 뜻인가? 무슨 영문인지 알 수 없는 질문이 대비의 입에서 튀어 나왔다.

"아, 예… 별 일이 없사옵니다마는…"

"그러시오?… 그렇다면 대감께서 저를 좀 따라와 주셔야 할 것 같소."

말을 마친 대비는 두말없이 벌떡 일어나 앞장을 서서 나갔다. 영문 모르는 두 사람은 대비를 뒤따라 나섰다. 조대교가 가마를 타는 대원군에게 속삭였다.

"무슨 일인지는 모르나 대비마마가 대감을 어디로 모시어 가려는 듯하니 이따 저녁에 다시 만남세…"


대비의 가마를 따라 대원군의 가마가 창덕궁 선정전에 이르렀다. 대비는 아무 말 없이 가마를 내려놓고 용상 뒤에 있는 층계를 서너 계단 걸어 올라가 수렴이 쳐 있는 대비의 보료 위에 좌정하였다. 하나하나 엄밀한 몸동작이었다. 그 뒤로 어색한 몸짓의 대원군이 따라 올라가 대비 옆에 좌정하였다. 당황스러웠다. 설마 이리로 올 줄은 전혀 몰랐다. 전혀 예상한 일이 아니었다. 어린 임금은 얼마나 놀라실 것인가? 먼발치로 몇몇 대신들의 얼굴이 보였다. 아는 얼굴도 있었다. 수렴 발이 쳐져 있었지만 예상 외로 편전이 자세히 보였다. 편전에서 어전을 올려다본 사람들의 놀라는 수근거림이 들려오기 시작했다. 그나저나 어린 임금의 얼굴이 가장 놀라는 표정이었다. 가려진 발 뒤를 힐끗 돌아보며 안심스러워 하는 반가움의 표정을 대원군이 놓칠 리가 없었다. 조대비가 조용한 소요를 중단시켰다.

"편전회의를 시작하세요."

잠시 조용한 침묵이 흘렀다. 아무도 발언을 할 요량이 아니었다. 왜 자신을 여기에 데려온 것일까? 갖가지 생각이 대원군의 머릿속에서 나타났다 사라졌다. 세 번째로 영의정에 오른 김좌근이 침묵을 깨고 입을 열었다. 술값에 쓰려고 엽전을 구걸했던 그… 김좌근이었다.

"대비마마… 흥선군이 입실한 것은 무슨 연유이옵니까?"

조대비가 기다렸다는 듯이 일성을 토했다.

"흥선군이라니요? 영의정께서는 대원군의 작호를 잊으셨소? 어찌 흥선군이라 부르시오?"

"그러하오시면…"

"임금의 아비인 자는 대원군이 아니시오. 이미 교서를 내려 대원군이라 칭호를 내렸거늘 어찌 아직도 흥선군이라 부르시오. 법도에 맞지 않는 일은 편전에서 삼가주시오."

조용하고 나직한 말투였지만 서슬 퍼런 목소리였다. 순간… 모든 것이 싸늘해졌다. 임금의 표정에 화색이 도는 것이 보였다. 속으로 엄청 걱정을 하셨나보다. 그나저나 저렇게 강경하게 나가시는 조대비의 속셈은 무엇이란 말인가? 조대교의 말직 하나를 청탁하러 들어왔다가 사태가 엄청 복잡하게 꼬여 돌아가는 것이었다.

"서원 조사는 어떻게 되었소?"

조대비의 서늘한 말 한마디가 다시 편전에 울렸다. 영의정 김좌근이 다시 조대비에게 아뢰었다.

"예조에서 이미 시행하고 있는 바이옵니다."

"서두르라 이르시오."

지체함이 없는 조대비의 말이 떨어지자 다시 침묵이 흘렀다.


잠시 후, 편전을 어떻게 걸어 나왔는지 대원군은 잘 기억이 나지 않았다. 단지 그가 나오는 뒤로 대신들의 걱정스런 웅성거림이 들렸을 뿐 모든 것은 꿈을 꾸는 것 같았다. 저녁 무렵이 되자 조대교와 이호준이 사랑채로 찾아왔다.

"그래 어찌되었소?"

"글쎄… 조대비께서 나를 어전에 내세우실 것 같소."

"그렇소? 이제 모든 일은 다 잘 될 것이오. 정말 잘 되었소. 걱정마시오."

민씨부인이 내어 온 곡주와 안주로 그날 세 사람은 대취하였다. 대원군의 사랑채 노안당에서는 사내들의 커다란 웃음소리가 늦은 밤까지 그칠 줄 몰랐다.

# 10
# 합하

영의정 김좌근이 사직을 하였다. 조대비는 굳이 말리지 않았다. 대원군에게 조대비의 섭정력이 쏠리자 김좌근은 당해 낼 도리가 없다는 걸 깨달았다. 그걸 안 이상 더 이상 영의정 자리에 머무를 수 없었다. 예상한 구석이 없지는 않았지만 대원군이 이렇게 빨리 등장하리라고는 미처 생각을 못했었다. 이럴 줄 알았다면 대원군에 대한 예조 절차를 정할 때에 대궐 출입을 금하는 예수조항을 넣을 것을… 하고 후회도 해 보았지만 이미 때는 늦은 것이었다. 남들은 한 번도 못하는 영의정을 세 번이나 해 먹었으니 그만둘 때도 됐지… 그런데, 원로대신 정원용은 그렇다치고 안동 김씨 세력의 핵심이었던 김병국, 김병학 형제가 대원군 등장 바로 이튿날 대원군에게 붙어버렸다. 뒤통수를 때리는 배신이었다. 김좌근은 버틸 수 없다는 것을 알았다. 대원군은 중신들과의 첫 대면에서 알듯 모를 듯한 발언으로 공포 분위기를 조성했다.

"나는 천리를 끌어다 지척을 삼고, 태산을 깎아내려 평지를 만들고 또 남대문을 삼층으로 높이려 하는데, 제공들은 어떠시오?"

어떻게 천리를 끌어다 가까이에 놓을 것이며 태산은 뭐고 남대문은 웬 뚱딴지같은 소리인가? 남대문이라면 남인을 뜻하는 말일까? 대신들의 목구멍으로부터 '꼴깍' 하는 침 넘어가는 소리가 들려왔다. 꿀 먹은 벙어리처럼 어안이 벙벙한 대신들은 서로의 얼굴을 쳐다보며 뜻을 알아내려고 애쓰는 눈치였다. 눈치 빠른 김병국이 나섰다.

"대원위 합하의 뜻이 정히 그러하시다면 우리의 뜻도 그러하옵니다."

합하라는 명칭이 대원군의 존칭으로 정리가 되었다. 김병국이 뭘 알고 하는 소린지 모르고 하는 소린지 헷갈리는 대답이었지만 대신들은 그 말의 속뜻을 잘 알고 있었다. 간단히 말해 합하 마음대로 하시라는 뜻이었다. 어느 누구의 발언도 없자 대원군이 다시 말했다.

"서원의 조사가 거의 끝이 났고 이제 바로 잡을 일만 남았은 즉, 중신들은 의견을 말해 보시오."

아무도 의견을 말하는 자가 없자 다시 김병국이 나섰다.

"서원은 순리에 따라 무리가 없도록 정리를 하여야 함이 옳은 줄 아뢰오."

정리를 하는 것이 순리라는 말이다. 어제까지 존재했던 순리의 내용이 정리라는 이름으로 제거의 대상이 된 것이었다. 순리든 정리든 때를 잘 만나야 한다. 여하튼 서원철폐령이 내려지면 철폐의 대상이 되는 서원의 소속 유생들은 그야말로 악을 쓰지 않겠는가? 한순간에 밥줄이 끊기는 것이다. 수만의 실업자가 길거리로 나 앉게 되는 것이다. 전국에서 상소와 소요가 끊이지 않을 것이고 최악의 경우 굶어 죽는 선비도 생길 것이었다. 이런 생각을 읽었는지 대원군이 다시 한 번 큰 소리로 일갈했다.

"서원은 나라의 좀벌레요. 그 악폐는 여러 중신들이 이미 잘 알고 있을 터이고 이제 백성들의 뜻과 상감의 뜻이 하나가 되었으니 예조에서는 차질 없이 시행하도록 하시오."

살아남을 서원과 폐지되는 서원의 명부가 작성이 되어야 한다. 살아남는 서원도 그 규모가 절반 이하로 축소될 것이니 무슨 맥이 있겠는가?

"하실 말씀이 있으면 말해 보시오만 나는 백성들에게 해가 되는 일이 있다면 공자가 다시 살아난다 해도 용서하지 않을 것이오."

감히 공자를 거론하다니…. 이런 경우는 없었다. 이런 사람과 싸우느니 차라리 공자와 싸우는 것이 훨씬 쉬운 싸움이 될 것이었다. 이제 공자와 대원군의 한 판 싸움이 벌어질 참이었다. 그러나 대신들은 다 안다. 죽은 공자보다 산 대원군이 더 힘이 강하다는 것을… 이제 다음 안건으로 넘어가야 할 차례이다. 대원군이 입을 열었다.

"철종대왕님의 실록총재관으로 김흥근을 주청하려하오니 대신들의 의견은 어떠하시오?'

모든 대신들은 이제 듣는 기계가 되었다.

"김병국 대감은 규장각 제학을 맡아 봄이 어떠하시오?'

"예, 합하! 모든 일을 분부대로 따르겠나이다."

중신회의의 결과는 내일 오전, 어전에서 조대비와의 편전회의에서 주청을 하면 조대비의 '그렇게 하라' 는 한 마디로 최종 결재가 나는 것이다. 중신회의를 마치자 대원군은 김병국을 따로 불렀다.

"규장각 대교 조성하를 직제학으로 상신해 주기 바라오."

대교에서 직제학이면 당상관으로의 승격이다. 파격적인 인사로서 대교직에 오른 지 한 달도 못 되어 몇 계단을 승진하는 것이다.

조대비의 장조카라는 위력이 확실하게 효력을 발휘하는 순간이었다. 대원군의 당부가 뒤따랐다.

"선대 임금의 정신이 살아있는 규장각이 말도 아니게 폐허가 되었소. 직제학에게 군사 삼십을 붙여 밤낮으로 규장각의 서고 내외를 경비하게 하심이 옳을 줄로 아오."

이제 조금 안심이 되는 기분이었다. 그동안 얼마나 노심초사 하였는가? 이제 조성하에게 군사를 붙여 그 어느 누구도 접근하지 못하도록 경비를 세우고 엄명을 내린다면 황금은 일단 안전해지는 것이었다. 이제 조성하를 불러 이 기쁜 소식을 전하는 일만 남은 것이다. 상쾌한 걸음으로 노안당으로 돌아오는 대원군의 입속에서 콧노래가 저절로 흘러나왔다. 일사천리(一瀉千里)라 했던가? 최근 며칠의 일들은 대원군이 이 세상에 태어나 처음 느껴 보는 그야말로 일사천리, 탄탄대로(坦坦大路)였다. 한 번 쏜 화살이 천리를 간다는 이 말은 이런 경우를 두고 한 말이었다. 사랑채로 들어선 대원군은 종복을 불렀다.

"조대교를 속히 들라 하라!"

어느 때보다 더 힘찬 어조로 종복에게 말하는 대원군의 머릿속에서는 조성하에게 특별히 당부할 말을 정리하느라 바빴다.

"대원위대감. 아니 합하 대감 … 오늘은 또 무슨 일이 있으셨소?"

조성하와 이호준이 주안상을 앞에 놓고 다시금 모여 앉았다. 매일 모여 앉는 세 사람이었지만 오늘은 특히 소집시간이 빨랐다.

"조대교… 아니 직제학 영감!"

"예?"

조대교가 눈이 똥그래지며 대원군을 바라보았다.

"오늘부터 대감은 직제학이오! 규장각 직제학!"

머리에서 발끝까지 전기가 찌르르 통하는 느낌이 조대교 아니 직제학의 몸을 휘감았다.

"아니 직제학이라니요? 합하! 말씀 좀 해 보시오. 잘 알아듣게…"

"허허… 이 양반이… 오늘부터 직제학이 되었소. 중신회의에서 결정된 일이니 그리 아시면 되오."

옆에서 듣고 있던 이호준이 치고 들어왔다.

"직제학이라면 도대체 몇 계단이 오른 것이오?"

"이제부터는 당상관이오. 모든 것이 달라질 것이오. 수하도 많을 것이오."

대원군의 말을 듣던 조성하는 벌떡 일어나 감격한 얼굴로 대원군에게 절을 올리며 말했다.

"감사하옵니다! 합하! 이 은혜는 평생 잊지 않고 갚겠나이다!"

"어허. 우리 사이에 무슨… 이러지 말고 앉으시오. 내 긴히 할 말이 있소."

대원군은 절을 마친 조대교에게 낮은 소리로 당부했다.

"내 조대교에게 아니지 직제학에게 특별히 당부드릴 말씀이 있소 마는…"

"무슨 말씀이신지 당부만 하시오."

"직제학에게 병사 삼십을 붙였소."

눈이 휘둥그레진 부제학에게 대원군은 나직이 말했다.

"내 말을 잘 새겨들으시오. 병사 삼십을 일일 삼교대하여 규장각 서고와 그 주위 출입문에 각각 배치하고 특히 개유와와 금서각에는 아무도 들이지 말도록 단단히 명을 내리시오."

"예, 그리 하겠나이다마는 이유는?"

"허허… 직제학께서 꼭 그 이유를 아셔야 하겠소?"

대원군의 음성이 올라가자 직제학은 대번에 꼬리를 내렸다.

"이유야 당연한 것 아니겠소? 어찌 왕실의 기록과 위엄이 이리 무너졌단 말이오? 개탄할 일이 아니겠소?"

"그렇지요. 왕실의 위엄을 제대로 세워야 종묘사직이 바로 서거늘 이거 이래서야 되겠소?"

곁에서 듣고 있던 이호준이 한 마디 거들자 조 직제학의 머리도 끄덕였다.

"내 합하의 뜻을 받들어 반드시 그리할 터이니 합하께서는 조금의 심려도 마시오. 고맙사옵니다. 고맙사옵니다…."

# 11
# 색주

서원철폐령이 내려지자 전국이 끓어올랐다. 연일 빗발치는
상소문이 조정으로 올라왔고 대원군은 상소문을 읽는 일로 하루
종일을 허비해야 했다. 왜 상소문이 빗발친다고 했을까? 비 내리는
일과 상소문은 아무 상관이 없는 일이거늘… 어쨌거나 서원 하나
에 상소문 하나씩만 쳐도 수천 장은 넘었고 전국의 글 좀 쓴다는 선
비들은 한 사람도 빠지지 않고 다 써서 올린 모양이었다. 글 쓴다는
자들은 왜 이리 많은가? 종이와 묵채 값만 해도 엄청난 금액일 것
이다. 벌써 몇 달 째… 전국 상소문경연대회. 누구에게 대상을 수
여한다? 대상의 부상으로는 쓰디쓴 사약 한 사발은 어떨까?

"눈이 빠질 지경이군… 한 사람이 수천, 수만을 대하자니 참…
안 읽어 볼 수도 없고…"

상소문을 안 읽어 본다는 것은 나랏일을 책임진 자로서 직무유
기(職務遺棄)에 해당하는 일이었다. 골치가 아팠다. 어디론가 튀고
싶은 생각! 퍼뜩 수삼 년 전에 잘 갔었던 춘홍의 집이 생각났다. 돈
없고 힘없을 때 일부러 외상 술을 먹고 다니던 기생집이 아닌가?

"오늘은 내 오랜만에 춘홍의 집으로 가리라…"

아직 한 번도 춘홍의 손 한 번 잡아 본 적이 없는 대원군이었다. 그 집이 유명한 것은 술맛 때문이 아니라 당연 춘홍의 미색 때문이었다. 장안의 한량이 모여드는 이유는 그녀의 보드라운 입술과 눈매에 가득 담긴 눈웃음이었다. 누가 기생을 술과 웃음을 파는 여인이라고 했던가? 술은 돈을 내면 한 상씩 내어 오는 것이고 웃음은 물론 서비스니까 공짜다. 파는 게 아니다. 정히 술값에 포함되어 있으니까 파는 거라고 우긴다면 할 말은 없다. 어쨌든 술은 돈을 내고 사면 죽을 때까지 먹을 수 있지만, 색주가라 해서 여인의 몸을 돈 내고 쉽게 살 수는 있는 일이 아니었다. 더구나 춘홍은 쉽게 몸을 내 주는 그런 여인은 아니었다. 아직 춘홍의 몸을 샀다는 남정네는 없는 것 같았다. 모르지… 허긴 거기에 발길을 끊은 지 삼 년이 지났으니 그동안 누군가가 그녀의 임자가 되었을 지도 모르는 일이었다. 모든 것은 현장에서 직접 확인을 해 봐야 한다. 그런 생각에 미치자 대원군의 마음속에 조급함이 일어났다.

"빨리 가자! 빨리!"

가마꾼에게 외치는 대원군의 목소리가 달뜬 이유는 무엇일까? 권력과 부귀를 모두 움켜잡고 이제 막 달려 나갈 영웅에게 여인은 필수과목이란 말인가? 빙긋 미소가 저절로 흘러 나왔다. 색주가에 이르자 날렵하게 가마에서 일어난 그는 부리나케 대문으로 들어가 큰 소리로 외쳤다.

"게, 아무도 없느냐? 춘홍이 없느냐?"

찌렁찌렁한 대원군의 말이 끝나자마자 옆채의 미닫이가 빠끔히 열렸다. 여인의 눈길과 대원군의 눈길이 부딪치는 순간이었다. 황급히 신을 신고 뛰어나오는 여인은 춘홍이임이 분명했다. 다행이었다. 춘홍이가 그대로 있다니…

"아니, 이게 누구시옵니까? 홍선군. 아니, 합하나리! 춘홍이옵니다!"

합하라니! 대감이 아니고 합하다. 어떻게 알았을까? 조정 대신들이나 관리들이 최근에 쓰는 말이 어찌 춘홍의 입에서 나온단 말인가? 그동안 조정 대신이 많이 드나들었다는 증거다. 춘홍의 얼굴 표정이 예전과는 확실히 달랐다. 신분이 상승된 것은 이런 데서 가장 잘 나타난다. 옳으니 그르니 따지는 선비들 사이에서는 옳고 그름이 가장 큰 일이겠지만 일반 세상에서야 어디 그런가? 권세가 가장 대접을 받는 곳이 바로 색주가리라.

"그래… 그동안 별 일 없었는가?"

그동안 대원군에게는 인생이 바뀌는 일이 있었고… 춘홍이의 신상에는 아무 일이 없어야 한다.

"아이… 그럼요… 그런데 정말 신수가 너무 좋아지셨습니다. 대감. 아휴 나 좀 봐. 또 대감이란다… 호호호."

간드러진다는 말은 이럴 때 쓰면 가장 어울리리라. 하늘거리는 그녀의 허리선이 눈에 들어오자 모든 근심이 눈 녹듯 사라지는 것 같았다. 자신에 관한 얘기는 이미 들어 알고 있는 것이 분명했다. 허긴 이런 기생집이야 말로 가장 정보가 빠른 곳 아닌가! 후원 가장 깊은 별채로 안내된 대원군은 한 상을 크게 받자 넌지시 춘홍에게 다가갔다.

"춘홍아! 너 정말 많이 예뻐졌구나. 그동안 샛서방이라도 생긴 게냐?"

작업 시작이다. 잘 풀리면 쉽게 작업이 될 수도 있을 것이지만 워낙 심지가 곧은 여인이라 결코 쉬운 상대가 아니라는 것을 수년간의 관찰로 잘 알고 있었다. 춘홍이 정색을 하며 대원군을 흘겨보며 말했다. 이런 게 바로 여자의 매력이다.

"샛서방이라니요? 대감… 어디서 그런 얘기를 들으셨는지 모르오나 저 춘홍이는 그런 여인이 아니옵니다."

"그래? 그러면 그렇지. 네가 어찌 나를 두고 그럴 수 있겠느냐? 하하하."

거짓말일지라도 그 말을 들으니 안심이 되었다. 지난 시절을 생각해 보니 감개가 무량했다. 후원 별채는 감히 얼씬도 못하던 시절이었다. 마당채에서 잡인들과 어울려 술과 안주를 먹으며 외상술을 달라고 조르다 금군 별장에게 걸려 따귀도 맞았던 그가 아니었던가?

"아, 참! 그 금군 별장 놈은 잘 있느냐?"

"누구… 말씀이시온지…"

"아… 그… 말이다. 나를 따귀를 치던 자 말이다…"

춘홍이 입을 벌리며 생각났다는 듯이 큰 소리로 웃으며 말했다.

"아. 그 별장. 이장렴 영감 말이옵니까? 호호호… 지금도 가끔 옵니다…"

"그러냐? 그놈 참. 멀쩡히 생긴 놈이 갑자기 일어나서 내 따귀를 치다니 얼마나 무안했는지 아느냐?"

"호호호… 대감께서 하도 외상을 달라고 조르시니 얼떨결에 그러신 게지요."

삼 년밖에 안 되는 일이 아주 먼 옛 일처럼 떠올랐다. 변한 것과 변치 않은 것의 차이는 무엇인가? 따귀를 맞던 시절이 그리워졌다.

"그 별장이란 놈. 지금도 잘 온다 했겠다. 내 한 번 혼을 내줄 것이니 속히 운현궁으로 들라 할 수 있겠느냐?"

"예… 하오나 복수를 하시게요?"

대원군이 손을 공중에 휘저으며 말했다.

"아니다. 그게 아니고… 그놈이 내게 따귀를 친 이유를 좀 알아야겠다. 그놈이 따귀를 친 이유는 내가 잘못한 것이 있어서 그런 게 아니고 아마 네게 마음이 있어서 그런 것 같으니 내 그걸 반드시 확인을 해 보아야 할 것이다."

'반드시' 라는 부분에 힘을 주고 말했다. 춘홍이 걱정스런 얼굴로 대원군에게 대답했다.

"대감… 합하께서 정히 그러하시다면 제가 말씀을 전달하겠습니다마는 너무 심하게 하지는 마시옵소서. 내 그자에게 눈꼽 만큼도 마음을 준 일이 없사옵니다."

"그러냐? 그 듣던 중 반가운 소리구나. 그럼 이제 내게 마음을 줄 작정이냐?"

춘홍이 잠시 뜸을 들이더니 대답했다.

"대감의 아드님을 상감님으로 두었으니 천하가 다 대감의 것이 아니옵니까?"

"옳도다! 네가 말 한 번 잘 하였도다. 이제 춘홍이도 내 것이니 다른 남정네들이 너를 넘보아서는 아니 될 일이다. 알겠느냐?"

춘홍이의 대답을 듣기도 전에 대원군의 손길은 그녀의 손으로 가고 있었다. 곱고 고운 여인의 손길이 느껴지면서 대원군의 마음도 녹아드는 것을 느꼈다. 긴장의 연속이었던 지난 삼 년이었다. 긴장을 풀어야 할 필요도 때론 있는 것이다. 달콤한 시간은 빨리 지나간다. 금방 어둠이 짙어지기 시작했다. 밤늦게 자리에서 일어난 대원군은 가마꾼을 몰아 운현궁으로 향했다. 비록 오늘 첫 만남에서 운우지정(雲雨之情)을 나누지는 못 했지만 최소한 춘홍의 마음만은 확인했으니 그것만 해도 큰 수확이 아니던가? 우선은 그녀의 마음을 빼앗고 그런 다음에 진도를 나가는 것이 순서다. 다른 일도 다 그렇게 해 왔지 않은가? 서두르면 일을 망친다. 슬슬 뜸을 들이다가 서원 문제가 해결될 때쯤이면 춘홍을 소실로 들여야겠다. 생각만 해도 가슴이 벅차올랐다. 하늘을 나는 기분이었다. 어쨌거나 첫날 수확치고는 참으로 좋았다. 오랜만에 술도 많이 먹었는가? 조금은 어지럽다. 가마를 타고 있어서 그런가? 하늘을 날고 있어서 그런가? 삼 년 전에는 두 발로 걸어 다녔던 이 길을 이제는 가마를 타고 간다. 가마를 타고 말이다. 가마타기도 곧 숙달이 되겠지….

# 12
# 연모

박규수가 찾아왔다. 간밤에 먹은 술 때문에 늦게 일어난 대원군은 오늘은 편전회의가 없었기 때문에 박규수를 운현궁 사가로 불렀다. 도승지를 맡고 있는 박규수는 연암 박지원의 손자로 지금은 상감의 선생 겸 신하이다.

"도승지께서 이렇게 찾아 주시니 정말 고맙소."

"예. 합하. 조용히 말씀드릴 일도 있고 해서 이렇게 체면 불구하고 찾아왔습니다."

"체면이라니요. 어린 상감을 모시는 막중한 임무를 수행하시는 대감께서 저를 못 찾아올 법이 어디 있습니까? 우린 식구나 마찬가지입니다. 식구요."

"합하께서 저를 식구라 불러 주시니 영광이옵니다."

조정에서 가장 인재로 촉망받는 박규수는 상감을 지근거리에서 모시는지라 식구로 불러도 손색이 없는 처지였다.

"상감의 나이 올해 열셋이니 이제 사춘기도 지나지 않았습니까?"

"그렇다마다요. 그래, 요즘 상감께서는 어찌 지내시는지요? 공부

는 잘 하고 계십니까?'

편전 가까이에서 아들을 보기는 하지만 사적인 만남은 가급적 피하는 것이 신하의 도리인지라 어린 상감이 실제로 어떻게 지내시는지 몹시 궁금했다. 상감의 일거수일투족을 다 수발하고 있는 박규수는 대원군에게는 정말 고마운 존재였다.

"예. 얼마나 착하시고 영리하신지 가르치는 선생마다 다 탄복을 하십니다. 이게 모두 다 합하의 은덕이 아니고 무엇이겠습니까?'

이런 이야기를 들을 때 아버지의 마음은 가장 기분이 좋아진다. 대원군은 자신보다 열 살이나 연배인 박규수가 정말 믿음직했다. 아니 자신보다 배운 것이 많고 타국 경험도 풍부한 박규수가 상감의 곁에서 모든 일을 조언하고 보조하는 것은 종사를 위해서나 자신을 위해서 더 없이 좋은 일이었고 자신이 곁에 있는 것보다 훨씬 나은 일이라고 생각했다.

"대감께서는 경험도 많으시고 또 수삼 년 전에는 청국에도 다녀오시지 않으셨습니까?'

"예. 철종대왕께서 살아 계실 때 연행사절로 다녀왔습니다."

"청국의 사정은 어떻던가요? 영불연합군에게 북경이 한때 점령되지 않았습니까?'

"청국은 그 사건으로 말이 아니게 되었습니다. 조정의 위신이 땅에 떨어지고 백성들은 천주교 때문에 우왕좌왕합니다. 서양제국이 우리 조선에도 그러지 말란 법이 없으니 앞으로 큰 일이 많이 일어날 것입니다."

천주교는 조선에서도 큰 문젯거리가 아닌가? 북경이 점령된 후, 청국에서는 천주교 포교가 자유화 되었고 교세가 날로 확장되고 있으니 앞으로 조선에서도 천주교의 교세가 크게 확장될 것은 자명한 이치였다. 서원문제도 그렇지만 천주교 문제는 폭탄의 뇌관 같은 문제였다.

"그래 천주교를 어찌해야 하겠소? 청국처럼 우리도 허하여야 하겠소? 아니면 지금보다 더 금하여야 하겠소?"

"허하든 금하든 서양의 배들이 앞으로 조선 땅에 더 많이 나타날 것이니 대책을 세워야 할 것이오. 러시아 배들도 함경도에서 계속 통상을 요구하고 있는데 언제까지 묵살할 수만은 없는 노릇 아니겠소?"

대원군은 천주교에 대해 잘 모른다. 사회에 나쁜 해악만 끼치지 않는다면 되는 것이다. 물론 많은 신자들이 이전 왕대 시절 처형되었고 신부들의 목이 잘려 나갔지만 근절될 수는 없는 것이다. 인간의 춘정처럼 말이다.

"그래 상감께서는 불편해하시거나 음식 투정은 안하시오? 안사람이 식혜는 자주 올리시는데 상감께서 잘 드시는지요?"

"예. 식혜가 떨어지면 바로 명을 내리시니 정말 식혜가 없었다면 어찌했을까 싶습니다. 하하하"

"대비께서는요?"

"대비께서 상감을 극진히 모시고 불편한 것 없이 하라고 안팎으로 단단히 명을 내리셨으니 나인들과 궁녀들이 정성으로 모시고 있습니다."

"그래요? 정말 고마우신 분부입니다."

낯선 대궐의 생활에 차츰 익숙해져 가는 어린 상감이 너무도 대견스러웠다. 박규수가 잠시 뜸을 들이더니 대원군의 귀 가까이로 다가와 뭔가 얘기를 꺼내려 하자 대원군은 재빨리 몸을 수그렸다. 나직한 목소리로 박규수가 말했다.

"상감께서 총애하시는 궁녀가 있는 듯하오마는…"

대원군의 눈이 갑자기 둥그레졌다.

"뭐요?"

"놀라지 말고 들으십시오. 상감의 식혜를 수발하는 이씨라는 궁녀를 상감께서 연모하시는 것 같은 느낌입니다."

"연모라…."

허긴 나이도 나이인지라 그럴 만도 했다. 중얼거리다 말고 궁금증이 일어 참을 수가 없었다.

"어떤 궁녀요? 나이는요? 사람은 어떻소? 혹시나 요사한 계집은 아니요?"

"아니, 절대 요사한 여자는 아니오. 정숙하고 눈치가 빨라 아마 상감이 믿고 따르는 궁녀인 것 같소. 내가 너무 앞서 나가는 것 아닌가 하오."

"나이가 몇이오?"

얘기를 괜히 꺼냈나 싶기도 한 박규수는 냉큼 대답했다.

"올해 스물이오마는 생각이 빠르고 애교도 많아서 상감께서 일방적으로 연모하는 것 아닌가 합니다."

"스물이라…"

좋은 나이다. 여자가 스물이면 남자를 잘 리드할 수 있다. 여자들은 도대체 어디서 성에 관한 지식을 얻는지 하여튼 남자보다 그런 방면에서는 훨씬 앞서 있다. 그나저나 어린 상감이 궁녀한테 마음을 빼앗겨 혹시 휘둘리지나 않을지 걱정이 되었지만 현실적으로 막을 방도가 있겠는가?

"박승지… 이 일은 절대 남에게 누설하면 아니 되오. 박승지와 나만 알아야 하오. 절대 발설하지 말아주시기 바라오. 특히 대비전

에는 절대 알려져서는 안 되오. 아시겠소?'

제법 협박조였지만 내용은 애걸조였다. 이런 문제는 부인 민씨와 상의를 해야 한다고 생각했다.

"아, 그렇다마다요… 그리고 사실이 아닐 수도 있지 않겠소?"

"남녀관계(男女關係)는 모르는 일이니 절대 비밀을 유지해 주시오."

그때 밖에서 종복의 목소리가 들렸다.

"나리… 금군 별장 이장렴이란 자가 왔사옵니다."

"그래. 기다리라고 해라…"

어떻게 이렇게 금방 찾아왔을까 하는 생각을 하는 동안, 박규수가 자리에서 일어나며 말했다.

"그럼 저는 이만 물러가볼까 합니다. 합하나리."

"예. 그럼 살펴가시오. 승지영감"

박승지가 사라지는 뒷모습을 바라보던 대원군은 바짝 긴장을 하고 서 있는 금군별장을 보았다. 예나 지금이나 강단이 있어 보이는 게… 천상 무골이다.

"아니, 이게 누구신가? 별장 나리 아니신가?"

물론 예절로 포장한 시비조다. 별장은 알아들을 것이다.

"예. 합하! 금군 별장 이장렴이옵니다."

"그래. 들어오시게. 들어오시게."

별장이 긴장한 얼굴로 좌정하여 앉자 대원군은 눈을 부릅뜨며 다짜고짜로 별장에게 물었다.

"자네가 내 뺨을 친 별장이 맞는가? 아직도 그걸 기억하는가?"

"예. 소인 기억하고 있사옵니다."

깍듯한 말투 속에 담겨있는 공손함은 이미 대원군이 어떤 사람이란 것을 알고 있다는 의미다.

"지금 이 자리에서도 내 뺨을 칠 수 있겠는가?

잠시 머뭇거리던 별장이 천천히 입을 열었다.

"예. 합하께서 춘홍의 집에서 하신 것과 똑 같은 행동을 하신다면 제 마음이 제 손을 억제하지 못 할 것이옵니다."

잠시 침묵이 흘렀다. 두려움에 굳은 모습이었지만 심지가 뚜렷하게 살아 있는 말이었다.

'허, 이놈 봐라! 하나도 떨지 않는군…'

대원군이 눈을 부라리며 다시 별장에게 말했다.

"네가 내 뺨을 때린 것은 춘홍이에게 흑심이 있어서 나를 때린 것이어늘 무엇을 숨기려 하느냐?'

별장의 꿋꿋했던 태도가 일시에 무너지며 허둥대는 모습이 뚜렷했다. 속으로 '들켰지?' 하고 속삭이며 쾌재를 불렀다.

"아, 아니옵니다. 나리… 아니, 합하나리… 절대 그렇지 않사옵니다. 만약 그러하다면 지금 이 자리에서 죽어도 뭐라 하지 않겠사옵니다."

응? 예상보다 쉽게 무너지는구나… 흐뭇했다. 사내 자식이 춘홍의 집에 드나드는 이유를 장안의 모든 사내가 다 알거늘… 이제, 이 정도로 잡도리를 해 놓았으니 춘홍의 곁에는 얼씬도 않을 것인즉 춘홍이는 지금부터 내 것이 되었구나. 입가에 미소를 흘리며 대원군이 말했다.

"허허… 이놈 보게… 내, 자네가 무서워서 그 술집에 가고 싶어도 못 갔거늘 분명히 네 입으로 아니라 했겠다…"

"예?"

미소를 흘리며 웃는 대원군을 바라보며 영문을 모르는 별장이 정신을 가다듬지 못하자 대원군이 크게 웃으며 소리쳤다.

"하하하. 내, 오늘 좋은 인재를 하나 얻었도다. 내, 너 같은 인재를 얻었으니 어찌 가만 있을 소냐."

대원군은 밖을 향하여 크게 소리쳤다.

"여기 미래의 금위대장께서 오셨다. 술상을 올리거라…"

# 13

# 습격

유생들의 데모는 극에 달했고 급기야 도끼상소가 줄을 잇기 시작했다. 대궐 문 앞에는 유생들이 진을 치고 앉아서 고래고래 소리를 지르는 자가 매일 백여 명이 넘었고 어떤 놈은 돈화문 앞에서 거적 깔고 '먹고자기'를 백 일째 하는 놈도 있었다. 조정은 시끄러웠지만 지나가는 백성들은 아무 관심이 없었다. 먹고 사는 문제도 아닌데 웬 난리들인가 하는 표정이었다. 허긴 유생들에게는 먹고 사는 문제이니 쉽게 그만둘 수는 없으렸다! 그러나 이제는 그만 둘 때도 되었건만 매일 수북한 상소문이 전국에서 도달하여 쌓이고 있으니 도저히 기세가 꺾일 것 같아 보이지 않았다. '어디 누가 이기나 보자' 하고 내기를 하는 것 같아 보였다.

상소문이 많아지면 많아질수록 춘홍의 집으로 퇴근하는 횟수가 많아지는 것은 당연한 일이었다.

"춘홍아. 이제 내 소원을 들어 줄 때도 되었거늘 네가 내 속을 너무 썩이는구나. 언제까지 이렇게 모른 척 할 것이냐?"

"나리. 제가 비록 기생의 몸입니다마는 아직 한 번도 남자에게 몸을 내어 준 적이 없는 몸이오니 저도 어찌할 바를 모르겠나이다."

아직 한 번도 남자에게 몸을 내어 준 적이 없다는 말을 듣는 순간, 온몸의 피가 아랫도리의 어느 한 지점으로 확 쏠리는 소리가 들리는 듯했다.

"너도 이제 나이가 들었으니 이제는 들어와 내 소실이 되는 것도 좋지 않겠느냐?"

소실 얘기는 처음 꺼내는 말이었다. 던져본 것이다. 가슴이 쿵쾅거렸다. 춘홍이도 나처럼 가슴이 뛸까? 부끄러워하는가? 춘홍이 고개를 살며시 내리깔며 배시시 웃는 것이 입꼬리가 살짝 위로 올라간다. 분명 효과가 있다는 증거였다. 그러나 언제가 결정적 시기가 될지….

오늘도 허탕을 친 대원군은 피곤한 몸으로 가마에 올랐다. 가는 길에 졸음이 쏟아져 내렸다. 과음을 한 것이리라. 남자가 술을 많이 먹는 이유는 대개 돈과 여자 때문이다. 방에 이르자 그대로 곯아떨어진 대원군은 흉몽을 꾸고 있었다. 보이는 건 뒤주였다. 사도세자께서 뒤주 속에서 울부짖고 계셨다. 뒤주는 오랏줄로 묶여 있었다. 형리 두 놈이 앞뒤에 창을 들고 서서 미동도 않고 땅에 붙어있었다. 한밤중인데도 사도세자는 고래고래 소리를 지르신다. '저 잔인한 형리 놈을 내가 그냥…' 대원군은 속으로 중얼거리며 앞으로 나아가려 하나 발이 허공에 떠 있는지라 도대체 앞으로 나아가지지가 않았다.

"장조전하. 장조전하…."

대원군이 부르는 소리는 입 속에서만 맴돈다. 입 속에서만 맴돈다는 것을 대원군도 잘 알고 있었지만 어떻게 해 볼 도리가 없었다.

한참을 소리 지르다 자기 귀에 들리는 자기 소리에 퍼뜩 정신이 들었다. '내가 소리를 지르고 있었구나' 하는 생각에 잠이 깼다. 꿈이었다. 칠흑 같은 밤이다. 축시는 지난 모양이었다. 갈증이 난 대원군은 머리맡을 더듬어 자리끼를 찾았다. 그 순간 가까운 거리에서 '부스럭' 하는 인기척이 들렸다. 분명 인기척이었다. 동물의 소리나 도둑고양이 소리와는 달랐다. 순간 온몸의 피가 거꾸로 솟는 느낌이 들었다. 공포가 숨을 막았다.

"거, 거, 거기 누구냐!"

순간, 아무런 소리도 들리지 않았다. 필시 누군가가 들켰다고 생각해서 동작을 멈춘 것임이 분명했다. 겁먹은 소리로 대원군이 부르짖었다.

"종복아! 이리 오너라!"

그 순간, 둔탁한 소리와 함께 후원 쪽의 창호틀이 '바지끈!' 깨지는 소리가 들리며 '쿵!' 하는 소리가 들렸다. 뭔가 방 안으로 떨어진 것이 분명했다. 폭약일지도 모른다는 생각이 스쳤다. 이어 쿵쿵거리는 발걸음 소리가 멀어지는 것으로 보아 분명 괴한이 폭약을 방으로 던져 놓고 도망치는 소리였다.

"사람살려!"

혼비백산한 대원군이 비명을 지르며 앞뜰로 뛰쳐나왔다. 입에서는 계속 '사람살려!' 하는 소리와 함께 이빨 부닥치는 소리가 들렸다. 방에서 가급적 멀리 도망가려고 했지만 다리가 꼬이고 몸이 비틀거려 말을 들어주지 않았다.

"대감마님! 무슨 일입니까요?"

행랑채의 하인 두엇이 급히 달려 나오는 것이 보였다.

"괴한이니라! 괴한!"

"괴한이라구요?"

하인 둘이 광으로 급히 뛰어 들어가 하나는 관솔불을 붙여 나오고 하나는 낫을 들고 나왔다. 이로당에서 잠을 자던 민씨 부인과 유모도 놀라서 뛰쳐 나왔다.

"종복이는 왜 안 나오는 거야?"

여기저기서 웅성거리는 소리가 들렸다. 천종복이 굵은 팔뚝에 몽둥이를 움켜잡고 헐레벌떡 달려왔다.

"대감! 무슨 일이옵니까?"

"종복아! 괴한이다. 괴한! 방안에 폭, 폭탄을 던졌어!"

종복이 하인 대여섯을 이끌고 급히 사랑채로 몰려 들어갔다. 아무런 흔적도 남아있지 않았다. 대감께서 요즘 술을 자주 드시기 때문에 헛소리를 들으셨을지도 모른다고 생각됐다. 후원을 구석구석 여러 번 뒤졌으나 괴한의 흔적은 찾을 수 없었다.

"대감마님! 아무 것도 없습니다."

"방 안을 뒤져 보았느냐?"

그제야 종복은 관솔불을 든 하인과 함께 방안으로 들어섰다. 후원으로 통하는 창호문이 빠개진 것이 보였다.

"음… 이놈이 여기에 있었구만…"

잠시 후, 종복은 대원군에게 커다란 차돌에 묶여서 배달된 한 통의 서찰을 전달했다. 편지다. 경고문이었다.


'흥선군 이하응은 보아라. 너는 인간의 도를 모르는 흉악한 자로다. 금수와 다를 바가 없는 자로다. 어찌하여 수백 년 내려온 선현의 도를 버리고 우리를 능멸하려 하는가…'

서원철폐에 대한 반감을 품고 습격을 한 자임이 분명했다. 아는 사람 같다는 생각도 들었다. 누구지? 김좌근? 아니면…. 필체는 초서. 많이 숙달된 서체였다. 젊은 유생들의 짓이 아님은 분명했다. 몸서리가 쳐졌다. 부르르 떨다 다시 차분해졌다. 이제, 이놈들이 이런 짓을 하였으니 다음 차례는 정말 폭약을 잠 자는 방으로 내던질 판이었다.

"내 이놈들을 살려 두지 않으리라…"

'바드득!' 이를 가는 소리가 옆에 서 있는 종복에게도 들렸다.

다음날 편전은 유생들이 전국적으로 모여 대규모 상소를 준비하고 있다는 안건으로 시작되었다. 대원군이 참다참다 큰 소리로 대신들에게 고함을 쳐댔다.

"모두들 들으시오! 호서의 사대부와 관서의 기생 그리고 호남의 이서 이렇게 3대 탐관오리들이 지금 뒤에서 사주를 하고 있음이 분명하오. 유생이라는 자들이 누구요. 이런 탐관오리들을 등에 업고 일은 안 하고 백성들에게 재물과 고혈을 뜯어내는 기생충들 아니오? 기생충!'

기생충이라는 말이 나오자 전부들 입이 떡! 벌어졌다. 어제까지만 해도 유생들의 입장을 이해하고 있으니 제발 조정이 하는 일에 협조해 달라고 당부하던 대원군 아니던가!

"면세와 면역 등 각종 혜택은 다 받으면서 문집을 낸다, 제사를 올린다 하면서 힘없는 백성들에게 비용과 물품을 강요하는 묵패를 돌리고 그대로 돈을 내지 않으면 잡아다 패는 파렴치한 사람들이 서원 사람들이오. 내 어느 서원이라고 내 입으로 말하진 않겠소만 서생들에게 직접 봉변을 당한 적도 있소이다. 왕족이 이럴진대 하물며 백성들이야 오죽하겠소? 이러니 또 하나의 조정이라고 아니 말할 수 있겠는가! 이는 임금에게 반역하는 행위니 역모와 무엇이 다르겠는가!"

여기저기서 술렁이는 소리가 들렸다. 대원군은 들은 체도 안하고 어젯밤 투척된 괴한의 편지를 들어 올렸다.

"자! 대감들! 모두 이걸 보시오. 어젯밤, 내 자는 방에까지 폭탄을 투척하고 경고문을 던졌소. 저기 궐문 앞에 있는 자들이 분명하오. 내 이들을 찾아내어 반드시 처단할 것이오. 이를 어기는 자는 모두 죽이리라 명을 내릴 것이니 대감들의 생각은 어떠하시오?"

일순 찬물을 뿌린 것 같은 고요함이 편전에 퍼져 나갔다. 상감의 얼굴에 안심하는 빛이 스치고 지나갔다. 잠시 후 조대비가 침묵을 깨고 결론을 내렸다.

"그럼 그대로 시행토록 하시오."

# 14

# 충돌

서원의 일은 잠시 소강상태에 들어갔다. 일단 한성부 나졸들을 풀어 시범적으로 몇 놈을 잡아 늘씬하게 두들겨 패고 한수 이남으로 내쫓아버렸다. 유생들 사이에서 시위자들을 역모로 처단한다는 소문이 돌았다. 대원군의 집이 습격당한 사실도 모두 알게 되었다. 습격사건도 실은 대원군이 꾸민 자작극이라는 소문도 돌았다.

대원군의 집에도 경비가 강화됐다. 매 시간마다 순라꾼이 야경을 섰었는데 이제는 대궐과 똑같이 금군이 경비를 맡아 교대로 지키게 했다. 이제 운현궁도 아무나 드나들지 못하는 궁궐 중의 하나가 되었다. 유생들이 격문을 들고 대원군 합하를 찾아가 울분을 토로하던 시절은 지났다. 모든 경비의 책임은 금군 별장 이장렴이 맡았다. 금위대장과 동등한 권세를 가진 별장으로 운현궁과 규장각의 모든 서고의 경비 책임을 맡았다. 물론 서고들 중 개유와와 금서각의 출입은 대원군 합하의 직접 수결을 지니지 않은 자는 절대 출입이 금지되었다. 금괴가 있는 금서각 말고 개유와의 출입도 금지시킨 이유는 혹시라도 금괴의 단서를 개유와에 있는 서책에서 찾는다면 큰일이 나기 때문이었다. 모든 것이 제대로 돌아가는 느낌이었다.

이제 정조대왕의 황금은 안전하게 모셔진 것이다. 직접 확인도 할 겸, 대원군은 오랜만에 가마를 금서각으로 몰았다. 예전과는 달라진 서고들의 모습이 삼엄했다. 문마다 경비가 일일이 하문을 하였다. 이별장의 하는 일이 듬직했다. 개유와가 멀리 보였다. 그런데 좀 달라진 것 같았다. 군영 막사가 개유와 앞에 쳐져 있었다. 대원군 합하께서 들어오신다는 전갈을 수하로부터 전해 받은 이별장이 허겁지겁 달려 나와 굽신거렸다.

"합하나리! 어찌… 여기까지 나오셨습니까?"

"오… 이별장. 그동안 오랜만이오… 그래, 별 일은 없소?"

"예! 합하! 명을 받들어 여기는 철저히 지키고 있습니다."

군영이 쳐져 있는 것으로 보아 여기서 직접 먹고 자고 하는 모양이었다. 만약의 사태에 대비하려면 그런 방법이 제일일 것이다.

"그래, 이 군영 막사는 이별장의 근무처요?"

"그렇사옵니다. 여기 서고를 지키는 금군이 모두 삼십이고 합하의 운현궁을 지키는 병사가 스물이니 도합 오십 명이 조별로 번갈아가며 근무를 하고 있습니다."

완벽한 수비다. 감히 누가 이 수비를 뚫을 것인가?

"지난 번 말한 대로 여기 금서각과 개유와는 내 수결이 없는 한, 어떤 일이 있어도 절대 출입시켜서는 아니 되오. 설령 대비마마가 오신다고 해도 말이요 알겠소?"

"예! 합하!"

목소리도 우렁차고 성격이 대처럼 곧은 인물이라 명령을 수행하는 데에 조금도 주저함이 없는 인물이다. 대원군에게는 지금 그런 인물이 필요했다.

"내 잠시 금서각에 볼 일이 있으니 그리 알고 밖에서 기다리시오."

"예! 합하!"

대원군은 오랜만에 금서각의 문을 열어젖히고 안으로 들어갔다. 첫날 보았던 그대로였지만 문으로 들어서자 손톱만한 크기의 청개구리 울음소리가 들려오는 것 같았다. 발걸음을 안으로 옮기자 청개구리 소리는 갑자기 수백, 수천으로 불어났다. 그 소리는 이렇게 들려왔다.

'내가 금이요. 내가 금이요. 내가 금이요….'

전에는 들을 수 없었던 확실한 발음으로 똑똑히 들려왔다. 이제 이 누각으로 누군가가 들어온다면 이 소리를 분명 들을 수 있을 것이었다. 청력이 예민한 사람이라면 아마 문 밖에서도 이 소리를 들을 수 있을 것이었다. 아래층으로 급히 내려가서 금괴 몇 덩이를 집어 소매 안에 깊이 찔러 넣고는 아무 것도 안 가져온 것 같이 두 팔을 소매 안으로 쑤셔 박았다. 누각의 열린 문으로 나오자 이별장이 그를 기다리고 있었다.

"이별장! 문을 닫으시오!"

이별장이 문을 닫고 나서 하문을 기다리며 옆에 조아리고 서 있었다.

"다시 한 번 말하지만 절대 이 누각에는 아무도 들여서는 아니되오. 내 말 알겠소?"

"여부가 있겠습니까?"

군은 명을 받으면 죽음으로 지키는 것이 임무다. 누군가가 해야

89

할 가장 곤혹스런 일을 최종적으로 맡아 처리하는 것이 군의 의무다. 그걸 지금 이별장이 맡아 하고 있는 것이다. 이별장은 그런 임무를 준 대원군 합하의 은혜에 보답하기 위해서라도 근무를 철저히 해야 하는 것이다. 문득 춘홍의 집에서 대원군의 뺨을 때리던 생각이 떠올랐다. 운현궁으로 불려가던 날, 병석의 부인에게 다시 얼굴을 볼 수 없을지도 모른다고 유언 비슷한 말을 하고 운현궁으로 가지 않았던가? 그때, 그 모든 허물을 덮어준 대원군이 한없이 고마웠다. 그 순간 대원군이 말했다.

"내, 이별장을 믿고 돌아 갈 터인즉 뒤를 잘 부탁하오."

"예! 합하! 뒤는 염려 마시고 편안히 가십시오."

따라 나서는 것은 근무규정 위반이다. 대원군이 원하는 것은 그런 것이 아니다. 대원군을 보내고 난 이별장은 부하들을 불러 다시 한 번 일일이 당부하며 명을 철저히 따를 것을 다짐시켰다. 경비를 선다는 것은 정말 지루하고 따분한 일이다. 간단히 말해 아무 일도 아니 하고 시간만 때우는 일이다. 대원군이 돌아가고 두 점이 지났을까? 선비 두 사람이 옷깃을 펄럭이며 서고 쪽으로 다가오고 있었다. 옷차림으로 보아하니 책을 다루는 검서관이었다. 두 사람이 그에게 다가왔다.

"우린 철종임금의 실록청에서 나온 사람이오. 여기 책임자가 누구요?"

"책임자라면 직제학 영감이 있소마는… 저기 저 쪽에 누각으로 가 보시오."

이별장이 검서관 두 명을 직제학이 근무하는 누각으로 안내하였다. 직제학 조성하가 검서관을 맞았다.

"대감. 우리는 철종대왕의 실록일을 맡고 있는 검서관이오. 실록

일에 필요한 서책을 가져가려고 왔소."

검서관 한 명이 가져갈 서책의 명단을 직제학 앞에 내어 놓았다. 모두 여섯 권, 열두 책이었다.

"좋소. 여기 수결을 하고 가져가시면 되오. 아… 그런데 여기 정조대왕께서 쓰신 이 두 권의 책은 오늘은 안 되겠소"

"안 된다니요? 그 책이 어디 나가 있소?"

"그게 아니고… 그 책은 금서각 안에 있소이다. 금서각에는 금줄이 쳐져있는 구역이니 안 되오. 대원군 합하의 수결이 없으면 들어갈 수 없소이다."

"수결이라니요?"

영문을 모르는 두 검서관이 서로 얼굴을 쳐다보다가 하나가 말을 했다.

"수결이 필요하다니요? 우린 금시초문(今始初聞)이오. 우리는 실록총재관께서 보내신 것이오. 무슨 수결이 따로이 필요하단 말이오?"

"대원군 합하의 수결이 없으면 들어갈 수 없소이다!"

"뭐요? 이 사람들이 정말…."

조금 완력이 있어 보이는 검서관 한 명이 들고 일어났다. 곧 금서각으로 들어갈 태세였다. 직제학 조성하가 소리쳤다.

"수결이 없으면 아니 되오!"

직제학의 고함소리를 들은 이별장이 무슨 영문인지 모르는 얼굴로 급히 안으로 들어왔다. 구원군을 만난 직제학 조성하가 이별장에게 고했다.

"이 사람들이 금서각으로 가려하오. 합하의 수결도 없이 말이오!"

"뭐요?"

창을 고쳐 잡는 이별장의 기세에 검서관은 기어들어가는 소리로
말했다.

"아니, 언제부터 그런 법이 생겼소?"

이별장이 눈을 부라리며 검서관을 바라보며 뱉어냈다.

"그런 건 난 모르겠고… 합하의 수결이 없이는 절대 못 들어가니
그리 아시오!"

문관이 무기를 들은 무관을 당할 수 있겠는가? 까딱하면 험한 꼴
을 당할 수도 있는 것이다. 검서관들이 서책 열 권을 품에 안고 돌
아가는 품세가 궁시렁거려 보였다. 무슨 말을 지껄이든말든 그건
이별장과 직제학이 알 바가 아니었다. 중요한 것은 합하의 명이다.

## 15
# 수결

문제가 발생했다. 중신회의에서 실록총재관을 맡고 있는 김
홍근이 어제 있었던 일을 편전 대신들에게 고했다.

"해괴한 일이 생겼소이다. 어제 우리 검서관들이 규장각에서 정
조임금의 서책을 가져 오려는데 거기에 있던 군졸들이 서책을 못
가져오게 했소이다. 뭐 합하의 명이라나요?"

"뭐요? 군졸들이 책을 못 가져오게 하다니요? 거기 직제학 영감
도 있었을 터인즉…"

"직제학도 역시 똑같은 말을 했다고 합니다. 금줄이 쳐져 있는
금서각에는 합하의 수결이 없으면 들어갈 수 없다 했소이다. 험한
꼴 보기 전에 나오긴 했소마는 이거야 원…"

김홍근과 조정 대신들은 이런 얘기들로 시끌벅적 했다. 이미 지
난밤에 이별장으로부터 보고를 받은 대원군은 이런 얘기가 나올
줄 미리 알고 있었다는 듯 여유 있는 걸음으로 조대비와 함께 상감
의 뒷자리에 배석했다.

"무엇이 어찌되었단 말이오?"

짐짓 모른 척하며 대원군이 김흥근에게 물었다.

"아, 글쎄 규장각의 병사들이 책을 못 가져가게 하였으니 이게 도대체 무슨 경우이옵니까?"

"그랬어요? 이는 필시 무슨 이유가 있을 터인즉 자세히 알아볼 것이니 그리 상심 마시오."

"상심이고 뭐고. 이게 무슨 경우요. 도대체 합하의 수결이 없으면 책을 한 권도 가져 나올 수 없다니 이래서야 어찌 승하하신 철종 대왕의 실록을 꾸릴 수 있겠소?"

조대비의 심중이 가장 중요한 순간이다. 조대비를 힐끗 바라 본 대원군은 안심이 되었다. 중립적인 마음인 것이 확실했다.

"수결을 받아 가면 될 것 아니겠소?"

"수결이라니오. 전례가 없소이다. 이렇게 일일이 수결을 받아야 한다면 어찌 실록을 꾸릴 수 있겠소. 난 그렇게 못하겠소이다!"

김흥근이 예상보다 강경하게 나왔다. 이제 여기서 밀리면 개나 소나 다 규장각이다, 금서각이다 드나들게 될 것이다. 그렇게 되면 사고가 날 확률이 더 높아지는 것이고 경비를 세워 놓았을 때보다 오히려 더 위험하게 되는 것이다. 왜 하필이면 이럴 때 철종임금께서 승하하셔서 문제가 복잡하게 되는 것일까?

"못 하시겠다구요? 그럼 그만 두시오!"

서원철폐 같이 이치에 맞는 일이라면 중신들이 반대를 해도 속으로는 켕기지 않는 법인데 이건 말도 안 되는 경우이니 대원군도 약간은 켕기는 느낌이었다. 서책을 책임진 관리와 책임자를 이런 사소한 문제로 해임하다니…. 어안이 벙벙한 중신들을 향해 대원 군이 말했다. 논리적 설득이 필요한 순간이었다.

"규장각은 선대 임금들의 유지가 서린 곳이오. 그동안 아무도 돌보지 않아 누각은 낡고 서고는 버려진 것이나 다름없었으니 이는 선대 임금의 권위를 무시하고 신하의 도리를 다 하지 못한 불충이었소. 내 이를 바로 잡고자 하여 경비를 붙이고 관리를 상주시켜 선대왕의 유지를 받들고자 하여 이런 조치를 내렸으나 경들이 내 뜻을 알아주지 않음은 실로 애석한 일이오."

조대비의 고개가 끄덕이는 것이 곁눈질로 보였다. 임금의 권위를 무시하고 세도정치를 펼친 안동김씨의 폐해를 바로잡아야 왕권이 굳건해짐은 누구보다 조대비가 먼저 알고 먼저 원하는 일이었다. 조대비가 입을 열었다.

"수결을 받으면 되는 일 아니오?"

"그렇사옵니다."

대원군이 곁에서 즉바로 받았다. 상황이 정리되는 순간이었다.

"총재관으로 영의정을 물러나있는 김좌근 대감을 주청드리옵니다."

김흥근이 해임되고 김좌근이 임명되는 순간이었다. 김좌근은 일단 오늘의 수결사태는 모르는 인물이고 나이가 많아 편전에 나와서 부닥치는 일은 없을 것이었다. 명목상의 직책이었다.

"그렇게 하도록 하시오."

대비마마의 명이 떨어졌다. 사태는 쉽게 일단락되었다. 김흥근을 즉시 해임하면서 황금은 다시 안전해진 것이다. 안도의 한숨을 내쉬는 대원군을 고종이 바라보며 슬며시 웃었다. 상감께서도 걱정을 많이 하셨던 모양이다. 편전 회의는 이양선의 통상요구가 함경도에서 계속된다는 보고 등을 의논하다가 끝이 났다. 편전을 마치고 나서는 대원군의 등 뒤에서 도승지 박규수가 인기척을 냈다.

"합하. 가시려 하옵니까?"

대원군을 불러 세우는 모습을 먼 발치에서 고종이 궁금한 표정으로 바라보았다.

"오. 박대감. 웬일이시오. 편전에까지 납시었소?"

"예, 제가 할 말이 좀 있어서…"

시종무관의 호위를 받으며 내려가는 고종이 자꾸 박규수와 대원군을 바라보았다. 이윽고 시종들과 함께 궁금한 눈빛을 머금은 채 뒷문으로 사라졌다. 필시 무슨 비밀스런 이야기가 있는 것이 고종의 신상에 관한 것이리라.

"이거 좀… 말씀드리기가 거북한 이야기지만 그래도 말씀을 드려야 할 것 같아서요…"

"말씀해 보시구려."

머뭇머뭇하던 박규수가 작은 소리로 대원군의 귀 가까이에 대고 말했다.

"엊그제 오후에 제가 수결을 받을 일이 있사와 상감이 계신 선정전으로 나갔사옵니다."

그렇다! 분명 상감의 신상에 무슨 일이 있는 것이다!

"상감께서 궁녀 이씨를 뒤에서 끌어안고 계시다가 제가 들어가자 그만 화들짝 놀라시며 떨어지셨소이다."

"뭐요?"

눈이 둥그레지며 대원군이 다시 박규수에게 바짝 다가붙었다.

"하도 놀라서 저도 그만 어쩔 줄 몰랐사옵니다. 상감께서도 몹시 놀라시고… 무안하신 모습을 뵈니 죄송하기도 하여 저도 몹시 곤란하였사옵니다."

"궁녀 이씨라고 했소?"

"예, 그렇습니다. 지난번에 제가 한 번 말씀드린 그 여인이오."

"허허… 이거 큰일이군요. 상감께서 왕비도 맞으시기 전에 이렇게 정분이 나시다니… 그래 어떡하면 좋겠소?"

"글쎄요. 저도 지금 마땅한 방법이 없어서요. 괜히 이 궁녀를 다른 데로 보내면 말이 날 것이고 오히려 안 좋은 결과가 날지도 모르는 일 아니오?"

"그렇지요? 상감께서 사가를 떠나 그 여인에게 마음을 붙이시는 모양인데 이거 이러지도 저러지도 못하게 되었구려…"

상감이 벌써 여자를 찾는다니 한편 놀랍고 한편 고맙기도 했다. 그나저나 대책을 세우지 않으면 안 될 때였다.

"계속 잘 좀 살펴봐주시오. 대감만 믿겠소."

졸지에 감시역을 맡게 된 박규수가 말했다.

"상감께서 왕비를 맞이하셔야 할 것 아니겠소?"

"그렇지요?"

맞장구를 치며 나오는 대원군에게 큰 사명이 하나 더 주어졌다. 상감에게 어서 속히 배필을 만들어 주어야 할 것이었다. 자신은 춘홍에게 빠져서 밤마다 춘홍의 치마폭에서 춘홍의 손을 어루만지는 재미로 세월을 보내는데 어린 상감은 부모를 떠나 아무도 모르는 궁궐에서 낯모르는 사람들에게 둘러싸여 평생을 살아야 한다니 애처롭고 가여웠다. 그리고 미안했다. 어서 속히 배필을 구해드려야 하리라. 배필을….

졸다가 눈을 떠 보니 어느새, 가마는 춘홍의 집 앞에 놓여 있었다. 대원군은 가마꾼에게 외쳤다.

"집으로 가자!"

# 16

# 배필

배필을 구한다는 것은 그리 쉬운 문제는 아니었다. 더구나 왕의 부인이 될 여자를 구한다는 것은 여러 가지를 종합적으로 고려해야 할 문제였다. 갑자기 할 일이 많아진 사람은 바로 부인 민씨였다. 며느리 간택은 시어머니 민씨의 몫이었다. 물론 왕비 될 사람의 자질이 가장 큰 문제였다. 그나저나 지금부터 준비를 한다고 해도 한두 해는 족히 걸리는 일이었다. 운현궁도 보수를 하고 증축을 해야 했다. 혼례를 올리려면 많은 하객을 맞을 공간이 필요했기 때문이다. 대비와의 의논은 필수였다.

"대비마마. 소인 문안드리옵니다."

무슨 일이든 시원시원하게 해내는 대원군인지라 대비는 한결 마음이 편해진 것이 이제는 전에 자주 다녔던 우이골 별장으로 다시 행차를 해 볼까? 하는 생각이 나기도 했다.

"대감, 어쩐 일이시오? 편전에서 보았거늘…"

"예. 편전에서 드려야 할 이야기가 아닌지라…"

"그래요? 무슨 이야기인지 말씀해 보세요."

잠시 뜸을 들인 대원군이 천천히 입을 열었다.

"예, 다름이 아니옵고 상감께서 보위에 오르신 지 많은 날이 지났사온데 이제는 종묘사직을 반석 위에 올려야 할 때인 것 같아서 이렇게 찾아뵈었습니다."

"상감의 혼사 말이군요."

"예? 그렇사옵니다."

눈치 하나는 빠르신 양반이다. 허긴 남편이 죽은 후, 긴 긴 세월을 조정대신들에게 부대끼며 갈고 닦은 궁궐밥 아닌가?

"그렇지 않아도 내 대감과 그 일을 의논하고 싶었소이다. 궁궐 안에서도 그 일이 초미의 관심사요."

"뭐라구요? 무슨 일이 있었습니까?"

가슴이 철렁 내려앉는 순간이다. 이상궁의 일을 들켰는가? 입조심을 좀 더 단단히 시킬 걸 그랬다는 생각을 하고 있을 때였다.

"허허… 일은 무슨 일… 상감이 보령은 낮으시나 이미 여자를 아실 나이고 배필이 없으니 궁녀들 사이에 말이 안 날 수 없겠지요. 내 입단속 문단속을 단단히 시키고 있으니 대감은 안심하시오."

역시 용의주도(用意周到)한 양반이다. 대원군보다는 한 수 위인 것만은 분명했다.

"감사하옵니다. 그나저나 상감의 배필을 구하는 문제를 상의 드리려 하여 왔사옵니다."

"상감의 배필을 구하는 것은 국가의 경사이고 종묘사직의 뿌리를 든든히 하는 것이니 대감께서 전적으로 맡아 주시고 혼사에 필요하다면 무엇이든 내가 적극 도울 것이니 그리 알고 진행하시지오."

"예, 감사하옵니다. 그럼 저는 마마님만 믿고 물러가옵니다."

이제 부인 민씨에게 정식으로 신부될 사람을 간택하라고 말하면 되는 것이다. 이것을 만약 예조에 맡긴다면 보나마나 복잡한 일이 생길 것이었다. 자고로 왕비의 집안이 정사를 맡아서 외척이 발호하는 때마다 큰 문제가 되었던 것이 선조의 예였던 것이다. 그러므로 왕비는 자신이 직접 조정할 수 있는 사람으로 뽑아야 하는 것이 제일 큰 일이었다. 그래서 그 일은 부인 민씨가 맡아야 하는 것이다. 그리고 운현궁도 더 넓혀야 한다. 왕권을 세우려면 우선 왕의 거처와 왕가의 거처가 권위가 있어야 함은 물론이었다. 금괴가 더욱 필요한 시점이었다.

가마가 서고에 이르자 군사 하나가 달려 나왔다. 당연히 이별장이 나오리라 예상했으니 이별장이 아닌 수하의 다른 별장이었다.

"합하! 납시었사옵니까?"

"그렇소… 그런데 이별장은 안 보이는 구려?"

별장은 대원군을 바라보며 말했다.

"예. 이별장은 부인상을 당하여 상중이옵니다."

오래 병을 앓던 이별장의 부인이 죽은 모양이었다.

"허허… 그거 안 된 일이구려…"

"사흘이면 다시 복귀한다고 하였사옵니다."

"그렇소? 그래 별 일은 없었소?"

별장이 대원군을 바라보며 쭈빗쭈빗 한다.

"예. 다름이 아니오라. 여기 개유와와 금서각에는 수결을 가진 사람 이외에는 들이지 말라 하였사옵는 것으로 알고 있사온데…."

"그렇소. 뭐가 문제가 생긴 것이오?"

"그게 아니옵고. 웬 수결을 가진 자가 매일 찾아오는 건지. 소인 좀 이상한 생각도 드옵니다. 원래 금줄 쳐진 곳의 의미가 사람을 가급적 들이지 말라는 뜻으로 아옵는데…"

"그런데요…"

"매일 검서관이 수결을 갖고 찾아오니 저희들이 막을 수도 없고 하여 드리는 말씀이옵니다."

아뿔싸! 문제를 해결하려다 오히려 더 큰 문제를 일으키고 만 것이었다. 수결을 사전에 결재하여 달라고 하여 수십 장을 만들어 주었더니 검서관들이 이를 남발하여 사용하고 있는 것이었다. 이렇게 되면 수결제도를 만들어 놓은 의미가 없어지는 것이었다. 금서각은 더 큰 위험에 빠지게 된 것이다. 이건 무슨 방도를 찾아야 했다. 근본대책이 필요했다. 근본적으로 인간이 접근할 수 없는 방법! 그것이 필요했다. 지금처럼 사람이 경비를 서는 방법이 아닌 방법이 필요했다. 무슨 수로 그 방법을 찾아낼 것인가? 황금의 분량도 만만치 않은데…

# 17

# 걱정

걱정거리가 또 생겼다. 혼사는 민씨 부인이 알아서 잘 할 것이다. 운현궁의 확장공사도 명령을 해 놓았으니 조만간 실시될 것이었다. 그러나 지금처럼 이렇게 많은 사람이 금서각에 접근할 수 있다면 저 금괴를 어떻게 안전하게 보호할 것인가? 찾아야 한다. 방법을….

걱정이 생기니까 입맛도 나지 않고 춘홍의 집에 가는 빈도도 예전 같지 않았다.

"춘홍아! 너는 소원이 무엇이냐?"

궁리가 떠오르지 않을 때는 뭔가 다른 방법으로 생각하는 노력을 하여야 한다. 급할수록 돌아가라 하지 않았던가? 지금의 방법, 즉 남자들이 일상적으로 하는 방법 말고 여자들에게서도 지혜를 배울 수 있는 것이다.

"제 소원은요…"

"그래, 네 소원을 말해 보거라…"

춘홍의 볼이 발갛게 부어오른다. 그런 춘홍의 볼을 바라보는 대원군의 마음은 예전 같지가 않았다. 한마디로 마음의 여유가 없는 것이다. 여유가 있어야 여자도 보이고 놀러갈 생각도 나는 것이다. 그저 피곤한 생각뿐! 세상에서 가장 피곤한 것이 있다면 바로 생각을 해야 하는 피곤이리라.

"제 소원은요… 대감님의 사랑을 받는 것이옵니다… 이렇게 대감님의 품에 영원히 있을 수 있다면 저는 더 이상 바랄 것이 없사옵니다."

평범한 여자다. 춘홍이라고 다른 여자와 다를 것이 있겠는가?. 여자의 행복이란 다 그렇다.

"그러… 냐…?'

그렇게 말하는 대원군의 말에는 힘이 없다. 힘이 없는 그 마음의 근거는 불안감이다. 언제 어떻게 될지 모르는 것처럼 예측 불가능하다는 것이 바로 불안의 핵심이다. 물론, 이별장에게 금서각과 개유와를 드나드는 검서관을 바로 뒤에서 바짝 붙어 다니도록 엄명을 내렸지만 그들의 행동을 공식적으로 제지할 권한은 없는 것이다. 어느 한 놈이라도 막무가내로 안쪽으로 들어가겠다고 우기면 저들이 어쩔 것인가? 그런 의미에서 무관은 문관의 영원한 졸병이다!

"대감의 씨를 받는 것이 저의 소원이옵니다…"

뭐라? 지금 이 여자가 경천동지(驚天動地)할 이야기를 한 것이다. 여자의 입에서 일생에 한 번 나올까말까 한 이야기가 나온 것이다. 씨를 받겠다고 하였다! 씨를 말이다! 그런데… 놀라는 마음이 하나도 안 일어나는 이유는 무엇일까?

"씨를 받고 싶다고 하였느냐?…"

중얼거리는 대원군의 입에서 무슨 말이 나올 것인지 몹시 궁금하여 걱정스런 눈초리로 춘흥이 대원군을 바라보았다. 여자로서는 정말 뱉기 힘든 말이었다. 그러나 일단 뱉어 놓았으니 이제는 뱉은 쪽에서, 그러니까 여자 쪽에서 적극적으로 나와야 한다. 남자가 해야 할 말인데… 뭔가 일이 거꾸로 되어가고 있다는 것만은 어렴풋이 느꼈지만 좌든 우든 결실이 있어야 한다.

"저를 소실로 받아 주시옵소서…."

말을 하는 춘흥의 얼굴이 완전히 빨개진 것이 호롱불의 희미함 속에서도 뚜렷이 보였다.

"네, 정녕 내 소실이 되고 싶은 게냐?"

"예. 그러하옵니다. 대감께서 이전 날 제게 말씀하지 않으셨사옵니까?"

소실을 하나 두면 금방 애가 나온다. 자식이 생기는 것이다. 자식이 생긴다는 것만큼 인간에게 기분 좋은 일은 없는 것이다. 자식이 많은 것이 바로 그 집안의 가장 큰 복이다. 나라의 가장 큰 축복은 임금이 자식을 많이 낳는 것이다. 임금이 자식이 많아야 종사가 튼튼해지는 것이고 왕권이 강화되는 것이다. 선대의 순조, 헌종, 철종 임금이 세력이 약한 것은 자식이 없이 돌아가셨기 때문이다. 그래서 나라꼴이 말이 아니게 되었고 중신들에게 휘둘리는 처지가 된 것이고 그 부작용으로 서원이 번성했던 것이다. 왕권을 강화해야 한다. 자식을 많이 낳아서 말이다.

운현궁 확장공사는 신속하게 진행되었다. 국혼을 치를 장소다. 자금이 있고 인력이 있으니 무엇이 거리낄 것이 있겠는가? 연일 계속되는 짐꾼들의 행차와 도목수의 신속한 솜씨는 기대 이상이었다. 서너 달 안에 이전보다 열 배는 더 크게 확장공사가 끝날 것이었다. 대목을 맡은 장씨는 장안에 내로라하는 솜씨꾼이다.

"이보게, 장대목! 이제 거의 다 되어가지 않나?"

"예! 나리. 대궐과 똑 같은 재료와 방식으로 지은 것이오니 걱정 놓으십시오."

"그런가?"

"예!"

"그래, 공사가 다 끝나려면 얼마나 더 걸릴 것인가?"

"건물은 일단 설계된 대로 용마루가 올라갔으니 며칠 사이에 다 지어질 것이고 여주감영에서 보내온 식재용 소나무 오십 그루가 아직 도착을 하지 않아 모양새가 안 날 뿐이옵니다."

"자네는 경력이 얼마나 되는가? 솜씨가 좋아 보이네."

"예. 아버지 때부터 따라 다녔으니 오십 년이라고 말을 해도 틀림은 없겠죠?"

"그런가?"

오십이면 자신보다 위다. 저런 위인이라면 임금이 사는 궁궐도 뚝딱 지을 수 있을 거라고 생각했다. 궁궐을 말이다. 그때 어떤 생각이 대원군의 머리를 퍼뜩 스쳤다.

"자네… 궁궐도 지을 수 있다 하였나?"

"예? 뭐라굽쇼?"

"궁궐을 지을 수 있는가 물어 보았느니라!"

"궁궐이라니요? 아, 예! 맡겨만 주신다면 뭔들 못 지어 올리겠습니까?"

이 자에게 궁궐을 짓도록 한다면… 거기까지 생각하는 도중, 그가 말을 하여 대원군의 생각이 멈춰 섰다.

"그렇지 않아도 우리 목수들의 최고 영광은 임금님이 계시는 궁궐을 지어 올리는 것이옵니다. 소인의 마음속에 항상 걸리는 것이 하나 있사온데 임란 이후 저렇게 버려진 경복궁을 제 손으로 다시 지어 나랏님께 올리는 것이 저의 소원입니다!"

"그런가?"

궁궐을 다시 짓는다? 그건 정말 엄청난 역사지만 만약 궁궐을 다시 짓는다면 무너졌던 왕권은 다시 살아나게 될 것이다. 왕의 권위가 바로 서고 왕가의 체통이 유지되면 백성들이 왕을 우러러 보고 복종의 마음이 나올 것이었다. 자식이야 명복이 아직 어리니 얼마든지 생산할 수 있는 일이지만 궁궐을 지어내는 것은 어린 명복이 할 수 있는 일이 아니지 않는가? 물론 새로 짓는 궁궐 깊숙이에는 비밀 공간이 필요하다. 비밀 공간! 궁궐을 지으며 얼마든지 공간을 설계할 수가 있다. 거기에 저기 저 위험에 빠진 정조대왕의 유산을 보관하여 자손만대(子孫萬代)에 물려 줄 수 있는 대위업을 보존하리라!

"자네, 지금 궁궐을 짓고 싶다 하였나?"

"예! 짓고 말굽쇼. 대목이 된 이래 제 머릿속에서 수백 번도 더 짓고 헐었습니다요…"

"그렇지? 그래. 그래야지…."

멀뚱멀뚱한 눈으로 장대목이 대원군에게 말했다.

"궁궐을 지으실 겁니까?"

대원군이 단호하게 대답했다.

"암! 짓고 말고. 지어야지. 아무렴 짓고 말고…"

# 18

# 중건

"대감나리, 밖에 누가 왔는뎁쇼?"

궁전설계로 밤새도록 뒤척이며 잠을 설쳐댄 대원군의 침실로 아침 일찍 종복의 외치는 소리가 들렸다.

"아침부터 웬 소란이냐?"

"예, 연전에 왔었던 애꾸눈 점쟁이가 온 것 같습니다요."

애꾸눈 점쟁이라면 백운학인가? 갑자기 무슨 일로 자신을 찾아왔단 말인가? 선잠으로 푸석한 얼굴을 한 채로 대원군이 대청마루로 나왔다. 볼품 없는 중늙은이가 종복 옆에서 손에 종이 같은 것을 들고 쭈빗쭈빗 서 있다 그를 보자 반색을 한 얼굴로 굽실거리며 인사를 했다.

"합하나리, 백운학이옵니다. 그간 별 일 없었사옵니까?"

"그래, 꼭두새벽부터 빚 받을 일이라도 있느냐?"

백운학의 손에 들린 종이가 필경 자신이 몇 년 전에 써 준 복채증서이리라 하는 것을 기억해낸 것이다. 명복이 왕이 된다면 삼만 냥을 주겠노라고 별 생각 없이 써 준 종이쪼가리였다. 나귀 몇 마리가 그의 뒤에서 우물거렸다.

"헤헤… 그게 아니오고… 그저 떠나는 길에 문안인사나 드릴까 하여 왔사옵니다."

"문안드린다는 놈이 나귀는 웬 나귀냐?"

"그게… 저… 이 나귀는 오늘 고향으로 떠날까 하여 짐을 운반하려고 가져온 것입니다요. 그리고, 여기… 대감께서 제게 약조한 복채증서도 드릴겸 하여…"

백운학이 그 말을 하면서 대원군 앞으로 다가서 한 동안 그의 얼굴을 빤히 올려보다가 손에 든 종이쪼가리를 불쑥 내밀었다. 대원군이 크게 노한 얼굴로 말했다.

"네 이놈! 네놈이 세도가의 집 마당으로 돌아다니면서 마당에서 노는 자제들에게 큰 절을 해대는 짓거리를 내가 모를 줄 아느냐?"

대원군이 크게 일갈하자 옆에서 듣고 있던 종복이 두 팔을 걷어 올리며 준비태세를 취했다. 그러자 백운학이 두 손을 휘저으며 황급히 말했다.

"대감! 고정하시고 화를 푸시옵소서. 저는 빚을 받으러 온 게 아니라 대감께서 걱정하시는 골치 아픈 문제를 도와드리려고 왔습니다."

"뭐라? 골치 아픈 문제라니… 네 놈이 무얼 안다고 헛수작을 하느냐?"

"그게 아니오고, 지금 대감의 얼굴에 수심이 가득하옵니다. 간밤에도 그것 때문에 잠을 못 이루신 것 같사오니 제가 잠시 한 글자 적어 올리리이까?"

말을 마친 백운학이 허리춤에서 종이와 지필묵을 꺼내 마루바닥에 내려놓고 즉석에서 먹을 갈아 붓을 든 뒤 글씨를 썼다. 글씨를 다 쓴 백운학이 종복에게 신호를 보내자 종복이 먹도 마르지 않은 종이장의 두 귀퉁이를 조심스럽게 집어 들고 대원군에게 갖다 바쳤다.

"따 '地'? 따 '地' 자가 아니냐?"

"예, 그렇사옵니다."

"네 이놈! 글자 한 자 써 놓고 나를 우롱하려 드느냐? 네 놈이 관상을 잘 보려고 자진 눈을 찔러 애꾸눈을 만들었다고 소문을 퍼뜨리고 다닌다는 것을 내 모를 줄 아느냐?"

"대감, 그게 아니옵고… 대감의 모든 걱정을 속히 땅에다 묻으시옵소서."

아니, 이것이 무슨 뚱딴지같은 이야기인가? 백운학의 입에서 예상치 못한 얘기가 나왔다. 땅에다 속히 묻으라? 그렇다면… 금괴를 땅 속에 보관하라는 뜻인가? 그렇구나! 궁궐을 설계하면서 땅속 비밀 장소에다 금괴를 묻고 통로를 내어 보관하면 비밀리에 금괴를 보관할 수 있을 것이었다. 그것보다 더 안전한 방법은 없을 것이다. 과연 용하다는 소문이 그저 말로만이 아니었다. 백운학의 한 글자로 모든 고민이 일시에 해결되는 기분이었다. 대원군의 표정을 유심히 살피다 그의 입꼬리가 살며시 올라가는 것을 느끼자 백운학이 안도의 한숨을 내쉬며 말했다.

"도움이 되셨사옵니까?"

대원군이 천천히 그를 내려다보며 말했다.

"그래. 과연 네 말이 옳도다. 많은 도움이 되었으니 약조한 대로 삼만 냥을 내어주마. 고향이 어디라 하였느냐?"

"예. 청도이옵니다."

"현감자리를 원하는 것이냐?"

"그렇사옵니다. 어찌 그리 제 맘을 잘 아시고…"

"네 놈의 속내를 내가 모를 것 같으냐? 알았다. 그리 알고 떠나거라."

자문비치고는 아깝지 않은 비용이다. 허긴 백운학이 명복에게 절을 하며 상감이 될 거라고 얘기해 주지 않았다면 자신이 그토록 조대비에게 줄을 대려고 뛰지 않았을 것이다. 그가 알고 했든 모르고 했든 두 건의 자문이 이뤄진 것이다. 이제 모든 것은 확실해졌다. 궁궐 중건을 제안하여야 한다. 임란 이후 버려져 있던 경복궁을 중건하는 일이다. 엄청난 대역사가 될 것이다. 돈과 시간과 인력이 투입되어야 할 일이라 선대의 어느 누구도 선뜻 나서지 않았던 일이었다. 그걸 지어대겠다고 하면 조용할 수 있겠는가? 우선 대비마마의 의중이 문제였다.

"대비마마. 경복궁을 중건하여야 하옵니다."

단도직입(單刀直入)적으로 말을 해야 한다. 이젠 그의 원래의 성격이 나오는 것이다. 예전에 궁도령으로 지낼 때, 큰 아들 취직 부탁이다, 금전 부탁이다 하며 아쉬운 얘기를 해야 할 때에는 말을 빙빙 돌려서 하던 그였다. 그러나 이젠 무엇이 두려우랴! 조대비와는 완전 한편이다. 그런데 조대비 대답 봐라! 이건 한 술 더 뜬다.

"그렇지요? 경복궁 중건은 익성대왕의 유지이옵니다."

"아! 그렇습니까? 그렇군요! 그렇죠?"

환상의 궁합이다. 항상 대원군이 원하는 것 이상이다. 마누라보다 낫다. 어느 집 마누라가 남편의 속마음을 이렇게 잘 들어줄 것인가? 조대비의 대답에 신이난 대원군이 침을 튀겨가며 정신없이 한참을 떠들었다. 그 말을 조용히 다 듣고 있던 조대비가 한마디 한다.

"그런데… 경비는 어떻게 하지요? 많이 들 텐데…"

하마터면 '경비는 걱정마세요. 제가…' 하려다가 대원군은 입을 꼭 다물고 말았다. 아이쿠야… 너무 흥분했나 보다. 괜히 돈 댄다는 말이 입 밖으로 새어 나왔다가는 눈치 빠른 조대비에게 꼬투리를 잡힐 것이고 결국 금괴는 조대비 차지가 될 것이다. 조대비야말로 가장 조심하여야 할 첫 번째 인물이 아닌가. 조대비가 다시 입을 열었다.

"자금 문제도 걱정 마세요. 하나하나 하다 보면 무슨 수가 열리지 않겠습니까? 그나저나 조정 대신들을 먼저 설득하는 것이 순서입니다."

조대비! 나이를 그냥 먹은 것이 아니었다. 현명하고 지혜로운 여인이다. 안동김씨를 물리치기 위하여 자신과 고종을 선택했다는 사실 하나로도 이미 그 실력을 인정받기에 충분한 일이다. 대비전을 나오며 대원군은 마음속에서 '조대비 같은 현명함이 왜 자신에게는 부족한가?' 하며 속으로 질책하였다. 일을 무리 없이 추진하려면 대비의 신중함을 배워야 할 것이라고 마음을 굳게 먹었다. 이제는 편전으로 가서 중신들을 설득해야 한다. 물론 반대가 많을 것이다. 그것을 꺾고 나아가는 것이 상감과 조선을 구하는 일이었다. 급히 일어나 나가던 대원군은 대비전 밖에서 허겁지겁 걸어 들어오던 박규수를 만났다. 의외였다. 승지가 대비전에 급히 들어야 할 이유가 없었다. 굳이 있다면 편전에서 다 처결할 수 있었을 것이다. 왜 따로이 만나야 하는 걸까?

"박승지가 웬 일이시오?"

급히 들어오던 박규수가 잠시 당황한 얼굴로 대원군을 바라보았다.

"아, 예. 급히 대비전에 드릴 말씀이 있어서요…"

"대비전 일이라면 편전에서 얼마든지 하실 수 있으실 텐데요…"

의심의 눈초리로 박규수를 바라보자 그가 말했다.

"아, 예. 그게… 저. 궁녀에 관한 일이라서요…"

"궁녀의 일이라? 언제부터 승지께서 궁녀들 일까지 챙기시었소? 그러다 불알 떨어지겠소이다. 하하하…"

호탕하게 웃어대는 대원군을 바라보는 박규수의 얼굴이 부끄러움으로 빨개졌다. 박규수가 손을 공중에서 가로 저으며 말했다.

"허허… 그게 아니옵고 상감께서 특별히 부탁하신 일이라서요…"

호탕하게 웃던 대원군이 깜짝 놀라면서 박규수에게 되물었다.

"뭐요? 상감께서 궁녀의 일을 부탁하셨다니요? 도대체 무슨 말씀이오?"

"대원위 합하께서도 아셔야 할 것 같아서… 그렇지 않아도 말씀을 드릴까 했는데… 기왕 말이 나온 김에 말씀을 드리죠."

"무슨 … 말씀이오?"

대원군이 무진장 궁금한 표정으로 박규수의 얼굴을 바라보았다.

"예. 실은 지난번에 말씀드린 궁녀 이씨를 상감께서 상궁으로 주청을 드리시라고 명을 받았사옵니다."

"뭐요? 궁녀 이씨를 상궁으로요?"

"예. 그렇습니다. 상감께서 몹시 총애하시는 것이 확실합니다."

"아이쿠야… 이거 큰일났군요. 그래, 어떻게 하실 거요?"

"아니 어떻게고 자시고 제가 왕명을 어찌 거역하겠습니까?"

낙담한 표정의 대원군을 바라보는 박규수의 얼굴이 '거, 보시오!' 하고 말하는 것 같았다.

"이거 어떻게 하면 좋겠소? 둘 사이가 보통이 아닌 것은 사실인 것 같고. 그래, 합방을 한 것 같소?"

"아니… 아직 그런 눈치는 아닙니다 마는 매우 좋아하고 있는 관계만은 확실합니다. 부부의 모습을 보는 것 같소이다."

"부부라… 이런! 이렇게 된 이상 더 이상 두 사람을 가까이 두어서는 안 될 것이니 대비전에 고하시어 궁녀 이씨를 상감으로부터 떼어 놓도록 주청을 드려야겠소. 내 같이 들어가리다."

"아니. 잠깐만…"

마음 급한 대원군의 소매를 박규수가 잡아끌었다.

"합하! 남녀의 관계란 사람의 힘으로는 되지 않는 법이오. 또 이씨를 갑자기 떼어 놓으면 어린 상감께서 얼마나 마음에 상처를 받으시겠소? 그러니 내게 좋은 생각이 있소이다."

"좋은 생각이라니요?"

"예. 궁녀 이씨를 상궁으로 주청하고 대비전에 근무를 명하시도록 하여 상감과 일정한 거리를 두시도록 한다면 일단 떨어뜨릴 수 있는 것이 아니겠소? 상감의 명도 받들고 상감의 마음도 많이 상하게 하는 것이 아니니 일석이조 아니겠소?"

그랬다. 어린 상감에게 잘 하는 궁녀 이씨를 상을 주지는 못할망정 떼어 놓는다면 상감께서 얼마나 마음에 상처를 받을 것인가? 궁녀 이씨를 승진시켜 대비전에 배치한다면 상감도 먼발치로 가끔씩 궁녀 이씨를 볼 수 있을 것이니 상처받을 일은 없을 것이고 둘 사이에 사고가 나는 것도 미연에 방지할 수 있는 것이다.

"그렇지요? 그거 좋은 안입니다. 함께 들어가시지요."

"아닙니다. 이 일은 제게 맡겨 주십시오. 아무래도 은밀히 일을 처리하는 것이 좋을 듯합니다. 합하께서 함께 들어가시어 대비전에 모든 것을 사실대로 고해버리면 대비께서 마음의 부담이 많으실 것입니다."

"그렇… 겠지요?"

"이 일은 제가 은밀히 처결할 터이니 합하께서는 마음을 놓으십시오."

"그럼 박승지만 믿겠소이다. 상감을 잘 부탁드립니다."

"여부가 있겠습니까."

"그리고 한가지 더… 상감에게 배필을 구하는 중이라고 은밀히 의중을 떠보아 주십시오."

"예. 그렇게 하지요."

대비가 모든 진상을 다 알아버리면 대비전에서 스스로 왕비를 선택하려고 할 것이고 그렇게 되면 새로운 왕비의 집안에서 조정을 좌지우지(左之右之)하는 일이 생길 것이었다. 왕비 간택은 대원군 자신의 손으로 직접 하지 않으면 큰 화가 미칠 수도 있는 일이니 철저히 자신의 손으로 해야 할 일이었다. 대비전으로 향하는 박규수의 뒷모습을 물끄러미 바라보며 대원군은 어린 상감을 위하여 자신이 할 수 있는 일이 있다면 무엇이든 다 할 것이라고 굳게 다짐했다.

'상감마마. 이제 우리 조선이 상감을 만나 자손만대 확실한 반석 위에 설 수 있도록 신이 목숨을 다 바쳐 모시겠나이다.'

# 19
# 비결

왕비 간택을 위하여 따로 간택령을 내린다면 여기저기서 왕비감을 추천할 것이고 그렇게 되면 왕비 간택은 자신의 손을 떠나 여론에 떠밀리는 일이 될 것이다. 이런 일은 사적으로 은밀히 추진되어야할 필요가 있었다.

"춘홍아! 네 혹시 우리 상감의 배필 될 만한 규수를 중신할 수 있겠느냐?"

눈이 똥그래진 춘홍이가 대원군에게 대답했다.

"상감의 배필이라면 왕비가 아니옵니까? 저 같은 천한 계집이 어찌 대가집 규수를 알 수 있겠사옵니까?"

"대가집이라… 대가집이 아니고 그저 양반의 가문이면 충분하니라. 지금 세도를 가진 저 안동 김씨들을 보거라. 순조, 헌종, 철종대왕의 부인이 모두 안동 김씨 아니더냐? 외척들이 세도를 부린 이 나라가 과연 어찌 되었느냐? 나라가 망조가 들지 않았느냐!"

"그렇사옵니까? 그렇다면 저도 중신을 들 수 있겠사옵니다. 장안의 선비치고 여기 이 춘홍의 집에 안 드나든 선비가 있겠사옵니까?

합하께서도 저희 집에 드나드시다 이제 일인지하 만인지상의 자리에 오르시지 않으셨습니까?"

"허허허… 그렇구나. 그때가 엊그제 같건만 벌써 세월이 꽤 되었구나."

"제가 여러 방면으로 참한 규수를 알아볼 터인즉 합하께서는 염려 놓으십시오."

"내, 왕비 될 규수를 추천한다면 후한 상을 내릴 것이다."

"합하! 무슨 그런 말씀을… 저는 이미 합하의 것이온데 그런 말씀 안 하셔도 되옵니다. 합하의 일이 저의 일이옵니다."

가슴속으로 파고 들어오는 춘홍의 어깨를 어루만지며 대원군은 다음 단계의 전략을 세우고 있었다. 다음 단계는 여론조성이었다. 경복궁 중건을 지지할 여론의 지지가 필요했다. 예상했던 대로 경복궁 중건에 대한 조정 중신들의 반대는 극심했다. 특히 자금 문제에 있어서 돈을 어떻게 조달하느냐가 관건이었다.

"무슨 걱정이 그리 많으시옵니까?"

춘홍의 꾀꼬리 같은 목소리에 대원군은 정신이 퍼뜩 들었다.

"아니다. 내 잠시 딴 생각을 하였느니라."

"무슨 생각이온지 제가 알면 안 되옵니까?"

"아니다. 네가 알아도 될 일이니라. 내 선조대왕의 뜻을 받들어 대역사를 시작하려 한다."

"그렇사옵니까? 무슨 일인지는 모르겠사오나 물론 중신들이 반대를 하시겠지요?"

"어떻게 알았느냐? 네 말대로니라. 반대가 심하구나. 내, 대비마마와 익종대왕의 명을 받들어 경복궁을 중건하려는데 중신들의 반대가 말이 아니도록 심하구나."

"그럴 밖에요. 경복궁이 중건되면 나라의 기틀이 튼튼해지고 상감의 권위가 바로 서는 일인데 중신들이 그것을 좋아할 리가 없지요."

"그렇지? 네가 정녕 바른 말만 골라 하는구나. 너, 나와 같이 중신회의에 좀 같이 들어가자!"

"호호호. 들어가자면 못 들어갈 줄 아세요?"

한참 웃던 춘홍이 갑자기 정색을 하고 대원군에게 말했다.

"합하! 예로부터 큰 일이 있기 전에는 반드시 선대의 비기와 비결이 있었사온즉, 궁궐을 다시 세우는 큰 일은 선대의 비결을 따르는 일임을 백성들에게 먼저 알리셔야 하옵니다."

"비결이라… 무슨 비결을 말하는 것이냐?"

"아, 그야. 비문이 적혀있는 비석을 땅 속에서 끄집어내는 일이 아니옵니까? 거기에 쓰여 있는 대로 하시면 되는 것 아니옵니까?"

"그러냐? 그러면 그 비석이 어디에 있기에 끄집어낸단 말이냐?"

"있는 곳에서 끄집어내면 되실 것이옵니다."

"있는 곳이라… 거기가 도대체 어디냐?"

"글쎄요… 소인이 그걸 어찌 알겠사옵니까? 대감께서 아셔야 할 일을 어찌 소인이 알겠사옵니까?"

"내가 알아야 한다니? 뭘?"

그 말을 마친 두 사람은 잠시 서로 얼굴을 마주보며 살며시 웃기 시작했다. 춘홍은 영리한 여자다. 다 가르쳐 주지 않았는가? 비결을 어디에다 묻어야 할 것을….

다음날 일찍 편전을 마친 대원군은 종복을 불렀다.

"장순규를 들라 해라!"

"예… 그리고 한 가지 말씀드릴 일이 있사온데…"

"무슨 말이냐?"

"예. 다름이 아니옵고 춘홍이가 어떤 처자를 보냈기에 지금 안채로 들였사옵니다."

"처자라? 안채로 들였단 말이냐? 그래, 어느 집 규수라 하더냐?"

"자세한 것은 모르오나 뼈대 있는 선비 집안이라 하옵니다."

"뼈대? 에라! 이놈아. 뼈대가 없는 인간이 어디 있더냐?"

실실거리는 종복에게 대원군이 말했다.

"가기 전에 잠깐, 여기 내 방에 지필묵과 종이를 더 가져오너라."

"예."

종복이 준비해준 종이를 펼친 대원군은 뭐라고 쓸까 한참을 고민하다가 이내 붓을 들었다. 한참을 써내려가던 가던 대원군이 붓을 중단하더니 이내 쓰던 글을 구겨버리고 다시 쓰기 시작했다. 그러다가 다시 구기기를 몇 차례, 종복이 밖에서 대원군을 부르는 소리에 쓰던 일을 중단하였다.

"대감나리. 장목수 대령이옵니다."

수북이 꾸겨진 종이를 옆으로 옮기며 대원군이 대답했다.

"오냐. 이리 모시고 안으로 들어오너라."

방으로 들어온 종복과 장목수는 여물을 기다리는 소처럼 두 눈을 껌벅거리며 대원군의 하명을 주시하고 있었다.

"내… 장대목에게 특별히 부탁드릴 것이 하나 있는데…"

말끝을 흐리는 대원군의 말꼬리를 잽싸게 잡으려는 듯 장대목이 입을 열었다.

"예, 예. 말씀만 하시옵소서."

뭘 말하란 말인가? 쓰다가 막혔는데. 장대목의 눈길이 구겨진 종이 위로 잠시 힐끗거리다 이내 자리를 잡았다.

"내가 말이오. 돌비석을 하나 새겨야 하겠는데…"

"예. 비석이라면 얼마든지 새겨 드리지요."

"그런가? 그런데… 비문이 제대로 떠오르지 않아서…"

"아, 그럼 이것이 비문을 쓰셨던 종이이옵니까?"

"그렇네… 내, 글 솜씨가 예전 같지 않아서 원…"

대원군이 말을 마치자 장대목은 구겨진 종이를 하나 집어 들었다. 이것저것 집어 들고 한동안 읽어 내려가던 장대목이 대원군에게 말했다.

"이런 내용은 자고로 일정한 형식이 있사옵니다. 예전의 사례들을 저희 석공들이 잘 알고 있사옵니다."

대원군의 눈이 밝게 빛났다.

"그런가?"

"예. 이런 글들은 앞으로의 일을 나타내는 비결로서 토정선생의 비결이라든가 하여 일정한 형식을 갖추었으므로 일반인에게도 비결로 읽혀지려면 그런 형식을 갖추어야 할 것입니다."

"그렇구나… 허허허."

안심하는 대원군의 말을 잡아채어 일거리를 확보하려는 장대목이 즉각 들이댔다.

"예. 이런 일들은 큰 공사를 앞두고 일, 이 년 전부터 해오고 있는 일이옵니다. 건축일이란 것이 이런 일부터 시작되는 것입니다. 따라서 이런 내용으로 제가 비문을 조속히 지어 올리겠나이다."

"그래. 그래. 내 자네만 믿겠네."

화색이 도는 대원군이 당부의 말을 잊지 않는다.

"그래… 곧 서두르게. 시간이 없네. 육 개월 이내에 일이 시작되

어야 할 것이야. 그리고 이건 무덤까지 갖고 가야할 비밀이라는 것, 자네도 잘 알겠지?'

　"여부가 있겠습니까요? 건축일은 일시와 방위 모든 것이 비밀로 유지되어야 부정을 타지 않사옵니다."

　"그렇지! 부정을 타서야 되겠나? 허허허"

# 20
# 결론

"부인. 만나본 처자는 그래 어떠하였소?"

춘홍이 보냈다는 처자가 어떤 여자인지 몹시 궁금한 대원군이 부인 민씨를 보자마자 물었다.

"예. 성은 남씨라 하옵고 아주 참하고 훌륭한 규수이옵니다."

"그래요? 거 참 좋은 소식이구려. 우리 상감의 배필로 어떠하오?"

"예. 상감의 배필로는 매우 좋은 배필 같습니다. 우리 상감보다세 살이 위이고 공부도 많이 한 티가 납니다. 아, 참… 승지 남종상의 조카라 하옵니다."

"오. 그래요? 남승지라면 우리 박승지와는 매우 가까운 사이가아니오? 그런 집안이라면 더할 나위 없이 좋은 집안 아닙니까? 더구나 남승지는 청렴한 선비로서 상감의 신임이 두터운 분이시니잘 되었소. 내 박승지를 만나 좀 더 자세히 알아볼 것이오. 부인께서 너무 수고가 많으셨소."

상감의 혼례 문제를 신속히 진행시키려면 부모가 뛰는 수밖에 없었다. 편전에 오른 대원군은 속히 편전회의를 끝내고 박규수를 만나 남승지의 조카딸이라는 처자에 대해 자세히 알아볼 생각으로 듣는 둥 마는 둥 하려 하였으나 조정은… 시끄러웠다. 통상을 요구하는 러시아 군함이 원산까지 내려와 진을 치고 있었다. 함경도 북쪽에서 계속 통상을 요구하던 러시아 함대가 이제는 원산 앞바다까지 내려와서 통상을 요구하고 있는 것이었다. 쳐서 내어 쫓자니 그 뒤에 어떤 일이 벌어질지 모르는 노릇이었고 계속 물과 음식을 대 주자니 그것도 국법에 어긋나는 일이었다.

"원산감사가 단단히 지키고는 있소마는, 언제까지 이런 일을 감당해야 하는지 조정의 처결을 기다리고 있사옵니다."

병조판서의 보고에 전부들 꿀 먹은 벙어리다. 경복궁을 중건하겠다고 했을 때는 거품을 물고 반대하던 조정 중신들이 이런 곤란한 일에는 모두 입을 닫고 조용하다. 허긴 마땅한 대책이 없었다. 통상을 허락한다면 여기저기서 통상을 요구할 것이고 그 후폭풍을 어떻게 감당하며 준비도 되지 않은 백성들이 외국의 각종 풍조에 시달릴 것은 불을 보듯 뻔한 일이었다. 그렇다고 대포를 쏘아 쫓아낸다면 대규모의 함대가 돌아와서 함경도를 위시하여 일대를 쑥밭으로 만들지도 모르는 일이었다. 엄청난 대포로 중무장한 러시아 함대가 매우 강력하다는 소문은 이미 조선땅에 다 나있었다. 쫓아낸다고 순순히 물러갈 저들이 아니었다. 러시아는 이미 연해주에 부동항을 확보하고 조선땅에 저들의 해군기지를 얻으려고 하는 것이 속셈인 것을 조정 대신들도 모두 다 알고 있었다.

"합하께서 결론을 내려 주십시오."

꼭 어려운 문제만 터지면 결론을 내려달란다. 저희들이 처리하지 못하는 문제들만 말이다. 조정에 머리수만 많았지 정작 일하는 놈은 하나도 없었다. 총대를 메겠다고 나서는 대신이 없는 것이다.
이런 자들을 믿고 어떻게 나라를 이끌어 간단 말인가? 차라리 기생
춘홍이가 더 나을 것이었다. 결론도 없이 편전회의는 끝났다. 앞으
로 꽤 골치가 아플 것이다. 혼사 문제도 그렇고 경복궁 중건 문제도
그렇다. 너무나 심적 압박을 받을 일만 기다리고 있다. 하나라도 쉬
운 일은 없었다. 회의가 끝나길 기다리고 있던 박규수가 대원군에
게 다가왔다.

"편전 회의는 어떻게 결론이 나셨습니까?"

또 결론이란다. 왜 결론은 대원군만 내려야 하는가?

"결론이 어찌 쉽게 나겠소? 그나저나 상감께서는 혼사일을 알고
계십니까?"

대원군의 말을 들으며 박규수가 고종이 퇴청하는 뒷모습을 바라
보고 있었는데 갑자기 고개를 박규수쪽으로 돌린 고종과 눈이 마
주쳤다. 고종의 눈초리가 멀리서도 선명히 보였다. 슬픈 숫사슴의
눈초리… 박규수가 얼른 고개를 돌리며 대원군을 향하여 말했다.

"합하! 문제가 좀 생겼사옵니다."

"문제라니요?"

뜸을 들이는 눈치가 수상하였다. 답답해진 대원군이 다그쳤다.

"무슨 문제요? 말씀해 보시오."

"예. 다름이 아니옵고… 상감께서 혼사를 치르시지 않으시겠다
하옵니다."

"뭐요? 혼사를 안 치르시겠다니요? 혼처도 지금 막 마련되었는
데…"

놀란 가슴에 두근거리는 소리가 들렸다. 이건 또 무슨 날벼락이
란 말인가?

"예. 제가 혼사 문제를 상감께 은밀히 주청드렸사옵니다마는, 상감께서 혼사를 치르지 않으시겠다고 하였사옵니다."

"남승지의 조카딸 이야기도 하였소?"

"예. 제가 말씀드렸사옵니다. 아주 훌륭한 재원이라구요…"

"그런데, 왜 혼사를 안 하시겠다는 것이오?"

"글쎄요… 자세한 것은 저도 잘 모르겠사오나 이상궁을 연모하는 마음 때문이 아닌가 합니다."

"이상궁은 지금 대비전에서 일하고 있지 않소?"

"예. 그렇습니다. 지금 대비전에서 일하고 있습니다."

"혹시… 요즘도 만나시오?"

"아닙니다. 가끔 대비전에 문후드릴 때 스치듯 만나는 것으로 아옵니다."

"그렇겠지요? 그거 잘 된 일이군요…"

박규수가 잠시 뜸을 들이더니 입을 떼었다.

"그런데 두 사람의 눈초리가 너무나 애절하다는 말이 들립니다. 이거 떼어 놓았는데도 두 사람의 사이가 보통이 아닌 걸로 알고 있습니다."

"허허… 이런…"

"둘 사이에 편지가 왔다갔다 한다 하옵니다."

"연애편지까지요?"

기가 막힐 노릇이었다. 두 사람 사이를 갈라놓으려고 그렇게 손을 썼건만 마음먹은 대로 되는 것 같지가 않았다.

"그래 이제 어찌하면 좋겠소?"

"상감께서 혼사를 치르지 않으시겠다니 이거 저도 어떻게 해야 할지를 모르겠습니다."

"이걸… 이제 어쩐다?"

"상감께서 그 말씀을 하시면서 눈물이 그렁그렁 하시었습니다."

"우시었소? 허허 참… 이거 이럴 수도 저럴 수도 없게 되었구려…"

마음에 상처를 많이 받으신 모양이었다. 사춘기가 넘었으니 첫사랑의 연정이다. 이제 상감도 이상궁을 대비전에서 일하게 한 어른들의 속셈을 다 알게 된 것 같았다. 둘 사이를 떼어 놓으려는 속셈을 말이다… 그러나 어찌하랴! 임금의 혼사는 나라의 일이지 개인의 일이 아니지 않은가?

"남승지의 조카딸을 집사람이 만나 보았다는 이야기는 들으셨지요?"

"예. 김내관을 통해 들었습니다."

"두 사람 사이를 떼어 놓을 방법이 없겠소?"

"글쎄요… 저로서는 할 말이 없사오니 합하께서 결론을 내려 주십시오."

"결론을 내라… 이거, 결론을 내야 할 문제가 한두 개가 아니구려…"

# 21

# 비석

머리를 싸매고 드러누운 대원군의 사랑채로 부인 민씨가 미음을 쑤어 갖고 들어왔다.

"대감. 몸은 좀 어떠하시오?"

"괜찮소. 그저 이것저것 골머리가 아픈 일 때문이오. 부인께 걱정을 끼쳐 미안하구려."

부인 민씨는 왕비를 두 번이나 배출시킨 여흥 민씨 집안으로 자신에게 시집와서 온갖 시련을 다 당하면서도 묵묵히 자신의 편을 들어준 정말 편안한 친구 같은 동지였다.

"우리 상감의 혼사문제가 시급한데…"

"무슨 일이라도 있습니까?"

"예. 우리 상감께서 이상궁이란 여자한테 깊이 빠지셔서 지금 마음을 정하지 못하고 있다고 합니다."

"그렇습니까? 그렇다면 어서 속히 혼사를 서둘러야 할 것입니다. 여자 문제는 여자 문제로 해결하는 것이 순리입니다. 새 여자가 생기면 그 이상궁이란 여자도 곧 잊을 것입니다."

"그럴까요? 우리 상감께서 워낙 순수하시고 곧으신 분이라 이것이 오히려 화가 될 줄은 몰랐습니다."

어린 명복은 상감이 되기 전, 아버지인 대원군이 읽으라는 모든 책과 지키라는 모든 예절을 하나도 거스르는 법이 없이 다 해낸 정말 반듯하고 똑똑한 아이였다. 그래서 장남인 재면을 추천하지 않고 둘째인 명복을 조대비에게 추천한 것이다. 그래서인지 명복은 한 번 마음을 결정한 일에 대해서는 반드시 해내는 그런 인물이었다. 남편의 걱정이 상감의 혼사 문제라는 것을 안 이상 부인 민씨가 가만히 있을 수가 없었다.

"제가 남승지를 한 번 불러 의향을 확실하게 물어보겠습니다."

"그래 주시겠소? 내, 부인과 함께 남승지를 만나보도록 하겠습니다."

한 가지라도 확실하게 짚어 나가야 할 때인 것이다. 실타래처럼 꼬이고 꼬인 사태는 한 올만 확실하게 잡아끌면 일시에 해결될 수도 있는 문제였다. 세상일이 다 그런 것 아닌가?

"김내관을 통해 남승지에게 기별을 보내주시구려… 그리고 그 처자는 우리 상감에게 정말로 배필감이 되는 처자요?"

"예. 그 점은 염려 마십시오. 사서삼경을 다 뗀 처자이옵고 요즘은 서학에도 매우 통달하였다 하옵니다."

"서학이라면 서양 종교 말씀이오?"

"예 그렇습니다. 서학을 믿어서 그런지 맑고 고운 심상이 보입니다. 그런 처자는 우리 상감의 배필로는 딱이옵니다."

"그렇소? 전 대왕 시절에 서학을 믿는 사람들이 많이 죽었는데 그 집안은 별 일이 없었답니까?"

"예. 지금 남승지도 서학에 매우 열심인가 봅니다."

"그렇습니까? 아무튼 우리 상감의 배필로 좋은 처자라 하니 내 부인만 믿겠소."

어려운 일이 생길 때는 그저 가족이 제일이다. 그리고 그 중 제일 믿을 사람은 바로 일심동체(一心同體) 부부 아니겠는가?


"대감나리. 장목수 대령이옵니다."

장목수라면 지난주에 비결문을 만들어 오겠다는 그 자가 아닌가?

"장목수라 했느냐? 속히 들어오라고 하여라!"

"아니옵니다. 대감께서 직접 나와 보셔야 할 것 같사옵니다."

"나오라니?"

혹시 벌써 비석이 만들어진 것일까? 대원군이 문을 벌컥 열고 튀어나갔다. 나가면서 머리에 묶은 면포를 풀어 방안에 내던지고 다급히 외쳤다.

"혹시 비석이 왔느냐?"

만면에 미소를 머금은 장목수가 끙끙거리며 비석을 땅에 내려놓았다. 비석의 표면은 무명천으로 몇 겹이 싸여 있었다. 대원군이 다시 다급한 목소리로 장목수에게 외쳤다.

"천을 풀어 보시오!"

말이 끝나기가 무섭게 정대목이 천을 풀어헤치기 시작했다. 검은 돌멩이에 쓰인 비결문이 눈앞에 나타났다. 마치 오래된 돌멩이처럼 표면이 낡게 부식되어 있는 것이 수백 년은 족히 넘어 보였다.

"아니?… 어디서 이렇게 오래된 돌멩이를 구하셨소?"

대원군이 장목수를 보며 대견스러운 듯 말했다.

"예… 이건 구한 것이 아니옵고 글자를 새긴 후에 표면에 약품 처리를 한 것이옵니다."

"그렇소? 목수가 되려면 별 것을 다 알아야 하는가 보오."

"예. 그렇습니다. 약품 조제는 물론 서양의 과학서까지 모두 읽어내야 하옵니다."

"참으로 훌륭한 솜씨요. 어디 좀 봅시다."

대원군이 비석 앞으로 다가가 한참을 뚫어지게 읽어 내려가더니 이내 흡족한 표정을 지었다.

"거, 참. 내가 보아도 믿을 만하구려… 잘 하였소."

"별 문제 없겠습니까?"

"문제는요… 그럼 이 비석을 어떻게 한다?"

"어떻게 할깝쇼?"

잠시 머리를 굴리던 대원군이 장대목에게 나직이 속삭인다.

"잘 들으시오. 이 비석을 경복궁지에 있는 새로 공사할 의정부 터의 우물 속에 넣어두시오. 아무도 모르게 한밤중에 해야 할 것이오. 내가 수일 내로 순라꾼에게 통할 비표를 구해줄 것이니 아무도 모르게 그것을 우물 속에 넣으시오. 아시겠소?"

"예!"

"자세한 일 처리는 여기 천서방이 도와줄 것이니 그리 아시오."

"알겠사옵니다. 오는 그믐밤이 좋을 듯하옵니다."

"알았소. 내 속히 비표를 구해다 줄 것이니 그리 아시오."

이제 부인 민씨가 남승지를 만나 혼사를 서두를 것이고 장대목은 경복궁 터에 비결을 묻고… 하나씩 문제가 해결되는 것 같은 느낌이 들었다.

"김내관은 출발하였소?"

일은 시동이 걸린 김에 빨리빨리 해치워야 한다. 갈 길이 구만 리다. 민씨부인이 대답했다.

"벌써 출발했습니다."

세상만사(世上萬事)가 이렇게 술술 풀려 나간다면 무슨 걱정이 있겠는가? 이제 참한 여자를 상감에게 구해 올려 상감의 마음만 잡아주면 상감도 마음을 정하고 나랏일에 전념하실 수 있으실 것이다. 그렇게 되면 선대 임금들이 이루고자했던 이 나라를 반석 위에 올려놓는 일도 속히 진행될 것이고 고종임금의 뒤에서 자신은 아버지이자 신하로서 충성을 다하면 되는 것이다. 정조임금께서 생전에 이루시려고 하셨던 거대한 나라, 거대한 민족의 꿈도 속히 이루어질 것이었다. 정조대왕께서… 자신의 유지를 잘 받들어 달라고 대원군에게 특별히 청을 하지 않았던가!

'그렇지. 정조대왕님의 유지가 잘 보존되고 있는지 찾아보아야 하겠다.'

내친 김에 한동안 가보지 않았던 규장각 서고의 모든 일이 잘 진행되고 있는지 순찰을 나가야 할 필요를 느꼈다.

"종복아 가마를 대령하렸다!"

"예으이…"

긴 대답과 함께 종복이 가마꾼들에게 손짓을 하자 사인교를 들고 가마꾼이 다가왔다.

## 22
# 단서

가마가 서고에 당도하자 이별장이 달려 나왔다.

"합하! 어쩐 일로 이리 납시었습니까?"

상처를 당했다는 소식을 들은 이후로 처음 보는 이별장의 얼굴이었지만 하나도 어둡지 않고 밝은 모습이었다. 그 모습을 보니 적이 안심이 되었다.

"이별장. 오랜만이구려. 내, 상처했다는 소식은 들었소만…"

"아니옵니다. 소인이 상처를 한 것은 오히려 호상이라고 모두들 걱정해 주시어 고맙사옵니다. 보내주신 비단과 면포… 너무 감사하옵니다."

"허허… 뭘 그런 걸 가지고 그러시오. 내 오랜만에 직제학도 만나보고 이별장도 보려고 왔소이다."

"예… 직제학 대감은 저기 서고 안에 계시옵니다. 그리고… 다 만나신 후에 저를 잠시 좀 보시옵소서…"

잠시 보자니… 무슨 일이 있는가? 아무 일도 없이 편안해 보이는 모든 것이었다. 별장이 보자면 필시 무슨 일이 있거나 의심할 만한 구석이 있는 것이리라. 서고의 정문을 열어주는 별장의 안내를 받으며 덜커덩! 하고 서고 사무실 안으로 들어섰다.

"아이쿠. 이게 누구시옵니까? 대원군 아니 합하나리 아니시옵니까?"

대교 김갑손과 귓엣말을 나누던 직제학 조성하가 화들짝 나서며 대원군을 맞이했다. 쩔쩔매는 얼굴이 마치 험담을 하다 들킨 사람의 얼굴 같았다. 오랜만에 만났으니 모든 것이 조금씩은 낯설어 보이지 않겠는가?

"오랜만이오. 직제학 영감. 그래 별 일이 없었소이까?"

"별 일이 있을 리가 있겠습니까? 여기 개유와와 금서각은 철저히 지키고 있습니다."

그럼! 철저히 지켜야 하고말고. 그런데… 그런 이야기는 직제학 입에서는 처음으로 먼저 나오는 이야기였다. 그 이야기는 항상 대원군의 입에서 먼저 나오던 이야기 아닌가? 하도 당부를 하니 머릿속에 인이 박혔는가?

"수결 문제도 잘 되고 있지요?"

"예. 대감. 하루 한 차례로 지정을 했더니 자기들끼리 모여서 하루 한 번씩 오는 것으로 정한 모양입니다. 그런데 요즘은 사흘에 한 번씩 올까말까 합니다."

"그렇습니까? 아마 철종대왕의 실록일도 어느 정도 진도가 많이 나가서 그렇겠지요."

아무런 일 없이 잘 지켜지고 있는 것이다. 안심이 되는 것을 두 눈으로 직접 확인하고 나니 모든 걱정이 사라지는 느낌이었다.

"그럼, 이제 그만 가보겠소. 직제학 대감께서 잘 하시니 안심이 됩니다."

잘 지켜주니 안심이라는 말을 받자마자 직제학이 잽싸게 튀어나왔다.

"그럼요! 안심하십시오. 잘 지켜드리겠습니다."

돌아서 나오는 대원군의 마음에 조성하의 말이 걸리고 있었다. 잘 지켜준다니… 무엇을 잘 지켜준다는 말인가? 설마…? 절대로 비밀을 알 리 없는 직제학이다. 하여튼 여기만 오면 항상 예민해진다. 이별장이 정문을 나서는 대원군을 보자 살며시 자기 쪽으로 오라고 손짓을 한다. 무슨 일인가?

"합하나리! 별 일 없으셨습니까?"

"별 일이 무어 있겠느냐? 검서관들도 잘 안 보인다 하니 일 생길 것도 없는 모양이구나."

"예… 아무 일도 없사옵니다. 우리는 그저 합하나리의 명을 받들어 여기 금서각과 개유와에 접근하는 자들만 철저히 통제하면 되는 것이옵니다."

"그렇소… 그런데, 왜 나를 여기로 불렀소?"

이별장이 대원군에게 가까이 다가와 손으로 귀를 가리고 말했다.

"이건 아무 일도 아닙니다마는, 그래도 혹시나 해서요…"

"뭐요? 대관절. 혹시나 해서라니요…"

"예. 사실은 직제학 영감께서 요즘 개유와에 자주 들어가십니다."

"뭐요?"

화들짝 놀라는 대원군의 반응에 별장도 기겁을 하고 놀라 한 걸음 뒤로 물러섰다. 잠시 후, 대원군이 고양이처럼 몸을 낮춰 별장에게 다가섰다.

"직제학이 개유와에 들어가다니요?"

"예… 개유와에 들어가셔서 한 시간 혹은 두 시간씩 있다가 나오시는 것이 필경 무슨 책을 보고 나오시는 것이 틀림없사옵니다."

"그렇소?"

"예. 저희가 검서관을 검속하는 일은 철저히 하고 있사오나 직제학 영감이 들어가시는 일은 우리 소관이 아니라서 뭐라 할 수 없지만 그래도 합하나리께 보고를 하여야 할 일인 것 같아서 말씀드립니다."

"보고를 잘 하시었소."

직제학이 개유와에 자주 드나든다니… 무슨 냄새를 맡았단 말인가? 혹시 장조대왕의 서찰이라도 읽었단 말인가? 서찰은 대원군이 따로 보관해 놓았거늘 사본이 서고 어디엔가 더 있을 수도 있는 노릇이었다. 그래서 직제학이 수상해보인 것이다. 하명을 기다리는 눈빛으로 이별장이 물었다.

"어떻게 할깝쇼?"

난감했다. 설마 무슨 냄새를 맡았기야 했겠는가? 그러나 냄새를 맡을 수도 있는 일이었다. 요즘 들어 개유와에 자주 출입한다 하지 않았는가? 혹시나 서고의 책을 반출하여 집에서 읽고 또 읽어서 글 속에 숨겨있는 비밀을 알아내었을지도 모르는 노릇이었다. 혹시 단서를 잡았을까? 도대체 왜 개유와에는 자주 출입한다는 말인가? 고양이에게 생선가게를 맡긴 격이었다. 어떻게 한다? 이거 여기서 수상한 태도를 보인다면 오히려 의심을 하게 될 것이고 아무 것도 안 하자니 불안한 노릇이었다.

"이별장은 따로 행동을 취하지 마시고 지금처럼 모든 일을 그대로 하십시오. 단, 직제학 영감이 언제, 얼마 동안이나 들어가 있는지를 일지에 기록하시고 철저히 감시를 하세요. 그리고 이 일은 철저히 비밀로 하십시오."

"그럼요. 여부가 있겠습니까요? 무덤에 들어 갈 때까지 입을 봉하겠습니다."

"그리고… 직제학 영감이 혹시라도 금서각에 들어가서 지체할 때는 속히 불러내어 더 이상 머물지 않도록 잘 하실 수 있겠소?"

"예. 직제학 영감이 눈치 안채게 불러내겠습니다."

"잘 할 수 있겠소?"

"믿으시옵소서. 합하나리께 목숨이라도 바치겠사옵니다."


이거 큰 일이 났다. 어쩐지 서고에 와 보고 싶더라니… 이제 이걸 어떻게 한다? 일단 이별장이 급한 불은 끌 것이고 다음, 근본적인 대책은 대원군 자신이 직접 세워야 하는 것이다. 도둑 하나를 열 사람이 막지 못한다 하지 않았는가? 그나저나 직제학이 뭔가 낌새를 챈 것만은 확실하였다. 그렇지 않아도 예전부터 서고 경비에 대해 자주 묻지 않았는가? 믿음직한 이별장이었다. 상처를 당하고서도 자기 직무에 충실한 저런 인재를 곁에 둘 수 있어서 마음이 놓이는 것이다. 이런 인재를 자신의 곁에 한 사람, 두 사람 모을 수만 있다면 무슨 일이든 해낼 수 있을 것이다. 가마를 돌려 운현궁 사랑채로 돌아오자 남승지가 기다리고 있었다.

"어서 오시오. 남승지. 가내 무고하시오?"

"예. 합하의 덕분으로 모두 무사하옵니다."

맑고 깨끗한 성품이 드러나 보이는 남종상이었다. 이별장과는 전혀 다른 모습의 인재임이 틀림없었다. 아니 너무나 깨끗해 보이는 것이 오히려 마음에 걸리기까지 하는 느낌이었다. 민씨 부인이 본 조카딸도 그런 기품을 가진 처자이리라.

"조카딸 이야기는 들으셨지요?"

"예. 조카딸이 제게 찾아와 고하였습니다."

잠시 침묵이 흘렀다. 남승지와 이제 혼사 문제를 매듭지어야 할 때이다. 찻잔을 앞에 놓고 두 사람이 앞으로 처결해야 할 국혼 문제를 무사히 의논하여 나라를 반석 위에 올려놓을 시간이다.

## 23

# 국혼

"남승지. 상감의 국혼을 어떻게 처결하였으면 좋겠소?"

젊은 선비의 한없이 맑고 깨끗한 얼굴에 자신의 추한 모습이 비쳐지는 느낌이 들어 그의 목소리는 조금 주눅이 들어있었다. 자신은 그 나이에 어떻게 하고 다녔는가? 역모에 몰려 처형되는 사촌들의 모습을 보면서 목숨을 부지하기 위해 얼마나 비굴한 모습으로 살아왔었는가?

"합하나리. 우선 저의 조카딸이 감히 상감의 배필감이 될 수 있는지 알고 싶사옵니다."

곁에서 듣고 있던 민씨부인이 나섰다.

"되고말고요. 내 그렇게 훌륭한 인품을 가진 처자를 보지 못하였소. 우리 상감의 배필로는 오히려 과분한 여인이오."

"황공하옵니다. 저희 조카딸을 그렇게 봐 주시니 영광이옵니다."

"그래, 혼사 문제는 어떻게 생각하시오?"

"저희는 그저… 합하나리의 결정만 기다리옵니다. 상감과의 혼사는 저희 집안의 영광이자 천주님의 큰 뜻이 아닐 수 없습니다."

"그렇소? 그럼 혼사를 계속할 뜻이 있으신 것이군요."

"제 입으로 감히 말할 수 없는 큰 영광이옵니다."

이렇게 하여 신부감은 결정된 것이다. 이제 조대비의 허락을 받아 전국에 금혼령을 내리고 공식적인 절차를 진행시키면 되는 것이다.

"그런데 방금 천주님이라 하시었소?"

"예. 제가 믿는 서학에서는 하늘님을 천주님이라 부르옵니다."

"그렇소? 남승지도 서학을 깊이 믿고 있는 모양입니다."

"예. 저희 집안이 모두 서학을 믿고 있사옵니다."

"서학을 믿어서 그런지 남승지의 기품이 고고해 보이십니다."

"과찬의 말씀이옵니다. 저희 주교님께서 항상 하시는 말씀이 있습니다."

"주교님이요?"

"예. 베르너 주교라는 신부님이신데 여기 서울에서 포교를 하고 계신 지 벌써 여러 해가 되는 분입니다."

"그렇소? 그래, 베르너 주교가 뭐라고 말씀하시었소?"

"예. 천주님께서 이 세상 만물을 지으시고 말씀하시기를 생육하고 번성하여 땅에 충만하라 하시었습니다."

"그렇습니까? 번성하라 하신 말씀은 아들딸을 많이 두어 나라의 기틀을 튼튼히 하라는 선조들의 말씀과 같은 뜻인가요?"

"예. 같은 뜻으로 볼 수 있는 말이옵니다. 무릇 모든 혼사는 천주님께서 허락하신 것이므로 감사함으로 받아야 할 일이옵니다."

서학이라는 것도 사실 인간이 잘 되라고 하는 말일 것이다. 서로 싸우지 않고 사이좋게 지내며 나라에 충성하는 것이 동서고금(東西

古今)의 진리가 아니던가?

"그래, 베르너 주교는 어떤 사람이시오?"

"예. 서양학문을 통달하시고 높은 식견과 고매한 인품을 가지신 분이옵니다."

"그렇소? 서양이란 어떤 나라요?"

"서양에는 가장 강한 영국과 미국이 있사옵고 그 다음으로 프랑스와 러시아가 강한 나라이옵니다."

"허허… 그렇군요. 중국이나 일본은 어떻소?"

"예. 중국과 일본은 모두 서양 국가에 굴복하여 개국을 하였다 하옵니다."

"그렇소? 그렇다면 우리도 어느 나라에 굴복하여 개국을 하여야 하겠소?"

"제가 아직 그런데까지는 지식이 미치지 못하오나 베르너 주교의 프랑스도 대단한 나라인 것만은 사실이옵니다."

"그렇다면 프랑스와 러시아는 어느 나라가 더 힘이 센 나라요?"

"자세히는 모르오나 프랑스가 러시아보다는 조금 더 힘이 센 나라라고 하옵니다."

골치 아픈 러시아 함대를 프랑스의 힘으로 몰아낼 수는 없을까? 생각이 거기에 미치자 대원군이 남승지에게 낮은 목소리로 말했다.

"남승지. 내 부탁이 하나 있소이다."

"무슨 부탁이시온지요…"

"남승지도 아시겠지마는 원산 앞바다에 주둔하고 있는 러시아 함대를 몰아낼 방도를 찾고 있는 중이오."

"예? 무슨 말씀이시온지?"

"내, 베르너 주교를 속히 만나고 싶소이다."

"만나는 것은 어렵지 않사오나 무슨 용무라고 말씀을 드릴까요?"

"원산에 주둔하고 있는 러시아 군함을 프랑스의 힘으로 물리쳐 줄 수 있을까 해서요…"

"가능한 일인지는 모르오나 주교님께서 과연 응해 주실는지요…"

"어떻게 하면 주교님께서 움직일 수 있겠소?"

"주교님께서는 포교에 관한 일이라면 누구라도 만나실 것입니다."

남승지의 말을 듣는 대원군의 얼굴에 반색이 돌았다.

"그렇소? 내, 만나 주시기만 하신다면 그런 문제는 걱정하지 않으셔도 될 것입니다."

"그렇다면 제가 베르너 주교님께 대원위합하의 뜻을 전하옵지요."

"예. 꼭 전해주시고 서둘러 주시오. 이 일은 나라의 운명이 달린 일이니 남승지께서 책임감을 갖고 서둘러주셨으면 합니다."

"예. 신명을 다하여 서두르겠나이다."

"아, 그리고… 혼사문제는 절차에 따라 진행하면 될 것이니 그 문제는 내가 알아서 하여도 좋겠소?"

"예. 합하의 뜻을 따르겠나이다."

돌 하나로 두 마리의 참새를 잡는 격이었다.

'일석이조(一石二鳥)라…'

남승지를 보내놓고 대원군이 중얼거렸다. 잘 풀리면 혼사 문제와 러시아 군함의 문제가 한꺼번에 풀릴 수 있는 것이다. 결론을 내어달라고 조르는 중신들에게 이제 할 말이 생긴 것이다. 문제를 해결하여 실력을 보이면 저들이 진심으로 임금과 자신에게 굴복할 것이다. 이 생각 저 생각으로 잠을 이루지 못하는 대원군의 귓전에 종복의 목소리가 들렸다.

"대감나리, 다녀왔사옵니다."

"오… 종복이냐? 그래 어떻게 되었느냐?"

오늘이 그믐밤이 아닌가? 종복이 장대목과 함께 비결을 새긴 비석을 우물 속에 빠뜨리기로 약속한 날인 것이다.

"예. 실수 없이 잘 되었사옵니다."

"그래, 혹시 본 사람은 없었느냐?"

"아무도 없었사옵니다."

"알았다. 수고하였다. 그만 자거라."

"예. 나리. 편히 주무십시오."

이 일을 기다리고 있었던 것이다. 기다리고 있었다는 사실도 잠시 깜박 잊고 있었다. 이제 모든 준비는 다 되었으니 계획한 대로 밀고 나가기만 하면 되는 것이다. 잠을 자고 나면 새 날이 밝겠지… 새 날이 밝으면 또 할 일이 많을 것이다. 시끄러운 일 말이다…

## 24

# 실록

철종실록이 마무리가 될 시기가 되었다. 이제 제책을 거의 다 하였으니 각 서고에 보관하는 일만 남은 것이다. 규장각 안으로 철종실록 수십 권을 들고 낑낑거리며 옮기던 대원군의 등 뒤에서 이별장이 부르는 소리를 들었다.

"합하나리!"

꿈속이었다. 완성된 철종실록 수십 권을 운반하던 대원군이 책의 무게에 짓눌려 제대로 뒤를 돌아보지 못하자 이별장이 다시 소리쳤다.

"합하나리!"

이번에는 좀 더 큰 소리였다.

"어, 어, 오냐…"

꿈속이라서 그런지 목구멍으로 말이 잘 나오지 않았다. 이별장이 다시 소리쳤다.

"나으리, 주무십니까?"

이별장의 목소리가 또렷이 들렸다. 그러나 이번에는 꿈이 아니었다. 문밖에서 대원군을 부르는 소리였다. 꼭두새벽이다. 이별장이 이런 새벽에 자신을 찾아온다는 것은 뭔가 일이 있다는 뜻이다.

"아, 아, 아니다. 내, 곧 나가마."

대답을 마치고 겉옷을 주섬주섬 주워 입는 대원군의 머릿속에서 온갖 생각이 스쳐 지나갔다. 혹시 간밤에 규장각에 도둑이라도 든 것은 아닐까? 그럴 리는 없을 것이다. 이별장의 수하들이 밤을 새며 조별로 근무를 하고 순라꾼들과 궁궐 문지기들도 밤을 새며 순라를 도는 곳이 규장각 소관의 서고들이다. '그런 서고에 무슨 일이…? 나쁜 예측이 머릿속을 훑고 지나갔다. 조성하? 나쁜 예측은 대개 잘 들어맞는다. 아침 햇살이 이별장의 등 뒤를 비치고 있어 그의 얼굴이 유령처럼 음침하게 그늘져 보였다.

"그래. 무슨 일이냐?"

"아무래도 합하나리께 직접 보고를 드려야 할 것 같아서요…"

"그래, 무슨 일이냐 묻고 있지 않느냐?"

답답한 친구다. 핵심만 간단히 말하면 될 것을 꼭 뜸을 들인다. 허긴 잔머리를 굴리는 문관들보다는 시키는 대로 움직이는 무관들이 훨씬 단순하고 믿음직스럽다.

"예, 다름이 아니옵고 직제학 영감께서 요즘 들어 금서각에 자주 출입하고 있습니다."

"뭐라고?"

금서각까지…? 어쩐지 수상하다 했는데 분명 무슨 낌새를 챈 게 분명하였다. 지난번엔 개유와에 자주 출입한다 하지 않았는가? 이번엔 금서각까지라… 오래지 않아 정조대왕의 유지에까지 도달하지 말라는 법이 있겠는가!

"예. 제가 두 번은 직제학 영감을 직접 밖으로 불러냈사옵니다마는 어제는 불러도 대답을 하지 않았습니다요."

"그래? 그래서 어떻게 하였느냐?"

"예. 제가 직접 들어가서 면전에서 불러냈더니 매우 신경질을 내더니…"

"그래, 신경질을 내더니 어떻게 되었느냐?"

"'날 감시하느냐?' 하더이다."

"그래서…?"

"그래서 제가 그랬습니다. '감시하는 게 아니고 금서각에 사람이 오래 있으면 책이 상할지도 모른다고 하여 그렇게 하는 것입니다.' 하고 말했습니다."

"그래서…?"

"잠시 후 아무 말 없이 저와 함께 나왔습니다."

"그러냐…?"

"예…"

안심이 되었다. 일단 아무 일은 없는 것 같았다. 그래도 미심쩍은 구석이 한두 가지가 아니다.

"그래 직제학이 거기서 무얼 하고 있었던 것 같더냐?"

"잘은 모르오나 무슨 책을 찾고 있는 것 같았사옵니다."

"책이라?"

책을 찾다 보면 구석구석 뒤질 것이요, 그러다 보면 지하 금고의 통로를 발견할 수 있는 것은 뻔한 이치였다. 큰일 날 뻔한 것이다. 큰일을, 정말 큰 사고를 이별장이 온몸으로 막아낸 것이다. 이별장을 선택하여 이 일을 맡긴 것은 백번 잘 한 일이었다.

"잘 하였다. 참으로 잘 하였다."

입에 침이 마르도록 칭찬을 하던 대원군은 이별장에게 고마움의 표시를 해야 할 것 같았다. 아무렴. 고맙고 말고. 내 평생 네 은혜는 잊지 않으마…

"내, 정말 네게 고맙구나. 앞으로 너와 나는 한 형제니라. 알겠느냐?"

"고맙사옵니다. 합하나리…. 그런데 앞으로 어떻게 하오리까? 다시 또 들어가면 그냥 막무가내로 막아내면 되겠습니까?"

뭔가 핵심을 잘 아는 사람이다. 무관의 장점은 바로 이런 것이다. 잔머리에는 약하지만 사명 받은 일에는 머리가 잘 돌아가는 것이다. 이별장은 확실히 알고 있다. 금서각에는 절대 사람을 들이지 말라는 것을… 절대로다…

"아, 아, 아니다. 내 속히 조치를 취할 것인즉, 너는 아무런 티를 내지 말고 그냥 평소에 하던 대로 그대로 하거라!"

"예. 알겠사옵니다. 그럼 저는 물러가옵니다."


모든 것을 편전에 앞선 중신회의에서 처결하여야 한다. 상감과 대비를 모신 편전에서는 의논할 시간이 없다. 조반을 먹는 둥 마는 둥 마친 대원군은 중신들이 모인 비변사로 가마를 옮겼다. 영의정 조두순, 좌의정 김병학, 우의정 유후조도 일찍 자리에 나와 있었다. 요즘 같은 정국에는 급히 처리해야 할 국사가 많은 관계로 대신들이 하나도 빠짐없이 모두 일찍 자리를 잡고 앉았다. 혹시라도 늦어서 해결 난망한 정국에 대한 덤터기라도 쓰면 안 되는 일이었다. 허나, 열심히 모여 봤자 알맹이 없는 설왕설래(說往說來)만 주고받고 있다. 대원군이 자리를 잡자 모두들 하던 말을 멈추고 그의 입만 바라보았다. 함흥에서 보고가 올라온 것을 병조판서가 먼저 보고를 하였다.

"러시아 이양선이 함흥 앞바다에 정박하여 군사를 풀고 바다를 측량하고 있다고 하옵니다."

"군사까지 풀었다고요? 다른 보고는 없소?"

"예. 저들이 순순히 물러갈 것 같지 않사온데 어찌하오리이까?"

모두들 꿀 먹은 벙어리처럼 눈만 꿈벅꿈벅 하고 앉아 있었다. 대원군이 한마디 했다.

"그 문제라면 조금만 기다리시오. 아마 좋은 해결방도가 있을 것이오. 이이제이(以夷制夷)라 하지 않았소?"

"이이제이라구요?"

"그렇소. 조금만 기다려 보시오…"

대원군의 자신 있는 말투에 아무도 이의를 제기하지 않았다. 혹시 뭐라고 말이라도 한마디 했다가는 그 말을 한 핑계로 그 일의 책임자가 되어 해결 난망한 임무를 맡게 될 지도 모르는 일이었다.

"다른 일을 말해보시오."

대원군이 한마디 하자 모두들 다시 꿀 먹은 제자리로 되돌아갔다. 대원군이 좌중을 훑어보며 말을 시작했다.

"태조대왕께서 조선을 개국하신 이래 이제 조선이 사백 년이 되었소. 나라의 기틀이 굳건해야 할 이즈음에 경복궁은 아직도 폐허로 남아있고 백성은 환곡 빛으로 도탄에 빠져 있으니 이 모든 것은 나와 경들의 책임이 아니겠소?"

오늘 뭔가 또 한바탕 할 태세였다. 태조대왕 개국일까지 거론하시는 것을 보니 서론이 거창했다. 고개를 수그리고 앉은 대신들 머리 위로 대원군의 일갈이 계속되었다. 해라 해… 맘대로… 네가 실세 아니냐!

"이제 백성들의 환곡을 중도에서 떼어먹는 관영과 가렴주구(苛斂

誅求)를 일삼는 아전들은 엄단하여 처벌을 하여야 할 것이오. 형조는 엄히 처리하시오. 그리고 관영에서 주는 환곡 대신 지역의 부농들을 세워 백성을 구제할 사창을 설치하는 것도 속히 시행토록 하시오."

"예. 분부대로 거행하겠나이다."

형조와 호조의 이중창이 들렸다. 자신들의 업무라는 것을 자백하는 순간이다. 그런 건 쉬운 업무니까…

"그리고 그동안 논의되었던 호포법도 즉시 시행토록 하시오."

움찔거리는 대신들이 몇 명 있었지만 특별히 입을 여는 대신은 없었다. 호포법이 시행되면 양반인 자신들도 상민들과 똑같이 군역을 대신할 군포를 내야 하는 것이다. 편안한 시절은 다 지나간 것이다. 반상의 차별 없는 조세제도는 사실상 필요한 제도였으나 그동안 누가 그 총대를 멜 것인가? 하는 문제로 거론이 안 됐던 것이다. 그러다 보니 차일피일 세월이 흘러 백성들의 불만만 쌓이게 되었다. 이젠 백성들은 좋아할 것이다. 인기정책이니까…

"실록일은 어느 정도 진행되었소?"

본론이 나올 차례였다. 획기적인 조치 뒤에 슬쩍 뭔가 끼워 놓으면 아무도 눈치를 채지 못하는 것이다. 총재관을 맡은 김좌근이 대답했다.

"예. 오늘 내일이면 장황과 납본이 끝날 것입니다."

"그렇습니까? 그렇다면 이제 종묘에 제를 올리고 실록을 철종대왕에게 바칠 일만 남은 것이군요."

"그렇습니다."

"수고하시었소. 그러면 오늘 부로 총재관을 제외한 나머지 사람들은 모두 원직으로 돌려보내고 규장각 근무 문관들은 즉시 직을 해임하도록 하시오."

직을 해임하면 홍문관이나 사간원 등에서 뽑혀 파견 나온 관리들은 제자리를 찾아가게 되는 것이고 의정부에서 나간 사람들도 제 자리를 찾아 돌아오게 된다. 그러면 이 일을 위하여 특임으로 이전 소속 없이 규장각의 실록일을 맡았던 직제학 조성하는… 그 직을 잃은 후, 돌아갈 자리가 없어 자연스럽게 해임되는 것이다. 총재관이 입을 열었다.

"실록일은 묘당에 제를 올리고 수고한 자들을 치하한 후에 하여도 늦지 않을 듯하오마는…"

대원군이 기다렸다는 듯 눈을 부라리며 말했다.

"지금은 시국이 비상시국 아니오? 언제 그 사람들을 일일이 다 치하하란 말이오? 또 사람을 하루라도 더 쓴다는 것은 나라의 돈이 드는 일 아니겠소? 내 말의 뜻을 모르시오?"

"아? 예."

뭐 이렇게 강경하게 나오는가? 지금이 그렇게 비상한 시국인가? 사실은 별 일도 아닌 시국인데… 그까짓 이양선 몇 척이 몰려온 정도는 흔히 있었던 일 아닌가? 대원군이 물러나는 김좌근에게 한마디 했다.

"영의정까지 하셨던 대감께서 실록 일을 책임 맡아 잘 처결한 것은 상감께서 묘당에 꼭 아뢸 것이니 그리 걱정 마시오. 정말 수고하시었소. 나머지 일은 대감께서 끝까지 책임을 맡아 처리하여주시오. 아시겠소?"

묘당에 아뢴다는 말을 듣자 김좌근이 안심하는 얼굴로 대원군에게 말했다. 묘당에 제를 지낸다는 말의 의미는 즉, 김좌근이 실록의 책임을 맡았다는 것이 사초에 기록으로 남는다는 뜻이다. 이는 가문의 영광이자 역사에 길이 남을 일이므로 실록제작에 참여하는 진짜 목적이 되는 일이다.

"예. 그럼, 그렇게 하겠나이다."

이제 됐다. 김좌근에게 큰 떡을 하나 주고 나니 말이 있을 리 없다. 자연스럽게 골치 아픈 문제가 해결된 것이다. 이제 직제학 조성하는 더 이상 규장각 서고에 접근할 수 없게 된 것이다. 그리고 원직이 없으니 다시 본래대로 무직으로 돌아가면 되는 것이다. 아무런 의심도 받지 않고 일이 해결된 것이 된다.

'네 이놈… 네가 감히 나를 당할 수 있을 것 같더냐?'

조성하에게 들려주고 싶은 말이 가슴속에서부터 목구멍까지 차올라오고 있었지만 대원군은 침을 삼키며 꾹 참았다.

## 25

# 분노

조성하가 들이닥쳤다. 씩씩거리는 품이 성이 많이 난 것 같
았다. 예상된 일이었다. 예상된 일만큼 대처하기 쉬운 일이 또 어디
있을까? 다짜고짜로 대원군이 있는 방으로 쳐들어와 왈왈 짖어대
기 시작했다.

"아니. 마른 하늘에 날벼락도 유분수지… 이거 원 사람이 살겠
소?"

함께 들어온 이호준도 얼추 내용을 들은 모양이었다.

"하루 아침에 해임이 되다니 도대체 이런 법이 어디 있소? 합하
대감."

뭔가 꼬인 사태를 해결해 줄 수 있는 사람은 오직 대원군이라는
얼굴로 그의 입을 바라본다. 그렇다! 해결해 줄 수는 있다. 그러
나… 다른 문제는 다 해결해 줄 수 있으나 금역에 대한 호기심을 가
진 자를 어떻게 해결해 준단 말인가?

"그 이야기는 나도 들었소."

"들었소? 그럼 이렇게 될 줄 미리 알고 계셨다는 말이오?"

"그 일은 아마 실록일이 끝나게 되어 그리된 것 같소."

담담하게 말하는 대원군의 표정이 하나도 안 바뀐다는 것이 불쾌했지만 조성하는 그런 생각을 애써 지우며 다시 대원군에게 간청했다.

"그러면 앞으로 어떻게 되는 거요?"

"앞으로의 일은… 아마 좀 기다려봐야 할 것 같소."

"기다려보라…?"

기가 막혔다. 기다리라니… 그렇다면 다시 실업자가 된 것 아닌가? 예전 상태로 다시 돌아간다는 뜻이라는 것을 세 사람 모두 알고 있었지만 아무도 선뜻 말을 시작하려고 하지 않았다. 결국, 조성하가 자리에서 벌떡 일어나며 분통을 터뜨렸다.

"아, 이거야 원…"

문을 박차고 튀어 나가는 것은 대원군에 대한 확실한 불만의 표시였다. 조성하의 뒷모습을 바라보며 이호준은 딱히 할 말이 없다는 듯 혀를 끌끌거렸다.

"쯧쯧… 이거 원 참… 갑갑하게 됐소이다."

"허허… 그 사람 참… 좀 기다려 보랬더니. 성질하고는 참…"

대원군이 은근히 조성하를 나무라자 이호준이 말했다.

"그 사람 처지도 이해가 됩니다 마는, 어떻게 좀 안 되겠소?"

대원군도 답답하다는 듯 이호준을 바라보며 말했다.

"나도 조대감을 두 번씩이나 대 놓고 천거했던 터라 막바로 다시 천거하기가 좀 그렇소…"

"그래도 어디 홍문관이나 다른 자리를 알아 볼 수도… 아니, 그냥 규장각에도 사람이 필요했을 텐데요…"

"규장각은 이미 책임자가 있고 일이 있을 때마다 승정원이나 홍문관에서 사람들이 나오고 하니 자리가 마땅치 않소."

"대감께서 어련히 잘 하시겠소. 그나저나 저 양반을 어떻게 달래야 하겠소?"

대원군이 잠시 뜸을 들이다가 이호준에게 툭 던졌다.

"다… 제 복 아니겠소? 그냥 놔두시오. 할 일도 많은데 앞으로 우리가 구태여 찾아가서까지 만날 필요는 없을 듯하오…"

조금은 거리가 느껴지는 말이었다. 세태에 따라 친소관계는 달라질 수밖에 없는 것 아닌가?

"그나저나 이대감은 앞으로 나를 좀 많이 도와 주셔야 겠소."

응? 이게 무슨 말인가? 권세자가 도와달라는 말은 결국 출세시켜 준다는 말 아닌가?

"아, 그럼요. 말씀만 하시오. 대감. 내 대원위합하를 위해서라면 무슨 일이라도 마다하지 않을 것이오."

남의 불행이 자신의 행복이라 했던가? 이거 졸지에 좋은 일이 생길 모양이었다. 조성하는 조성하고 자신은 자신이다. 그게 현실 아닌가?

"조만간 영건도감이 설치될 것이오. 그리고 곧 공사가 시작될 것이니 이대감이 하셔야 할 일이 많을 것이오. 예서 조금만 더 앉아 기다리시구려. 장목수가 곧 올 것이니…"

경복궁 중건공사가 이내 시작될 모양이었다. 이호준의 가슴은 뿌듯한 느낌으로 서서히 차오르고 있었다. 친구 하나 잘 두어서 이제 출세길이 열리는 것이다. 잠시 후, 장목수가 종복과 함께 사랑채 문을 열고 들어왔다. 옆에 끼고 들어온 두툼한 종이 뭉치는 분명 건축과 관계있는 일일 것이었다.

"어서 오게. 장대목. 그래 설계도는 다 되었는가?"

"예. 얼추 다 되어 합하의 재가를 바라옵니다."

"어디 보게…"

장대목이 펼쳐 놓은 것은 경복궁이 앞으로 어떻게 지어질 것인지에 대한 거의 최종적인 설계도였다. 대원군의 마지막 결재만 받으면 즉시라도 시작할 수 있는 것이었다.

"음… 훌륭하군…"

모두의 입에서 탄성이 흘러 나왔다. 장엄한 청사진이 눈앞에 놓여있는 것이다. 한동안 말을 잊고 이것저것 뒤적이던 대원군이 장대목에게 말했다.

"그래 내가 말한 그 부분은 어떻게 되었소?"

"예. 그 부분은 저희가 따로이 가져올 것이니 오늘은 지상의 건물만 보시고 결정을 하여 주십시오."

지상의 건물만 결정한다면? 지하에도 무엇이 있단 말인가? 이호준이 대원군에게 물었다.

"지상의 건물이아니고… 지하에도 궁궐이 있단 말이오?"

대원군이 이호준의 말을 듣자마자 웃음부터 크게 웃었다.

"하하하… 있다마다요. 상식 아니오? 예로부터 궁궐이란 임금을 모시는 지극히 지엄한 곳이거늘 왜 지하에 궁궐이 없겠소? 그러나 이건 비밀이오. 여기 있는 사람 외에는 절대 알아서는 안 될 국가 최고의 기밀사항임을 잊지 말아야 할 것이오."

"아하… 그렇소? 그렇군요. 알겠소. 내 절대 말하지 않으리다."

이호준이 더듬거리며 물러나자 대원군이 장대목에게 조용히 속삭인다.

"그러면 그 곳의 설계도는 언제까지 그려 올 것이오?"

"예. 완성이 되는대로 속히 그려올 것이니 염려 놓으십시오."

"알겠소. 내일 내가 편전으로 들어가면 즉시 영건도감 설치를 건
의할 것이니 그렇게 알고 준비를 해 주시오. 그리고…"

"그리고 또 무슨…?"

"아. 아니오. 다른 날 이야기합시다."

이야기를 꺼내려다 마는 것이 필경 비결문을 말하려는 것 같았
다. 말을 멈추려던 대원군이 다시 입을 열었다.

"의정부 건물이 곧 건축에 들어갈 것이니 장목수는 만반의 대비
를 하고 있어야 할 것이오."

의정부 건물의 건축 책임을 맡은 장대목이 제일 먼저 해야 할 일
은 우물 속에서 비결문을 꺼내어 의정부에 가져다 바치는 일이라
는 것은 말을 안 해도 아는 일이다. 단, 곁에 앉은 이호준 만은 모르
는 일이다.

"이대감이 영건도감의 일을 맡으시면 맨 처음으로 해야 할 일이
하나 있을 것이오."

"무슨 일이신지?"

의아한 눈빛을 세 사람은 이해하고 있었지만 '지금은 말할 수 없
다' 였다. 이제 마지막 한 사람 이호준에게 최종 심부름을 시켜 그
것을 세상에 드러내 놓는 일을 실수 없이 하여야 한다.

"여기 장대목이 가지고 오는 물건이 하나 있을 것이오."

"무슨 말씀이온지?"

"아. 그런 게 있소. 그런 게 있으니 장대목이 하라는 대로만 하면
될 것이오."

"예. 알겠사옵니다."

짜증 섞인 목소리가 들릴 때에는 절대 뭐라고 토를 달아서는 안
된다. 조성하는 그래서 깨진 것이다.

## 26

# 지연

지연되는 일이 있으면 만사가 다 귀찮아진다. 눈이 빠지게 기다려도 남승지에게서는 연락이 없었다. 사나흘 기다리면 될 것 같았는데 일주일이 지나도 아무 연락이 없으니 일이 지연되어도 한참 지연되고 있는 것이다. 함흥에 있는 러시아 함대는 꿈쩍도 않고 있다. 저들의 속셈이 무엇인가? 그냥 그대로 조선 땅에 주둔하여 이 땅을 자기네 해군기지로 만들 셈인가? 저들이 원하는 대로 식량과 물을 갖다 주라 명하였지만 그것도 언제까지 그렇게 해야 할 것인가? 중신회의에 나갈 생각만 해도 끔찍했다. 모두들 오직 대원군 자신의 얼굴만 바라보고 있으니 말이다. 아무리 자신에게 맡기라고 말을 뱉기는 하였지만 그렇다고 도대체 대신들이란 자들이 아무런 대책도 세우지 않고 우두커니 앉아서 나라의 녹만 축내고 있으니 무슨 일이 되겠는가?

"합하! 저들을 대포로 일시에 공격하여 쫓아내는 것은 어떻겠습니까?"

이게 병조판서란 자가 하는 말이었다. 그럼, 그동안 몇 달 동안이

나 밥 주고 물 주고 했던 행위는 도대체 무엇이란 말인가? 차라리 처음 발을 들여 놓았을 때 그렇게 했다면 어느 정도 말이 되는 것이 겠지만 이제 발을 다 들여 놓고 화친적으로 분위기를 만들어 놓고 나서 갑자기 화포를 들이댄다? 이건 아니지 않은가! 이러고도 병조 판서라니…

"어허… 저들이 조선에 들어와서 주둔한 지가 벌써 여러 달이거 늘 그걸 말씀이라고 하시오?"

허긴 책임을 맡은 자로서 가만히 앉아 있기도 미안했을 것이다.

"그러시다면 어떻게…?"

뭘 어떻게 하란 말인가? 이 자가 정녕 노리는 것은 대원군을 곤 경에 빠뜨려 자신의 책임을 면탈하려는 것이었다. 속이 다 들여다 보였다.

"어허… 좀 조용히 하시오. 그 문제는 다시 의논하기로 하고… 우선 급히 처결하여야 할 일이 있으면 말해 보시구려."

병조의 입을 윽박질러 겨우 위기는 넘겼지만 골치 아픈 일이었 다. '오늘은 내 남종상! 이 자를 꼭 만나보리라' 하는 생각을 하고 있는 순간이었다.

"합하! 의정부 터에서 무슨 비석이 하나 나왔다고 하옵니다."

좌의정 김병학이 나섰다. 영건도감 설치를 위한 예비 팀을 공조 에 임시로 두었는데 여기에 근무하는 이호준이 우물에서 꺼내온 비결문을 장목수로부터 전해 받아 중신회의로 가져온 것이 틀림없 었다. 대원군 쪽 사람들은 모두 잘들 하고 있었다.

"무슨, 비석이라 했소?"

"비석에 무슨 글자가 있다고 하옵니다."

"그래서 읽어 보시었소?"

"예. 대강은 읽어 보았습니다. 아주 오래된 것으로 보아 선대의 비결을 기록한 것이 아닌가 하옵니다."

"선대의 비결이라? 예언서를 말씀하시는 게요?"

"그런 것 같사옵니다."

"뭐라고 쓰여 있다 하오?"

"예. 동방노인께서 이르시기를 '을축년 모월 모시에 새 임금을 모시고 경복궁을 지어 정궁으로 쓰면 나라의 번영을 이룰 것이다' 라고 하시었소."

"그게 다요?"

"그렇사옵니다. 이는 필시 태조대왕의 필지가 아닌가 하옵니다."

"태조대왕이라…"

다 아는 사실을 모른 척 하고 듣고 앉아 있자니 낯이 간지러워졌다. 하여튼 해석도 좋다. 태조대왕은 생각도 안했는데 동방노인을 태조대왕으로 번역을 하다니… 하여튼 대신들이란 짜고 치는 각본에는 달인들이다. 누구의 짓인지 모르는 사람은 아마 여기 이 방안에 앉아 있는 사람 중에는 아무도 없으리라. 그러니까 이 자리에까지 순조롭게 온 것 아닌가?

"태조대왕의 유지라…"

"예. 이는 태조대왕의 유지이오니 이를 백성들에게 널리 알리는 것이 도리인가 하옵니다."

잘도 갖다 둘러댄다. 이럴 때 아마 대원군이라도 나서서 막는다면 대신들에게 얻어터질 지도 모른다. 그러니까… 정조대왕께서 갑자기 승하하시고 이런 식으로 육십 년간 조정이 돌아갔으니 나라가 거덜이 날 수밖에…

"그렇게 하는 것이 좋겠지요?"

"예이…"

합창이다. 듣기 좋았다. 조금씩 반대를 하던 대신들도 이제는 모두 포기했나보다. 허긴 반대해 봤자 대원군이 중단할 리가 없다는 것은 저들이 더 잘 알고 있으리라. 이제 편전에 나가 조대비의 하명만 받으면 정식으로 대궐 건축을 총지휘할 영건도감이 설치되고 다음 조치를 취하면 되는 것이다. 그리고 가장 중요한 것… 즉 지하 궁전의 설계도를 아무도 모르게 비밀리에 완성시켜야 하는 것이다. 지하 공간이므로 건축 초기에 즉, 대규모 인원이 투입되기 전에 확실하게 금고 건축을 마무리 짓고 정조대왕의 유지를 안전하게 옮긴 다음, 그 위에다 왕을 모시는 정궁을 지으면 되는 것이었다. 그 중, 가장 위험한 날은 바로 정조대왕의 유지를 운반하는 날이리라. 물론 극소수의 인원이 동원되어 아무도 모르게 한밤중에 신속히 일을 완결해야 하는데 하룻밤 안에 일을 마무리 지으려면 아무래도 힘깨나 쓰는 장정 삼십은 족히 필요할 것이었다.

'이별장이 이 일을 맡아 실수 없이 잘 하여야 할 터인즉…'

영의정의 목소리가 대원군을 상상의 세계에서 현실로 불러들였다.

"합하! 편전으로 드시지요. 상감께서 나오셨습니다."

미리 계획된 대로 조대비는 영건도감을 설치할 것을 정식으로 교서를 내려 확정시켰다. 더 이상 군말은 없을 것이다.

"경복궁을 다시 지음은 익조대왕의 유지를 받드는 것이니 조정 대신과 만백성은 하나가 되어 대업을 이루셔야 할 것이오."

"예이…"

"내 오늘 같이 기쁜 날이 올 줄을 기다렸소이다. 이제 왕실에서 십만 냥을 내어 놓으니 나무와 기와를 사는 데 보태도록 하시오."

"황공하옵니다."

준비를 철저히 하셨구나! 대비께서 손수 십만 냥을 내어 놓았으니 정승, 판서들은 최소 수만 냥은 내어 놓아야 할 것이고 직급과 직책에 따라 각자 알맞게 돈을 내어야 할 것이다. 본인들이 원해서 내는 것이니 그 돈의 명칭은 원납전이 되는 것이다. 조정 고관들이 돈을 내면 각 고을 수령과 지방의 부자들도 가만 있을 수는 없는 것이다. 그리고, 그런 돈은 빨리 내야 생색이 나는 것이다. 이제 모든 계획이 완성되었으니 실천에 옮기기만 하면 되는 것이다. 편전을 마치고 나온 대원군이 즐거운 마음으로 가마를 타고 운현궁으로 가려다 깜박 하고 놓친 일을 기억해냈다.

"아차! 남승지…"

그렇다! 한 가지 일이 끝나면 다음 일이 기다리고 있다는 것을 잠시 잊고 있었던 것이다.

"가마를 선정전으로 옮겨라!"

남승지를 만나 직접 물어 볼 참이었다. 승정원 앞에서 가마를 내려온 대원군은 지체 없이 문을 박차고 안으로 들어섰다. 여러 명의 승지들 중 남승지가 눈으로 바로 딱 들어왔다. 큰 소리로 남승지를 불러댔다.

"이보게, 남승지! 남승지!"

헉! 하고 놀라는 남승지의 얼굴은 아랑곳하지 않고 대원군이 그에게 다가섰다. 지금 그의 기분은 폭풍전야(暴風前夜)다!

"이보게 남승지! 일이 어찌 되었소?"

남승지가 애처로운 눈빛으로 대원군을 바라보며 말했다.

"예. 전해 받은 대로 즉시 주교님께 알렸사옵니다."

"그래, 뭐라 하십디까?"

"예. 주교님께서 많이 놀라시고 또 좋아하셨습니다. 그런데 포교에 관한 일이라면 즉시 만나셨을 것인데 군사에 관한 일이라서… 러시아 사람들과는 종교도 다르고 하여 말을 들을지 걱정을 하는 것 같았사옵니다."

"그렇소? 딴은 그렇군요… 그럼 어떻게 한다?"

"예. 저도 그 점을 여러 번 생각해 보았으나 마땅한 방법이 없어서 아직 말씀을 못 드리고 있습니다."

"그렇다면, 프랑스 혼자서 하지 말고 우리 조선과 프랑스, 영국이 합작하여 군사동맹을 맺는다면 저들이 겁을 먹고 물러갈 것 아니오?"

"그건… 그렇사옵니다."

"그러면 남승지가 당장 상소를 올리시오. 세 나라가 군사동맹을 맺은 사실을 러시아 군대에게 알린다면 러시아 함대는 즉시 철수할 것 같소. 당장 해 줄 수 있겠소?"

"합하의 뜻이 그러하시다면 제가 오늘밤 안으로 상소문을 지어 편전에 올리겠나이다."

"고맙소. 꼭 그렇게 해 주시오. 그렇게 되면 이제 우리 조선 백성도 서학을 마음대로 믿을 수 있게 될 것이오."

남종상의 얼굴에 어둠의 빛이 사라지고 밝은 미소가 흐르기 시작했다. 그 얼굴을 보니 한 고비를 넘긴 것인가? 대원군은 '후!' 하고 한숨을 쉬었다. 겨우겨우 넘어갔다. 쉽게 넘어가는 고비는 없다.

"내 그럼. 남승지만 믿고 가오…"

"예. 합하나리. 살펴 가시옵소서."

"아. 그리고… 베르너 주교는 어디 계시오? 내가 남승지의 상소
가 도착하는 대로 즉시 만나러 갈 것이오."

"예. 교인 홍봉주의 집에 기거하고 있다 하옵니다."

"알겠소. 뒷일을 부탁하오."

# 27
# 임무

이별장을 불렀다. 믿음직한 이별장에게 확실하게 내 사람이라는 인식을 심어줄 필요가 있었다. 장소는 춘홍의 집 별채다. 이별장을 불러내어 한 잔을 크게 사고 그의 마음을 들어보아야 할 것이다. 지금까지 위기 때마다 그의 활약으로 정조대왕의 유지가 안전하게 지켜진 것이다. 특히 조성하의 반란 때… 그가 없었다면 도성은 그냥 뚫렸을 것이다. '조성하의 반란'이라고 정의를 내리고 싶었다. 이별장은 천하의 명장이다. 관운장이 이를 따를 것인가? 그러나 이제 그의 앞에 더욱 막중한 임무가 기다리고 있다. 삼십 일 내로 지하 공간이 지어지면 그가 모든 황금의 운송 책임을 맡아 확실하게 처리해야 할 중차대한 책임을 지게 되는 것이다. 이건 영의정이 하는 일보다 더욱 중요한 일이다. 즉, 조선의 백년대계(百年大計) 아니 천년대계가 달려있는 문제다. 그러니 그런 일을 치르기 전에 가장 믿을 수 있는 동지들과의 단합대회가 아니 필요하겠는가?

"이별장! 그동안 수고가 많았소. 내 잔을 받으시오."

"송구하옵니다. 합하나리. 제가 무슨 한 일이 있다고…"

"아니. 아니오. 이별장 아니 동생! 지금부터 이별장은 내 동생이오."

황급히 일어나 무릎을 꿇는 이별장! 그럴 줄 알았다니까! 사람 참 순진하긴… 조성하와는 완전히 정 반대의 인물이다. 조성하는 매사에 말이 많았다.

"아니옵니다. 합하나리… 제가 무슨 동생이옵니까. 거두어 주시옵소서."

무릎을 꿇고 앉은 그 모습이 갑자기 귀엽고 순진해보였다.

"어허… 이런! 남아일언 중천금이라 하였거늘 내 어찌 한 번 내뱉은 말을 거두리오. 오늘부터는 내 동생이오. 동생! 이제부터 사석에서는 나를 형님이라 부르시오."

쩔쩔매는 이별장의 모습을 보는 것만으로도 하루의 피로가 풀린다.

"어이쿠… 이거 무어라 말씀드리기가 정말 난처하옵니다."

"예끼, 이사람! 됐네… 내게 형님이라 한 번 불러보게…"

옆에서 웃고 있는 춘홍을 힐끗 바라보던 이별장의 얼굴이 벌겋게 달아오른다. 춘홍을 의식하고 있나보다.

"어서!'

"아. 예… 형… 님…"

"하하하… 이 사람도… 그래, 지금부터는 내가 자네의 형님일세. 아시겠는가?'

"예, 알겠사옵니다."

대원군이 춘홍을 바라보며 말했다.

"앞으로 이 사람이 오면 모든 술과 안주를 내 앞으로 달아야 하네."

"알겠사옵니다."

지난날, 춘홍의 집에서 세 사람이 만났을 때는 귀싸대기를 뿌려 대며 옥신각신하던 사이가 아닌가? 대원군이 춘홍에게 다시 한 번 말했다.

"앞으로 여기 이별장을 보면 내 동생으로 대접해주게… 알겠 나?"

"예. 알겠사옵니다."

이로서 군기는 확실하게 잡은 것이다. 군인은 군기부터 잡아야 한다. 군기를 잡는 방법 중에 가장 확실한 방법은 바로 마음속으로 부터 허심탄회(虛心坦懷)하게 복종하게 하는 것이다. 사람을 괴롭히 고 때리고 체벌을 주어 군기를 잡는 것은 효과가 일시적일 뿐이다. 이런 식으로 마음을 잡는 것, 그것이 아랫사람을 다루는 가장 확실 한 방법이라는 것을 그는 알고 있었다. 그럼, 군기가 잡혔으니 이제 슬슬 본론으로 들어갈 시간이다.

"이별장!"

"예. 나리… 아니, 형님!"

"좋아, 좋아! 자네도 아다시피 이제 경복궁을 지을 걸세. 이별장 이 해야 할 막중한 임무가 있으니 각별히 유의해 주게…"

"예. 알겠사옵니다."

뭔가 비밀을 유지해야 할 일이 있는 것이다. 왕궁의 건축에 왜 비 밀이 없겠는가? 그 자그마한 금서각도 철저히 출입을 통제하라 하 였는데 거대한 경복궁 건축에는 그 열 배, 백 배의 비밀 지시사항이 없을 리 없었다.

"자네, 내가 돈을 좀 줄 것이니 힘 좀 쓰는 장정 삼십 명만 구해 주게. 그리고 손수레 마차 열 대도 필요할 것이네…"

"알겠사옵니다."

대원군은 품에서 은병 두 개를 꺼내어 그의 앞에 내어놓았다.

"얼른 넣게… 한 달 안으로 구할 수 있겠나?"

"예. 염려 마십시오. 합하나리… 아니… 형님…"

"자네만 믿겠네… 그래, 상처를 하였다니 어떻게 지내는가? 마음이 많이 아프겠구먼…"

"아니옵니다. 나리…"

허긴 중요한 임무 지시를 하느라고 얼굴을 자세히는 못 보았는데 찬찬히 뜯어보니 이별장의 얼굴이 많이 축이 나 있었다.

"허허, 이사람… 얼굴이 말이 아니구먼… 마음이 몹시 아픈 모양이야…"

"그렇지 않사옵니다."

"큰 일을 앞에 두고 그러면 안 되지…"

여자를 잃었으니 여자를 구해주어 치료를 해야 할 것이었다. 자신의 서녀 딸이라도 있으면 구해주어 배필을 삼아주면 보기가 좋을 것이다. 이런 충직한 사내를 세상 어디에서 구할 수 있을 것인가?

"춘홍이! 안 그렇소?"

대원군이 고개를 돌려 옆자리의 춘홍을 바라보자 춘홍도 맞장구를 친다.

"그렇사옵니다. 재취를 빨리 구해야 할 듯하옵니다."

"그렇지? 춘홍이! 어디 춘홍이 같은 처자 없소?"

춘홍을 바라보며 대원군이 말하자 춘홍이 배시시 웃는다. 귀엽다.

"호호호. 저 같은 여자가 또 어디에 있겠사옵니까?"

"어디에 있기는? 바로 여기 있지."

"철썩!"

대원군이 철썩! 하며 춘홍의 볼기를 후려갈기자 놀란 것은 춘홍이가 아니라 이별장이었다. 숨이 막혔는지 헉! 하는 소리와 함께 아무 말도 못하며 얼굴이 벌겋게 달아오르더니 급기야 목 부위까지 벌게졌다.

'이것 봐라…?'

이별장이 춘홍을 마음에 두고 있음이 분명했다. 그래? 그렇다면 예전에 자신의 뺨을 때린 이유도 바로 거기에 있었군. 원인이 확실히 밝혀진 것이다. 남자가 어쩌겠는가? 예쁜 여자를 두고 마음이 동하지 않는다면 남자가 아니다. 생각이 거기까지 미치자 대원군의 입가에 미소가 흘렀다. '그렇군…' 그렇다면 이를 어떻게 한다?

한참을 침묵하고 있던 대원군이 이별장에게 조용히 말했다.

"이별장! 여기 이… 춘홍이는 어떤가?"

일순, 모든 소리가 적막으로 변하고 방안의 생물체에서는 숨소리도 들리지 않았다. 이별장은 확실하게 들은 눈치였고 춘홍은 뭔가 잘 못 들은 표정이었지만 내용만은 확실히 알고 있는 것 같았다.

"이별장! 춘홍이는 어떤가 하고 묻고 있네…"

"아. 예. 예. 예. 저. 그. 저…"

그 순간, 춘홍이 갑자기 성난 얼굴로 벌떡 일어서더니 문을 꽝! 닫으며 밖으로 나가버렸다. 나가는 그녀의 얼굴에는 눈물이 그렁그렁 맺혀있음을 정확하게 볼 수 있었다.

'춘홍아… 미안하다. 너를 포기해야 우리 조선의 백년대계가 완성되는 것이 아니겠느냐… 나도 이별장만큼이나 너를 좋아 한단다. 내 가슴도 아프단다. 이해를 해 줄 수 있겠느냐?'

# 28

# 상소

남종상의 상소문이 올라왔다. 삼국동맹을 맺음으로서 러시아 군함을 물리치자는 당위성을 논파한 상소였다. 하룻밤 사이에 쓴 상소문치고는 꽤 잘 쓴 문장이었다. 간결하고 기품이 있었다. 그의 성격이 보였다. 그러나 문제는 삼국동맹을 어떻게 어떤 절차로 맺느냐는 실현성의 문제였다.

"삼국동맹을 누구와 어떻게 맺자는 것입니까?"

외국과의 교섭창구가 있을 리 없었다. 예조참판이 입을 열었다. 중국과의 교섭은 동지사 파견의 책임을 맡은 예조의 일이었으나 그 외의 나라와의 교섭도 일단은 중국의 동의를 얻어야 한다는 것은 누구나 상식으로 알고 있는 것이었다. 북경이 태평천국의 난 이래 영불연합국의 공격으로 함락되었다는 뉴스를 접한 조신들은 영불의 힘이 막강하다는 것쯤은 어느 정도 알고 있었으나 어느 누구도 영불의 사람들과 교류를 가졌다는 사람은 없었다. 그런 관점에서 본다면 남종상의 상소문은 현실적 방법론이 전혀 갖추어져 있지 않은 환상적 이론이었다. 상소문에 쓰인 대로 된다면 좋겠지만 누가 어느 세월에 북경까지 찾아가서 영불의 대표자들을 만나 설득을 하고 동맹을 맺어 조약문을 작성하고 도장을 찍는단 말인가?

"일단 삼국동맹을 맺는다면 러시아의 군함을 물리칠 수 있겠지요?"

그걸 누가 모른단 말인가? 나이 어린 삼척동자(三尺童子)라도 다할 수 있는 이야기 아닌가?

"예. 그렇사옵니다마는 누가 북경까지 가서 삼국동맹을 체결할 수 있겠사옵니까?"

급한 마음에 상소문을 올리라고 명은 내렸지만 막상 방법은 딱하나! 베르너 주교를 설득하여 어떤 방도를 내도록 하는 길밖에는 없었다. 또, 프랑스보다 더 강하다는 영국과의 접촉은 어떻게 할 것인가? 그것도 베르너 주교에게 기대할 수밖에 없는 노릇이었다. 베르너 주교를 찾아야 한다. 그를 속히 찾아서 영국과 프랑스의 관리를 만나도록 신속히 주선하여 일을 성사시켜야 하는 것이다.

"흠흠… 그 문제는 일단 원칙적인 방법을 제시한 것이니 하나의 안으로 채택하는 선에서 일단락짓기로 합시다."

"장안에 천주학을 포교하는 프랑스 사람들이 들어와 있다고 하는데 그 사람들을 이용하는 방법은 어떻겠습니까?"

생각지도 않은 말이 조신들의 입에서 튀어나왔다. 그러나 꼭 생각지도 않은 말은 아니었다. 신유년과 기해년, 천주학이 조선에서 많은 박해와 탄압을 받았지만 천주학을 믿는 숫자는 줄지 않았다. 이미 알 만한 사람들은 다 알고 있는 일이었고 먹고사는 것에 구애를 받지 않는 많은 사대부가의 여자들이 천주학을 믿고 있는 것이 현실이었다.

"그들을 이용한다면 결국 천주학의 포교를 나라에서 허락하여야

할 것입니다. 이는 이 나라에 다시 한 번 큰 난리가 날 수 있는 일이
옵니다. 북경이 함락된 것도 결국 천주학 포교 문제가 가장 큰 이유
였습니다. 이 문제는 섣불리 결정해서는 아니 될 것이옵니다."

쉬운 문제는 아니었다. 홍문관 제학의 조리 있는 논리에 영의정
조두순도 거들고 나왔다.

"지난날 신유년과 기해년의 일이 있을 때 우리가 프랑스 신부를
처형하고 서학을 믿는 일을 국법으로 금하였사온데 이제 국법을
풀어 천주학을 다시 허락한다면 엄청난 사회적 파장이 있을 것이
옵니다. 우선, 그때 죽은 사람들의 후손들이 가만히 있지 않을 것입
니다."

그럼, 저 러시아 함대를 계속 내버려 두자는 얘기인가? 참, 말로
는 뭐든지 다 하는 사람들이다. 반대만 많았지 대안을 제시하는 자
는 하나도 없었다.

"그럼, 어떻게 하자는 말이오?"

"삼국동맹이든 삼국간섭이든 나라의 법까지 바꿔가면서 할 수는
없는 일이라고 생각하옵니다."

'그럼, 니가 해라. 니가 해' 울화가 치미는 것을 가까스로 참았
다. 하여튼 반대하는 인간들의 유전자는 고칠 수가 없다. 가만 듣고
앉아 있다가 대책을 내 놓으면 들고 일어나 반대만 한다. 지들이 가
장 옳다는 것이다.

"알겠소. 그 문제는 내게 맡겨 두시오…"

이렇게 말하지 않으면 또 말이 많아질 것이다. 다시 덤터기를 쓰
는 기분이었다. 아무도 나서지 않는 경우에는 주최측이 항상 책임
을 지게 마련이다. 지금 이 나라의 주최자 즉 주인은 대원군 바로
자신 아닌가? 편전을 겨우 누르고 대원군은 다시 한 번 승정원으로

달려갔다. 남종상을 만나야 한다. 목마른 자가 샘을 판다 하지 않았는가?

"남승지! 남승지!"

승정원에 매일 출근을 한다. 어쩌다 이런 꼴이 되었는지… 이 문제를 해결하지 못하면 자신의 꼴이 말이 아니게 될 것이다. 남승지 자리가 있던 쪽을 바라보았으나 그의 모습은 보이지 않았다. 새로 보는 젊은 관리가 다가왔다.

"남승지가 오늘은 누구를 만나볼 일이 있다 하여 아침 일찍 퇴청하였사옵니다."

그렇지! 그렇구나! 남승지가 뛰는 것이 틀림 없으렸다! 허긴 상소문대로 삼국동맹의 제안을 베르너 주교에게 빨리 전달해야 할 것이다.

"알았소. 남승지가 도착하면 즉시 운현궁으로 나오도록 말을 전해 주시게!"


말을 뱉은 대원군은 즉시 가마를 운현궁으로 몰았다. 남승지가 과연 어떤 결과를 가져 올 것인가? 가급적이면 자신이 베르너 주교를 직접 만나 얼굴을 보고 담판을 벌여야 한다. 그래야 일의 진도가 빨리 나갈 것이었다.

'남승지가 오면 내 즉시 베르너 주교를 만나러 가리라.'

가마꾼이 대원군을 땅에 내려놓을 때까지 그의 머릿속은 온통 남승지와 베르너 주교 생각뿐이었다. 가마가 사랑채에 이르자 종복이 대원군을 맞이하며 귓속말로 속삭였다.

"나리, 장목수가 들었사옵니다."

사랑채로 장대목을 불러들인 대원군은 말했다.

"설계도가 다 되었소? 봅시다."

장대목은 한 장의 설계도를 대원군 앞에 펼쳤다. 근정전과 사정전, 강녕전을 연결하는 비밀 통로의 최종안이었다.

"이 모든 통로가 동궁전으로 통하도록 되어 있소?"

"예!"

"지하금고는 여기요?"

설계도의 중간 지점의 빈 공간을 가리키며 대원군이 말했다.

"예. 그렇습니다. 여기 동궁전에서 가깝사옵니다. 동궁전 전각의 대청마루 아래로 은밀하게 통하도록 되어 있사옵니다."

"음…"

긴 한숨을 멈추고 대원군이 입을 열었다.

"깊이가 얼마가 된다고 하였소?"

"예, 깊이는 서른 자입니다. 사람 키로 치자면 다섯 길이라 할 수 있겠습니다."

"그 보다 더 깊게 팔 수는 없소?"

"그 이상을 파 들어가면 수맥이 흘러 지하고가 물에 잠길 수도 있사옵니다."

"수맥이라…"

대원군이 중얼거리며 무언가 생각하다가 다시 말을 이었다.

"그 깊이라면 지상이 불바다가 되어도 안전하겠소?"

"안전하다 뿐이겠습니까? 기단석과 상석 그리고 윗새의 천정도 석재로 만들어져서 지상에서 어떤 사변이 나더라도 안전할 것이옵니다."

"그렇소?"

잠시 말을 끊었던 대원군이 다시 말을 잇는다.

"가장 빨리 공사를 마치려면 며칠이면 되겠소?"

"예. 다섯 길이 넘게 흙을 파낸 뒤에 기단과 벽체 그리고 윗새를 짓고 그 위에 흙을 덮으려면 한 달은 족히 걸릴 것이옵니다. 허나, 흙을 파내는 파적기 다섯 대를 초기에 모두 그 쪽으로 이동시켜서 공사를 할 것이오니 한 달 이내에는 필히 완성될 것이옵니다."

"그렇소? 자재와 장비, 인력이 다 준비되어 있으니 내일부터 속히 공사를 시작하도록 하시오. 그리고 이별장! 한 달 동안 공사장에 해당 인부 외에는 아무도 얼씬거리지 못하도록 병졸 백 명을 풀어 장대목에게 붙이시오."

"예!"

잠시 후, 대원군은 종복에게 보따리를 가져오라고 지시했다. 종복이 가져온 보따리가 장대목의 눈 앞에서 풀렸다. 황금 세 덩이가 나왔다. 황금을 보자 장대목을 비롯한 일동이 숨을 죽였다.

"여기 이 황금은 선대 대왕께서 왕실의 번영과 우리 조선의 발전을 위하여 특별히 준비하여 내리신 유지이오니 장대목은 이 점을 각별히 기억하고 모든 일은 실수 없이 진행하여야 할 것이오. 특히 공사가 끝나는 한 달 동안 허가된 인력 외에는 절대 공사장에 들여서는 아니 될 것이오. 그리고 비표는 여기 천서방이 매일 아침마다 전달할 것이니 비표를 달지 않은 사람은 절대 출입을 금지시켜야 할 것이오."

"예. 알겠사옵니다."

밖에서 나는 인기척 소리에 세 사람은 잠시 말을 끊고 시선을 밖으로 돌렸다.

"합하나리. 박규수이옵니다."

박규수가? 웬 일일까? 설계도와 함께 금괴를 보따리에 싸매고 급히 일어나며 장대목이 말했다.

"그럼 소인 물러가옵니다. 삼일 후부터는 수백의 인력이 투입되오니 그리 아시옵소서."

장대목이 물러가고 박규수가 들어왔다.

"박승지, 웬 일이오?"

"예. 다름이 아니옵고… 남승지가 베르너 주교를 만났사온데…"

"그래, 어찌 되었소?"

"예. 삼국동맹에 관한 이야기를 드린 것으로 알고 있사오나 이렇다 할 대답이 없었다 하옵니다."

"대답이 없었다니 무슨 이야기요?"

"예. 그게… 전에도 말씀드린 대로 주교란 사람은 정치와는 관련이 없는 사람들이고 능력 밖의 일이라 하옵니다."

"능력 밖의 일이라?"

이해가 가지 않는 말이었다. 영국과 프랑스 군대가 청국의 수도를 함락시킬 정도라면 그 능력은 이미 검증되지 않았는가? 강한 나라의 사람들이 어찌 이리 약한 말들을 한단 말인가?

"그렇다면 내가 직접 베르너 주교를 만나볼 것인즉 남승지를 통하여 베르너 주교를 내게 불러 줄 수 있겠소? 빠르면 빠를수록 좋을 것이오."

"그리하겠습니다."

# 29
# 철수

대원군이 베르너 주교를 면담했다는 소문이 조야에 퍼졌다. 즉, 서양 세력을 끌어들여 러시아를 몰아낸 다음 천주학을 허가해 준다는 소문이었다. 딴은 맞는 말이다. 국가위기를 구해준 대가로 포교를 허락한다면 서로에게 좋은 일이 아니겠는가. 허가를 해 준 다음, 나라에서 강력하게 통제를 한다면 문제가 될 것은 없었다. 베르너 주교는 러시아 함대를 물러나게 할 삼국동맹을 체결시킬 힘이 없다고 분명히 말했지만 대원군의 간곡한 요청에 마지못해 힘써보겠노라고 말을 했다. 그 이상도 그 이하도 아니었다. 맥이 풀리는 이야기였지만 현실을 인정할 수밖에 없었다. 그런데 유생들의 상소가 하나, 둘 쌓이기 시작했다.

'조상들에게 제사도 지내지 않으며 인간의 근본을 모르는 서양 오랑캐들을 허락한다는 것은 매우 위험한 발상입니다. 이참에 뿌리 뽑지 않으면 청국이 당한 화를 우리도 당하지 말란 법이 없습니다…'

대강 이런 내용의 상소문들이었다. 서원에서 쫓겨나 할 일들이 없었는지 상소문은 시간이 갈수록 자꾸 쌓여가기 시작했다. 묵살 작전 밖에는 방법이 없었다.

"이 상소문들은 저희들 쪽의 입장만 주장하고 있을 뿐, 나라와 백성에 대한 고려는 없는 참으로 일방통행(一方通行)적인 상소문들이 아닐 수 없소. 내 이런 말들을 들으며 시간을 낭비할 수는 없소이다."

대원군의 입장 표명으로 상소문이 조금 줄어드는가 싶더니 의외의 사태가 벌어졌다. 함흥에 주둔하고 있는 러시아 함대가 아무런 이유도 없이 철수하고 만 것이다. 장기 주둔의 피로였는가? 위기가 사라지자 유생들이 일제히 들고 일어났다. 국가의 위기를 틈타 천주교 포교를 조정에 압박한 죄를 물어 남승지를 처단하라는 것이었다.

"나라의 위기를 이용하여 천주학을 믿게 하려고 한 남승지의 행위는 역적행위와 다름이 없사옵니다."

"프랑스 군대를 불러 들여 강제로 천주학을 믿게 하려는 흉계이옵니다."

"러시아 함대도 이들과 내통하였다 하옵니다."

"함대 철수도 다 짜고 한 짓인즉, 저들을 반역죄로 다스리옵소서."

유언비어(流言蜚語)가 힘을 받는 시기다. 모두들 한 목소리로 남종상과 천주교도들을 처단하라는 말들뿐이었다. 이런 쉬운 주장에는 항상 결집된 모습을 보이는 것이 저들… 선비사회다. 여론은 완전히 한 쪽으로 쏠리고 말았다. 대원군이 며칠 뭉기적거리자 유생들이 돈화문 앞으로 서서히 몰려들기 시작했다. 어떤 패거리들은 대원군의 죄를 묻기 시작했다. 저들이 서원을 철폐한 원수를 갚으려고 슬슬 일을 꾸미는가? 대원군이 천주교도들과 한 패일지도 모른다는 소문도 돌았다. 사면초가(四面楚歌)였다. 뭔가 일이 잘 못 돌아가고 있었다.

'미친 놈들… 책임을 져야 할 때에는 한 놈도 나서지 않다가 사태가 이렇게 되니까 너도나도 나서는 비열한 놈들…'

그러나 어찌하랴. 이제 그냥 놔두면 전국의 폐 서원 출신 유생 수천 명이 다시 돈화문 앞으로 몰려들어 서원철폐의 의도를 대원군에게 심문할 태세였다. 남종상이 꼼짝없이 외통수로 몰리게 되었다. 편전을 마친 대원군이 급히 승정원으로 달려갔다.

"남승지! 남승지!"

남승지는 이미 모든 것을 각오하고 있다는 듯 대원군을 맞았다.

"합하! 저는 준비가 되어있사옵니다. 모든 것이 저의 불찰로 이렇게 되었사오니 저를 벌하여 주시옵소서."

그렇게 말하는 남승지의 얼굴이 환하게 빛나고 있었다. 모든 평화가 그의 얼굴에 깃들어 있었다. 남승지가 입을 열었다.

"합하! 내일이면 합하를 볼 수 없게 될 것인즉, 저 외에는 어느 누구에게도 해가 가지 않도록 하여 주시기를 부탁하옵니다."

뭐라고 대답할 수가 없었다. 알았소! 하면 남승지를 죽이겠다는 말이고 아니오! 하면 다른 사람도 죽이겠다는 뜻이었다. 애꿎은 선비 하나가 대원군의 면피와 나라의 안녕을 위해 제물로 바쳐져야 하는 순간이었다.

"남승지! 내 절대 다른 사람들에게 피해가 가지 않도록 할 것이네. 약속하겠네."

약속을 하겠다는 말의 의미를 두 사람은 잘 알고 있었다. 남승지가 혼자 죽는 쪽으로 가자는 것이었다. 남승지가 죽으면 소요 사태는 진정될 것 같았다.

"남종상을 하옥하라…"

그러자 이번에는 더 많은 유생들이 역적 행위를 한 프랑스인들과 천주교인들도 함께 처단하라는 상소가 빗발쳤다. 예상이 완전 빗나가버렸다. 한 번 밀리면 그 부분이 약하다는 것이 드러나는 것인가? 외국과 내통한 서양인들을 잡아 죽이라는 상소가 걷잡을 수 없이 들어왔다. 유생들이 드디어 승기를 잡은 듯 전국적으로 들고 일어났다. 저들이 오랜만에 하나로 뭉친 것이다. 애국의 열사처럼… 이젠 남종상뿐만 아니라 관련자 모두를 잡아들이지 않으면 소요가 가라앉지 않게 되었다. 처음부터 남종상을 처벌하는 것이 아니었다. 그것이 패착의 시작점이었다. 이젠 남승지와의 약속도 지킬 수 없게 되었다. 하나의 작은 패착이 대마 사망의 길로 이어질 줄이야!

"남승지… 미안하이…"

그러나 공은 공이고 사는 사인 것이다. 마음에도 없는 명령을 내릴 수밖에 없었다.

"천주학을 금지하고 서양인 주교와 이를 믿는 자들을 모두 잡아들여라!"

천주학 금지령이 공식적으로 떨어지자 전국적으로 검거 선풍이 불기 시작했다. 베르너 주교를 비롯한 프랑스인 신부 아홉 명이 새남터에서 사형을 당했고 천주학을 믿는 조선인들도 매일 잡혀와 팔천여 명이 서소문 형장에서 목이 달아나고 사지가 찢겨나갔다. 일이 한참 잘 못 꼬인 것이다.

"마누라! 아무래도 내가 일을 잘 못 한 것 같소…"

대원군이 부인 민씨를 향하여 힘없이 말했다. 부인 민씨가 대원군의 이런 모습을 보는 것은 태어나서 처음이었다. 일이 이런 식으로 진전될 줄은 정말 몰랐다. 집권하여 처음 맛보는 좌절이었다. 부인의 위로가 필요한 시간이었다.

너무 많은 사람이 죽게 되었으니 대원권의 마음이 이루 말할 수 없이 괴로울 것을 아는 부인 민씨는 어떻게 위로의 말을 해야 할지를 몰랐다. 그래서 깨진 혼사 이야기로 슬쩍 화제를 돌렸다.

"아니옵니다. 그나저나 우리 상감의 혼사가 깨어졌으니 이를 어찌한단 말입니까?"

"그러게 말이오. 마누라께서 책임을 지고 다시 좋은 규수를 찾아 주시오. 나는 더 이상 힘이 없소. 지쳤소이다."

혼사도 깨지고 사람도 많이 죽었다. 일거양득(一擧兩得)을 노렸건만 설상가상(雪上加霜)이 되어버리고 말았다. 사람을 많이 죽인다는 것은 그리 유쾌한 일이 아니다. 아무리 국법이라고는 하나 이렇게 많은 목숨이 죽어나간다는 것은 천벌을 받을지도 모를 일이었다. 나라의 경사를 앞에 놓고 덕을 쌓아도 모자라는 판에…

"상감의 혼사에 누가 되는 일이 없어야 할 텐데요…"

항상 모든 일에 자신감 있고 과단성 있게 일처리를 하던 대원군 아니던가? 부인 민씨가 대원군의 힘없는 모습을 보자 불쌍한 생각이 들었다.

"대감. 힘을 내시옵소서. 이제 시작이옵니다. 우리 상감께서 얼른 배필을 맞이하시고 후사를 얻을 수 있도록 혼사를 서둘러야 할 것이옵니다."

항상 현명한 결정을 내리고 곁에서 꾸준히 내조하는 민씨가 대원군에게는 큰 힘이 된다.

"알았소. 내, 힘을 내어 상감과 이 나라 조선의 안녕을 위하여 정신을 차리겠소. 이리 가까이 좀 와 주시겠소?"

부인 민씨의 손을 잡고 이불 속으로 살며시 끌어당기자 부인의 몸이 따듯한 이불 속으로 딸려 들어왔다. 부인의 몸을 접촉하자 그의 마음이 이내 평화로워졌다. 힘과 바람의 폭풍이 회오리 친 후, 대원군은 오랜만에 잠을 이룰 수 있었다.

"대감마님. 이별장이옵니다!"

무슨 급한 일이 있으면 꼭 새벽 일찍 찾아오는 것이 이별장이다. 잠도 없는가보다. 목소리로 보아 나쁜 일은 아닌 것 같았다.

"잘 잤느냐?"

'어쩐 일이냐?' 라고 물으려던 대원군의 입에서 오타가 났다. 이별장의 씩씩한 모습을 보자 살짝 질투가 생겨났다. 그러나 짧은 질투는 별장의 힘찬 목소리에 금방 사그라들었다. '그 녀석! 힘이 나기도 할 것이다.'

"예? 아. 예! 장대목이 그러는데 내일이면 지하고가 완성이 되어 흙을 덮는다 하옵니다."

완성되었다는 소리다. 기다리고 기다리던 소식이었다.

"그러냐? 그러면 그렇지… 잘 되었구나. 내 일전에 이른 대로 장정 삼십은 구해 두었느냐?"

"예. 힘 좋은 놈들로 구해두었사옵니다. 수레도 구해놓았사옵니다."

"잘 하였다. 그놈들을 전부 모레 밤 유시까지 여기로 모이도록 하여라."

"예!"

이제 모레 밤이면 정조대왕의 유지가 자손만대로 영원히 보존될 수 있도록 새 궁궐의 지하 금고로 모두 모셔지게 되는 것이다. 그리고 새로운 조선의 천년대계를 건설할 근원이 되는 힘의 원천이 생기는 것이었다. 엄청난 일이 끝난 후, 다시 새 날이 열리고 있었다.

## 30
# 이전

유시에 모여 술시에 현장으로 떠난다는 계획이었다. 장정 삼
십이 튼튼한 수레와 들것, 지게 등을 지고 나타났다. 밥과 고기를
배가 터지게 먹였다. 술시가 되자 이별장이 이들을 이끌고 금서각
으로 앞장섰다. 대원군은 횃불을 든 천종복과 하인들을 앞세우고
그들을 따라 나섰다. 서고 문지기들이 이들을 알아보고 이별장에
게 경례를 올렸다. 휘영청 달이 밝은 것이 시야는 충분히 확보할 수
있었다. 일꾼들을 앞에 놓고 대원군이 우렁차게 외쳤다.

"오늘 너희들은 역사에 길이 빛날 일을 하는 것이다! 임금과 나
라를 위하여 하는 일이니 한 치의 실수도 없으렸다!"

"예이!"

장정들이 5인 1조로 조를 짜서 금서각으로 들이닥쳤다. 제 1조의
맨 앞에 대원군이 앞장을 서고 그 뒤로 천종복과 이별장이 횃불을
들고 뒤따랐다. 제 1조의 세 명이 가장 먼저 서고로 들어갔다. 장정
들이 금서각 지하고로 내려가서 오늘 운반을 해야 할 물체가 금괴
임을 저희들의 두 눈으로 확인하자 눈을 휘둥그레 뜨고 서로 쳐다

보았다. 그러나 이내 엄중한 분위기에 압도되어 아무도 입을 열지 않았다. 금괴를 두 손으로 조심스레 운반하여 지게 위로 올린 뒤 밖으로 실어 날랐다. 금서각 문 앞에 있는 들것에 다다르자 손으로 조심조심 금괴를 내린 뒤 다시 금괴를 수레로 옮겼다.

"빨리 하여라! 빨리!"

어둠 속에서 기다리던 장정들 몇몇이 쑤근대기 시작했다. 그들도 이제 그것이 금괴인 것을 눈치챈 것이다. 그러나 이내 모든 입들이 조용해졌다. 다들 알았다는 뜻이었다. 이별장이 눈치를 챈 것은 지하고로 들어가는 층계를 밟는 순간이었다. 지하고에 가득히 쌓여있는 미상의 물체를 보는 순간! 그것은 확인해 보지 않아도 황금괴라는 것을 확신할 수 있었다. 그리고 대원군이 춘홍을 자신에게 내어 준 이유도 그 순간… 알 수 있었다.

"빨리 하란 말이다! 빨리!"

이별장 입에서 자동적으로 다그치는 소리가 튀어 나왔다. 지게를 지고 나르는 장정들의 등짝에서 땀내가 나기 시작했다. 모든 사실을 안 이상, 서두르지 않으면 안 된다는 공감대가 형성된 것이다. 마차를 이끄는 외부조의 첫 마차가 동궁터의 지하고 입구로 내달리기 시작했다. 횃불을 들고 달려온 첫 수레가 동궁터에 도착하자 천종복과 하인들이 서둘러 지하고의 창고로 저들을 안내했다. 두 명이 금괴를 실은 들것을 앞뒤로 들고 서서 지하고의 좁은 길을 내달렸다. 종복의 입에서도 역시 같은 말이 쏟아졌다.

"빨리들 하시오. 빨리들…"

한두 번씩 길을 달려내자 장정들의 익숙도에 따라 시간을 절반으로 줄여냈다. 5개 조가 스무 번 이상을 달리자 지하 창고가 어느 정도 차기 시작했다. 이때쯤, 대원군은 금서각을 떠나 지하고로 들어와 보았다. 난생 처음 들어오는 길이다. 횃불을 든 종복의 안내를 받으며 좁은 통로를 따라 지하고에 다다르자 숨이 턱 막힐 정도의 엄청난 황금이 그의 눈앞에 쌓여 있었다. 옮겨놓고 보니 막대한 분량이었다. 이것이 도대체 얼마나 되는 황금일까? 감히 수량을 헤아려 볼 엄두가 나지 않았으나 무슨 일이든 가능한 분량이었다. 대궐을 열두 번이라도 더 지을 수 있는 분량이었다.

'엄청난 분량이다… 이걸 어떻게 다 모아내셨을까?

다시 한 번 정조대왕의 능력에 감탄을 하지 않을 수 없었다. 자신이 만약 그 시대에 왕으로 태어났다 해도 평생 이런 황금을 모을 수는 없을 것이었다. 일을 마치자 대원군이 장정들을 앞에 놓고 큰 소리로 말했다.

"너희들이 오늘 밤 한 일은 나라의 비밀이다. 이를 발설하는 자는 새남터로 직행할 터인즉 모두 조심해야 할 것이다. 알겠느냐?"

"예!"

다시 장정들의 땀내 나는 두 손 위로 은전 두 잎씩 주어졌다. 하룻밤 일당의 열 배도 넘는 액수였다. 이별장이 다시 한 번 장정들에게 협박조의 당부를 잊지 않았다. 이별장이 일을 마친 저들을 인솔하여 궁 밖으로 데리고 나갔다. 드디어 가장 걱정하던 일이 완결된 것이다. 이제 이 위에 장대목의 설계도대로 근정전과 사정전, 강녕전 그리고 동궁전을 지어 내면 모든 일은 끝나는 것이다. 그리고 지하고의 입구는 동궁전이 되는 것이다. 안심이다. 가마를 타고 운현궁으로 돌아오는 대원군의 눈꺼풀이 서서히 무거워지기 시작했다. 잠이 쏟아져왔다. 긴장이 풀린 것일까? 꾸벅꾸벅 졸다 하마터면 가마에서 굴러 떨어질 뻔했다. 겨우 기어서 잠자리로 들었다. 잠결에 누군가 그의 이름을 부르는 것 같았다. 장조대왕이었다. 그 뒤에 어린 정조도 보였다. 장조께서 뒤주로 뚜벅뚜벅 걸어가는 것을 어린 정조가 울면서 붙잡고 있었다. 냉정한 눈초리로 정조를 뒤돌아보던 장조는 어린 정조의 눈길을 무심하게 뿌리치고는 뒤주 안으로 성큼성큼 걸어 들어가더니 당신의 손으로 뒤주의 뚜껑을 덮으셨다. '덜커덩!' 하는 소리와 함께 정적이 흘렀다. 안타까운 순간이었지만 대원군으로서는 어떻게 해 볼 도리가 없었다. 잠결에서 대원군은 이것이 두 번째 꾸는 꿈이라는 것을 잘 알고 있었지만 안타깝기는 첫 번째보다 더했다.

"장조전하. 장조전하…"

나오지도 않는 헛소리에 놀라 잠이 깼다. 종복이도 나타나지 않았다. 어젯밤 일로 몹시 피곤한 모양이었다.

"종복아!… 천서방! 게 있느냐?"

잠결에 부스스 옷을 추려 입고 나타나는 종복에게 대원군이 말했다.

"안사람을 좀 모셔 오시게!"

아침상을 가지고 온 종복의 뒤를 따라 부인 민씨가 방으로 들어왔다. 동태전과 구운 김, 굴비 그리고 시래기국으로 속을 달래던 대원군이 부인 민씨에게 물었다.

"그래. 우리 상감의 배필감이라고 말하던 처자가 영의정 민유중의 무덤지기 딸이라 하였소?"

"예. 아버지가 돌아가시고 한성으로 올라와 지금은 감고당에서 살고 있다 하옵니다."

"그렇소? 그 처자를 만나 보았소?"

"아직 아니옵니다마는 수삼 일 내로 만나 볼 것이옵니다."

"부모 없이 자랐다니 특히 그 아이의 성품을 유의하여 보아야 할 것이오."

"예. 듣기로는 아버지에게 소학과 효경, 여훈을 배우고 독서에 열중하여 행실이 바르고 똑똑하다 하옵니다."

"사람 일은 모르는 일이니 마누라께서 질문도 하시고 시험도 하시어 우리 상감의 배필감이 되는지 잘 살펴보시구려."

영의정 민유중은 숙종대왕의 계비인 인현왕후의 아버지로 고종의 부인인 민황후의 6대조이다. 그러니까 대원군과의 관계를 생각한다면 부인도 민씨, 며느리도 민씨, 두 사람의 민씨를 집안에 들이는 것이므로 민씨와는 겹사돈이 된다. 그만큼 자신의 영향력이 정확하게 작용될 수 있으므로 이 혼사는 사람만 괜찮다면 빨리 진행하여야 할 일이었다. 그저 부인 민씨 같은 여자라면 만족할 일이었다. 그리고 또 하나, 궁녀 이씨와 강제로 헤어져 마음이 외로운 상감에게도 빨리 배필을 구해주어 마음을 달래주어야 할 필요도 있었다.

'상감마마! 이제 자손만대에 영원히 빛날 상감의 나라가 곧 이루어질 것입니다. 속히 후손을 얻으시고 지하고에 묻혀있는 선대대왕의 유지를 잘 받으시어 역사에 빛날 대업을 이루시옵소서…'

황금과 후손! 이 두 가지만 있으면 대제국을 건설할 필수 요소가 다 갖춰지는 것이다. 이제 자신은 남은 일생, 임금을 위하여 몸 바쳐 일하다가 때가 되면 모든 것을 임금에게 물려주고 조용히 떠날 것이다. 그러면 자신의 뜻을 이어받은 똑똑하고 영리한 후손들이 많이 나와 이 나라와 이 백성을 위하여 영원히 이어질 찬란한 제국을 만들어 세상을 호령할 것이다. 그래서 똑똑한 여자가 우리 집안으로 꼭 들어와야 하는 것이다!

# 31

# 설득

어린 고종이 내관을 보내어 박규수를 불렀다. 매일 얼굴을 보는 고종이었지만 고종의 숙소인 선정전으로 늦은 시간에 박규수를 불러들인 것은 의외였다. 무슨 개인적인 이야기를 할 것임이 분명했다. 밤도 늦지 않았는데 고종은 잠잘 채비를 한 복장이었다. 일찍 자고 일찍 일어나는 모범생이다.

"박승지. 이리 앉으세요."

사석에서 가까이 보는 고종의 얼굴이 많이 수척해 보였다.

"상감마마! 어인 일이옵니까?"

"내, 단도직입적으로 말하겠소."

박규수가 속으로 뜨끔했다. 분명 이상궁에 관한 일일 것이다!

"이상궁을 내 보낸 것은 아버지의 뜻이오?"

난감한 질문이었다. 한참을 머뭇거리자 고종이 입을 열었다.

"그렇군요…"

'휴!' 하고 한숨을 내쉬는 고종의 젊은 얼굴에 얕은 분노의 표정이 지나갔다. 아버지가 그렇게 했다는 것쯤은 고종도 이미 감지하고 있었을 것이다. 박규수가 말했다. 뭔가 위로의 말을 건네려 하였으나 그 말 대신 다른 말이 튀어나왔다.

"상감마마. 대원위합하께서 지금 상감의 배필을 구하고 있다 하옵니다."

"난 혼사를 안 치른다 하지 않았소!"

소리를 '꽥!' 지르는 게 영락없는 어린애였다. 상감에게 정확한 정보를 주어야 하는 것이 승지의 임무다. 그러나 어린 상감을 설득해야 하는 임무도 승지의 몫이 아닌가?

"상감마마! 마마께서 혼례를 치르시고 후손을 생산하심은 이 나라와 왕가를 위하여 꼭 하셔야 할 일 중에서 가장 큰 일이옵니다. 선왕들께서 후손을 생산하지 못하시어 왕통이 끊어지고 나라가 위태하여진 것을 잘 알고 계시지 않사옵니까?"

"난 모르오! 난 혼사를 안 치를 것이니 그리 아시오."

천상 어린애다. 막무가내로 삐팅긴다. 박규수는 이런 상감을 노련하게 설득하여 혼사가 잘 진행될 수 있도록 이끌어야 한다. 누가 그 일을 하겠는가? 그것을 못 해낸다면 도승지의 옷을 입을 자격이 없는 것이다.

"전하. 지난 번 남승지의 조카와 혼담이 있지 않았사옵니까? 그때도 전하께서 혼사를 거부하시어 남승지와 조카가 어떻게 되었습니까?"

아니? 그건 국법으로 금지한 천주학을 믿었기 때문에 죽은 것 아닌가? 고종 자신과는 직접 관계가 없는 일이다. 왜 이런 얘기를 지금 박승지가 꺼내는 것일까?

"전하. 세상 모든 일이란 다 서로서로 연결되어 있는 것이옵니다. 만약 전하께서 남승지의 조카와 혼담이 있으실 초기에 혼사를 혼쾌히 수락하셨다면 남승지와 그의 조카는 죽음을 면하였을 것이 옵니다."

말은 맞는 말이다. 그렇다고 고종 자신이 죽인 것은 아니지 않는 가? 허나 박규수의 말도 옳다. 남승지가 죽지 않을 수도 있었던 것이다. 젊고 똑똑한 승지 하나가 처참하게 죽어갔을 생각을 하니 불쌍한 생각이 들었다. 또 그의 조카라는 처자도 자신과의 인연 때문에 이유 없이 죽어갔다니 너무도 불쌍하고 미안한 생각이 들었다. 아직은 마음이 여린 고종이다. 박규수는 고종의 나이가 자신처럼 닳고 닳은 나이가 아니라는 것을 잘 알고 있었다.

"전하! 이번 혼사도 전하께서 거절하신다면 무슨 일이 벌어질지 모르는 일이옵니다. 살펴주시옵소서."

고종의 얼굴에 감도는 슬픈 표정을 정확히 읽어 내린 박규수가 밀어붙인다. 말도 안 되는 이유로 어린 자신을 협박을 한다는 것을 고종도 잘 알고 있었지만 혼사를 더 이상 미루었다가는 알 수 없는 쪽으로 일이 벌어질 수도 있다는 것을 둘 다 잘 알고 있었다.

"전하. 곧 가례도감을 설치하고 혼사를 치르게 될 것이오니 그리 알아주시옵소서."

기정사실(旣定事實)로 알고 혼사를 밀어붙이겠다는 의도였다. 고종도 일방적으로 당할 수만은 없는 일이었다. 이참에 한 가지라도 건져야 한다.

"그렇다면, 내 한 가지 조건이 있소이다. 이상궁을 다시 원직으로 복직시켜서 이리로 보내주시오."

잠시 뜸을 들이는 박규수를 고종이 애타는 눈빛으로 바라보았다. '제발 내 소원을 들어 주세요.' 하는 눈빛 말이다.

"그 문제는 걱정하지 마시옵소서. 혼례를 올리고 정비를 맞으시게 되면 상감께서도 처와 빈을 맞으실 수 있으시오니 모든 문제가 해결될 것이옵니다."

"정말이오?"

급방긋이다. 상감의 입이 살며시 옆으로 찢어지다가 급기야는 입 꼬리가 위로 치켜 올라갔다. 기분이 매우 좋아진 모양이다. 그렇게 좋으실까? 박규수도 상감을 보며 미소를 지었다. 이로서 둘 다 손해를 보지 않는 협상이 성립된 것이다. 상감이 협조하는 혼사와 협조하지 않는 혼사는 피곤도가 열 배는 차이가 날 것이다. 협조하지 않는 혼사를 치렀다가는 아마 일 치르고 나서 병이 날 수도 있을 것이다. 이제 얼른 달려가서 대원위합하게 반가운 사실을 고하고 후속조치가 어떻게 돌아가는지 알아보고 준비를 잘 해야 한다. 한 걸음으로 운현궁으로 내달려 대원군과 마주 앉았다.

"합하나리! 상감께서 혼사를 수락하시었습니다."

"그렇소? 그렇게 버티시던 상감께서 어찌 이리 금방 허락하시었단 말이오?"

"어찌하시겠습니까? 허락할 밖에요."

박규수는 대원군에게 상감이 이상궁의 복귀를 조건으로 허락하였다는 사실을 말하고 싶지 않았다. 아무리 나이가 어릴 지라도 남자들 간의 약속 아닌가? 대원군이 박규수를 믿음직하게 바라보며 말했다.

"자. 그럼. 대비마마께 가례도감을 주청드리고 즉시 금혼령을 내려야 하겠군요."

"형식적이지만 그렇게 해야 하겠지요."

"그건 그렇고 궁궐 건축은 잘 되고 있는 것이지요?"

"예. 문제는… 처음부터도 얘기가 있던 것이지만 경비가 워낙 많이 들어가는 일이므로 그것이 걱정되옵니다.”

“경비 문제라면 염려마시구려. 다 생각이 있소이다.”

다 생각이 있다고 큰소리치다가 지난 번 결국 남승지의 목이 달아나지 않았는가! 박규수는 속으로 그 말을 믿지 않았지만 겉으로 내색할 수는 없는 문제였다.

“생각이 있으시다니 다행입니다.”

“어쨌거나 원납전 갹출을 더욱 더 다그쳐야 할 것이옵니다. 돈을 가진 자들이 내지 않으니 이게 문제입니다.”

“돈을 가진 자들이 쉽게 돈을 내겠습니까? 저들을 족칠 방도가 아마 좀 더 많이 필요할 겁니다. 겁도 좀 주셔야겠지요?”

“그렇지요? 부자들이 돈을 내지 않으면 노역에 동원된 백성들이 불평을 많이 할 터인즉 이들의 입을 막기 위해서라도 원납전을 더 많이 거둬낼 방도를 마련해야 할 것입니다.”

시원한 식혜가 안채로부터 나왔다. 두 사람이 쭈욱 식혜를 마시고 그릇을 땅바닥에 탁! 내려놓았다.

“아. 참. 그리고… 그… 전에 식혜 수종을 들던 이 상궁인가 하는 궁녀가 있었지요? 지금 대비전에 잘 있습니까?”

“예. 잘 있는 걸로 알고 있습니다.”

“이상궁도 아기를 생산할 수 있는 나이가 아니겠소?”

“그렇지요…”

“그러면 혼사가 끝난 연후에 상감과 합방을 시켜 자손을 보시게 하심이 어떨른지요?”

그럼 그렇지! 부모 말고 누가 그 일을 가장 원하겠는가? 그것이 자연의 순리다.

“그렇게 하는 것이 좋을 듯합니다. 아직 새 왕비가 되실 분의 나이가 조금은 어린 듯하오니 수삼 년 내에 자손을 보시려면 그렇게 하는 것이 좋을 듯하옵니다."

"그럼. 대비전 일은 박영감이 맡아 주시겠소? 박승지가 대비전 담당 아니시오? 하하하"

예전 대비전에서 만났던 일을 들추어내어 농을 하는 대원군이었지만 기분이 나쁘지는 않았다. 모든 것이 잘 돌아간다면 말이다. 죽은 남승지에게는 미안한 노릇이지만…

"이제 마음 놓고 평양으로 떠나도 될 것 같사옵니다."

박규수는 죽은 남승지에게도 미안하기도 하였고 또 많은 사람이 죽게 된 일에 자신에게도 일말의 책임이 있다고 생각되자 도성을 떠나 평양행을 자원한 것이다.

"왜, 상감의 국혼이라도 보시고 떠나시지요…"

"아닙니다. 제가 할 일은 다 한 것 같습니다. 그 쪽에도 처결하여야 할 일이 적지 않다 하옵니다."

"그렇소? 아무튼 박승지가 이번 일에 노고가 많았소. 평양에 가시더라도 한양에 자주 들러 주시오."

"예!"

## 32

# 흉계

궁궐공사가 속도를 냈다. 장목수가 서두르며 인부들을 독려시킨 탓이었다.

영건도감의 실질 책임자는 대원군이 그의 형인 이최응을 임명했다. 대원군보다 다섯 살 위인 이최응은 모든 면에서 대원군보다 똑똑하고 처세와 사리에 밝아 믿음직스러웠다. 그리고 가장 중요한 궁궐 건축의 경비는 하나에서 열까지 모든 내용을 알고 있는 이장렴이 맡았다. 정식으로 금위대장이 된 것이다. 허나 뭐니뭐니 해도 제일 시급한 것은 목재의 조달이었다. 이최응은 궁궐 기둥으로 쓸 반듯한 춘양목을 전국에서 구하는 일에 총력을 기울였다.

"합하! 춘양목을 더 이상 구할 수가 없소. 어찌하면 좋겠소?"

아무리 동생이라고는 하나 신하의 입장으로서 합하라는 존칭을 썼다.

"예. 그 일이라면 염려 마십시오. 내가 미리 장목수에게 특별히 부탁을 해 두었소."

"그렇습니까? 나는 지금 서낭당의 나무를 비롯하여 남의 집 무덤가의 나무까지 베어다가 쓰는 중이오. 어디서 춘양목을 더 구한단 말이오?"

"장목수의 수하들이 전국을 돌면서 나무를 구하는 중이오. 봉화에서 엄청나게 많은 강송을 찾았다 하오. 이제 곧 나무를 실은 달구지가 한양에 당도할 것인즉 특별히 잘 관리하여 궁궐 짓는 일이 차질이 없도록 하여야 할 것이오."

"허! 그거 듣던 중 반가운 소리요. 내가 이것 때문에 얼마나 걱정을 하였는지 모르오. 하여튼 우리 아우님은 매사에 빈틈이 없으시오. 허허허."

기둥으로 쓸 요량이면 곧게 자라는 강송이 필요했다. 그걸 미리 준비했다는 것이다. 모든 것을 미리 생각하고 준비하는 것이 동생의 성격이다. 동생이 어떻게 해서 아들을 상감으로 앉혔는지 형은 잘 알고 있었다. 집안의 장남인 이재면도 똑똑하고 공부를 잘하는 아들이었지만 그는 나이 어린 차남 명복을 추천했다. 안동 김씨들이 방심하도록 노린 작전이었다. 어린 임금을 옹립한다면 다시 그들이 왕을 좌지우지할 수 있을 것이라고 생각하도록 유도한 것이다. 이것은 이하응의 고도의 전략이었다. 상대의 방심을 유도한 작전! 이최응에게는 그러한 고단수의 전략은 없었다. 그저 열심히 주어진 일에만 최선을 다하면 되는 것이었다. 즉, 궁궐을 최단시일 내에 완성하는 것 말이다. 기초가 파이고 기단석이 모두 장착되었으니 이제는 기둥을 세울 차례였다. 바로 춘양목만 도달하면 기둥과 서까래를 올릴 수 있는 것이다.

"그럼, 내 이만 가보야야 하겠네."

이최응이 운현궁을 빠져나와 돈화문을 지나자 달구지 수십 대가 곧게 뻗은 나무를 싣고 동관길을 지나 궁터로 향하고 있는 것이 보였다. 수십 대의 마차들 위에는 반듯한 춘양목들이 가득 실려 있었다. 맨 앞으로 뛰어가자 금위대장 이장렴이 금군들을 이끌고 나와 우마차들을 총지휘하고 있었다.

"그래. 그쪽이다. 아, 이놈들아, 그쪽이 아니래도!"

소달구지와 사람과 목재가 뒤엉켜 있는 좁은 길에서 금위대장 이장렴과 금군들이 나무 쌓을 곳을 안내하며 이리 뛰고 저리 뛴다.

"이보게. 이대장! 수고가 많네."

"예. 대감. 지금 봉화에서 도착한 목재를 이쪽 남터와 동터에 분산시켜 보관하고 있사옵니다."

"그런가? 잘 된 일이네. 오늘 내로 일이 끝나겠지?"

"예. 목수들 말이 내일까지 스무 마차가 더 도착할 거라 하옵니다."

"아이쿠. 정말 복잡하겠구먼. 그럼 수고하게."

진시부터 들이닥친 목재가 내려지고 정돈되기를 유시경에야 마무리되었다. 이제 목재가 도착되었으니 더 많은 인부가 필요할 것이다. 목재를 동터와 남터에 다 쌓아 놓고 보니 마음이 안심이 되었다. 일과를 마친 이최응이 영건도감을 나와 귀가를 서두르며 어두워진 길을 따라 가마를 몰았다. 그때 낯익은 얼굴이 그의 눈앞에 다가왔다.

"조성하대감 아니시오?"

조성하는 운현궁에서 자주 보던 사이다. 그가 퇴청하기를 기다리고 있었음이 틀림없었다. 꾀죄죄한 선비 하나가 조성하를 뒤따르고 있었다.

"그렇습니다. 긴히 말씀드릴 것이 있사옵니다."

"긴히 말씀드릴 일이라니요?"

서로 얼굴은 알고 있으나 직접적으로 대화를 하는 것은 이것이 처음이었다. 조성하가 턱으로 옆에 있는 선비에게 신호를 하자 선비가 그의 앞으로 나섰다.

"예. 저는 규장각 대교를 맡았던 김갑손이라 하옵니다. 다름이 아니옵고 지난달 보름 밤에 여기 대궐 공사장에서 해괴한 일이 있다는 이야기가 있기에 왔사옵니다."

"해괴한 일이라니… 무슨 이야기요?"

"예 금위대장 이장렴이 장정 삼십을 이끌고 야밤에 궁터로 들어갔다 하옵니다."

"그래요? 그게 무슨 이상한 일이오?"

"장정 삼십이 밤새도록 금서각에서 무슨 물건을 꺼내어 지하고에 묻었다 하옵니다."

"무슨 물건이오?"

"예, 자세히는 모르오나 중요한 물건 같았사옵니다."

"중요한 물건이라… 대궐 안에 중요하지 않은 물건이 어디 있겠소?"

"그게 아니옵고 무슨 값비싼 물건인 것 같은데…"

"무엇이오?"

"장정들이 통 입을 열지 않사옵니다."

"그럼 뭔지 모른단 말이오?"

김갑손과 조성하의 의견은… 그날 밤 경비를 책임맡은 이장렴을 취조하여 그 날 벌어진 일에 대하여 조사를 하고 어떤 흉계를 꾸미고 있는지를 알아내어야 한다는 말이었다. 그래야 만일에 있을지도 모를 흉계에 대비할 수 있다는 것이었다. 호사다마(好事多魔)라

195

했다. 궁궐을 짓는 역사적인 일에 마가 끼면 안 된다는 것이다.

"내 금위대장을 불러 알아볼 것이니 오늘은 이만 하오."

조성하가 나섰다.

"혹시 무슨 물건이 운반되었는지 알게 되시면 제게도 알려주시옵소서."

"알았소."

알려 줄 이유는 없었지만 그간의 정을 생각해서… 가 아니라 사실은 그의 뒤에 조대비가 있으니 말을 해 주는 것도 좋을 것이라고 생각했다. 자신도 조대비와 연결이 될 수 있는 계기를 만들 수도 있는 것이다. 동생 이하응이 조대비와 통한 후에 결국은 권력을 잡지 않았는가! 자신이라고 못 할 이유는 없었다. 기회가 온다면 한다! 아직은 조대비가 살아있으니 말이다.

"그나저나 요즘 어떻게 지내시오?"

"예. 철종실록이 완성되고 일이 없어 백수건달이옵니다."

"그래요? 합하나리께 부탁을 드리시지 왜 그냥 있으시오?"

"내가 왜 청을 안 했겠소? 합하께서 두 번이나 나를 천거하여 부담이 되신다고 하더이다."

"두 번이 아니라 열 번이라도 해 줘야하는 것 아니오?"

"글쎄올시다. 어렵고 힘들 때에는 그렇게 간이라도 빼줄듯이 하던 양반이 명복이가 상감이 되고 권세를 잡으니까 이젠 마음이 달라진 게지요."

사람의 마음이란 그런 것인가? 조성하를 홀대하다니… 누구 때문에 대원군이 권세를 잡았는가? 바로 조성하가 조대비를 연결시켜 준 것 아닌가? 그러나 지금은 그런 말을 해선 안 된다. 목하, 홍선대원군 이하응 합하의 세상이 아닌가?

"합하께서 그런 분은 아니실 것이오. 당신께서도 사정이 있으시겠지요. 조금만 기다려 보시오."

"기다리다 목이 빠지겠소이다. 그나저나 무엇을 옮겼는지 그 내용이나 알아봐 주시구려…"

"알았소. 내 약속하리다."

자리를 하나 봐 주는 일은 쉬운 일이 아니지만 그날 밤 뭘 옮겼는지 알아봐주는 일은 지금이라도 당장 금위대장을 불러 물어보면 간단히 알 수 있는 일이다. 그런 일로 생색을 낼 수 있다면 얼마든지 가능한 것이다.

## 33

# 타령

"합하나리. 그날 밤 무엇을 옮기셨소?"

이최응이 아침 일찍 운현궁에 나타나 다짜고짜로 물었다.

"뭘 옮기다니요?"

밑도 끝도 없이 무슨 말인가? 새벽같이 형님이 나타나서 뭘 옮겼
느냐고 질문을 하니 말이 되는 일인가?

"이장렴이 도대체 말을 하지 않아 내가 뛰어 왔소이다."

"이장렴이 말을 안 하다니요?"

그렇다면, 정조대왕의 유지를 옮긴 사실이 외부로 알려졌다는
말인가? 이장렴은 절대로 말할 사람이 아니다.

"지난달 보름날 밤에 이장렴이 지휘를 하여 무슨 값나가는 물건
을 지하로 옮겼다는 말이 있던데요?"

아이쿠야… 말이 새어나간 것이 분명했다. 허긴 삼십 명이 넘는
장정들의 입을 다 막을 수는 없지 않은가?

"그 얘기는 어디서 들었소?"

"아니. 어디서 들었다기 보다는…"

"어디서 들었냐니까요?"

대원군이 노기를 띠며 버럭 소리를 지르자 이최응이 기급을 하며 말했다.

"아니. 얼마 전에 조성하가 찾아와서 이야기를 합디다."

"조성하가?"

알 수 없는 노릇이었다. 조성하가 알 리가 없었다. 이는 필시 다른 자의 고변이 있었음이 분명했다. 그러나 조성하를 불러들여 족칠 수는 없었다. 이쯤에서 연막작전을 펴야 한다.

"허허. 조성하 그 사람 큰 일 낼 사람이군요."

"아니. 왜요?"

"궁궐을 건축하기 전에 먼저 묘당에 제를 지내고 선대 임금의 유지를 받들 유품을 궁궐 요소요소에 묻어야 하는 것은 자명한 일인즉 무슨 보물이라도 묻었다고 호들갑이오?"

"선대 대왕의 유지라고요?"

"그렇소. 규장각에 보관되었던 정조대왕과 장조임금의 유지를 아무도 몰래 궁궐 각처에 묻어서 대왕의 음덕을 받으려 하였은즉 이런 일을 어찌 밝은 대낮에 할 수 있었겠소?"

"그렇군요…"

"그런 일을 발설하는 자는 엄히 다스리겠다고 하였은즉, 그리 아시오."

"그렇지요? 그런데… 혹시 금괴를 묻었소?"

이런… 일이 다 들통이 난 모양이었다. 서둘러 진화를 하여야 한다.

"물론이지요… 금괴는 물론, 대왕께서 쓰시던 장검과 책자 그리고 은수저 수십 벌도 함께 묻었소이다. 값나가지 않은 물건이 어디

199

있겠소."

"아하! 그랬군요. 그래서 금괴 이야기가 나온 것이군요."

"그렇소. 허나 혹시라도 이런 이야기가 밖으로 새어나가면 무슨 해괴한 일이 벌어질지도 모를 일이니 백성들 사이에 그런 유언비어(流言蜚語)가 나돌지 않도록 각별히 유의해 주시오. 아시겠소?"

"알겠소. 합하나리!"

친형 이최응의 입을 간신히 막고 서둘러 금위대장을 불러 진상을 알아봐야 할 일이었다. 아니 장대목도 불러내고 그날 동원됐던 운현궁 하인들과 종복도 모두 불러내어 대책을 세워야 했다.


저녁이 되자 지하고 멤버들이 모두 사랑채에 모였다. 이장렴이 먼저 보고를 했다.

"합하나리. 어제는 몹시 곤란하였사옵니다. 제조대감께서 하도 추궁을 하시길래 땀을 빼었습니다."

"잘 하였다. 그래 장정들 입막음은 단단히 하였느냐?"

"예. 조장 몇 놈을 오늘 낮에 다시 급히 불러다가 엄히 족쳤사옵니다. 그 정도로 되겠습니까?"

"그래. 그 조장 놈들한테 은병 한 개씩 더 주고 입을 봉하여라. 아니… 아니다. 잠시 도성을 떠나 있다 오라고 하여라. 전부 몇 놈이냐?"

"세 놈이옵니다."

"그러냐? 여기 있다."

은병 세 덩이가 금위대장 이장렴 앞으로 뿌려졌다.

"분명 조장 놈들 입에서 그 이야기가 나왔음이 분명하니 이놈들에게 은병을 안기고 도성에서 다시 만나게 되거든 그 자리에서 벨 것이라고 단단히 일러두거라. 알겠느냐?"

"예!"

장대목이 새로운 문제를 제기했다.

"이번 문제와는 다른 이야기지만 지금 백성들의 입에서 불만이 나오기 시작했사옵니다. 노역이 고되고 오래 되니 무진장 피곤할 것이옵니다."

"그렇사옵니다. 경복궁을 중건하는 데에는 별 이견이 없사오나 일이 힘들고 또 감독하는 군사들이 너무 심하게 조진다 하옵니다."

심하게 조진다는 것은 결국 금위대장이 대원군의 명을 받들어 그렇게 한 것 아닌가? 대원군이 나설 차례였다.

"그런 말이 돌고 있는가? 그건 어쩔 수 없는 일이네. 한 시라도 지체해서는 안 될 일이니 그리 한 것일세… 허나 길어지면 문제가 커질 듯하니 노역자들을 위무하는 선무대를 준비하여야 할 것 같 네. 천서방! 요즘 장안에서 제일 인기 있는 소리꾼이 누군가?"

"예. 판소리 여섯마당의 신채효이옵니다."

"시조창의 안민영도 내로라하는 소리꾼입지요."

장대목이 거들었다.

"신채효와 안민영을 불러들여 선무대를 만들도록 하게. 그리고 남사당 패거리들도 쉬는 조의 휴식 시간에 공연을 하도록 하게. 알 겠는가?"

"예!"

선무대가 만들어져 경복궁 건축 현장에 투입되었다. 타령과 줄 타기, 농악이 쉬는 시간마다 흘러나왔다.


에~ 에헤 남문을 열고 파루를 치니, 계명산천이 밝아온다.

에~ 에헤 에헤에 헤이야 얼럴럴거리고 방아로다.

에~ 에헤 뻴고동 소리가 웬 소리냐? 경복궁 짓느라고 회방아 찧는 소리냐?
에~ 에헤 에헤에 헤이야 얼럴럴거리고 방아로다.

에~ 에헤 을축 사월 갑자일에, 경복궁 이룩일세.
에~ 에헤 에헤에 헤이야 얼럴럴거리고 방아로다.

에~ 에헤 단산봉황은 죽실을 물고, 벽오동 속으로 넘나든다.
에~ 에헤 에헤에 헤이야 얼럴럴거리고 방아로다.

시조명창 안민영이 여성 가무단과 함께 불러대는 경복궁타령이 사람들 입에서 계속 나오기 시작했다. 어린애들과 부녀자들도 공연이 있는 시간에는 경복궁 임시 가설무대로 몰려들었다. 인부들은 노역을 잠시 쉬고 가무단의 공연을 보며 노동의 괴로움을 달랬다. 노역에 시달리던 인부들이 슬며시 가사를 바꾸어 부르기 시작했다.

에헤, 남문을 열고 파루를 치니 계명산천이 밝아온다.
에헤 에헤 어라 얼럴럴거리고 방아로다 에헤.

을축 사월 갑자일에 경북궁을 이룩일세.
에헤 에헤 어라 얼럴럴거리고 방아로다 에헤.

우리나라 좋은 나무는 경복궁 중건에 다 들어간다.
에헤 에헤 어랴 얼럴럴거리고 방아로다 에헤.

도편수의 거동을 봐라 먹통을 들구선 갈팡질팡한다.
에헤 에헤 어랴 얼럴럴거리고 방아로다 에헤.

조선 여덟도 유명탄 돌은 경북궁 짓는데 주춧돌감이로다.
에헤 에헤 어랴 얼럴럴거리고 방아로다.

근정전을 드높게 짓고 만조백관이 조하를 드리네.
에헤 에헤 어랴 얼럴럴거리고 방아로다.

경복궁 중건을 비아냥대는 노래였다. 정식으로 나온 타령보다 가사를 바꾸어 부른 '노가바' 노래들이 더 인기를 끌었다. 강제징수와 징발을 풍자하고 비난하는 사이비 경복궁타령이 전국적으로 퍼져 나갔다. 원곡보다는 사이비곡이 더 인기가 있게 마련이다. 가무단들도 이제는 무대에서 가사가 바뀐 사이비 타령을 불러댔다. 자고 일어나면 새 가사가 창작되었다.

## 34

# 혼사

영의정 민유중의 6대손인 민자영과 대원군의 둘째 아들인 고종의 혼사가 열렸다. 영의정의 자손이라고는 하나 어머니도 생모가 아니고 친척이래 봤자 미관말직을 맡고 있는 양오라버니인 민승호가 전부였다. 그러니까 직접적인 피붙이는 없는 셈이었다. 그러나 신부의 눈동자가 맑고 초롱초롱한 것이 임금의 정비로서 손색이 없는 처자였다. 초간택과 재간택을 거쳐 1866년 3월 7일, 여흥 민씨 민자영을 조선의 26대 왕비로 맞이하게 되었다는 조칙이 발표되었다. 21일 진시에 운현궁에서 왕비를 맞아들이는 친영의를 행하고 정시에 창덕궁에서 왕과 왕비가 서로 절을 한 뒤에 술을 나누고 동뢰연을 치르는 순서로 진행되었다. 동뢰연이란 왕과 왕비가 왕의 처소에서 첫날밤을 치름으로써 부부가 되는 연을 맺는 일이다. 운현궁은 사람들로 넘쳐나 밟힐 지경이었다. 수천 명의 인원이 국혼을 보려고 운현궁으로 몰려들었다. 만조백관들은 일찍 자리를 잡고 두 사람의 혼사를 지켜보았다.

"왕비가 매우 총명한 것이 이 나라에 큰 복이 아닐 수 없소."

자식을 낳고 그 자식이 잘 자라 시집장가를 보내는 일보다 부모에게 더 기쁜 일이 어디 있으랴! 대원군은 그날 연신 주는 술을 받아 마셔 만취하였다. 전국에서 모인 대원군의 종친들도 앞으로 있을 자신들의 몫이 적지 않으리라는 기대감에 서로 단결을 고취하는 술자리를 마다하지 않았다.

"내, 앞으로 종친들을 귀하게 쓸 것이네. 종친부 건물도 이제 다 개수하였으니 앞으로는 종묘천제에 상감과 함께 모두 참가를 하여야 할 것이야."

예전에 없었던 파격적인 종친 우대였다. 영건도감 제조를 맡은 이최응과 큰 아들 이재면 그리고 대원군과 사돈 관계인 이호준과 그의 사위이자 대원군의 서자인 이재선 그리고 이호준의 어린 아들 이윤용도 자리를 함께 하며 음식과 술을 나눴다. 그런데 그날의 주요 화제는 상감의 얼굴과 신부의 얼굴이었다.

"상감의 얼굴이 그다지 즐거워 보이지 않은 것 같구려. 내가 뭐… 잘못 본 것이오?"

이호준이 이최응에게 물었다.

"글쎄요. 나도 그렇게 보았습니다마는, 워낙 중요한 행사이니 상감께서 매우 긴장을 하지 않으셨겠소?"

"그런가요? 허긴 많이 긴장하셨을 것입니다. 처음 치르시는 혼사이다 보니…"

"이보시오. 누가 혼사를 두 번 치른답디까?"

"허허허…"

저녁 늦게까지 하객들이 자리를 뜨지 않고 진을 치고 앉았으니 밤을 샐 태세인가? 이 시각, 어린 고종은 자신보다 한 살 많은 처자와 대궐의 한 방에서 동뢰연을 치를 일이 남아 있었다. 상감이 자리에 앉았다. 평생을 같이 해야 할 정부인을 힐끗 바라다 본 고종은 저녁 찬으로 마신 곡주가 몸으로 슬슬 올라와 온몸이 나른해지기 시작했다. 생전 처음으로 마셔본 곡주였다. 그의 앞에는 알지도 못하는 처자가 머리에 화관을 쓰고 조용히 앉아있었다. 부인이다. 평생 데리고 살아야 할 여자인 것이다. 숨도 안 쉬는 것 같았다. 민씨라고 했던가?

"이보시게. 이제 주무시게…"

어색한 첫 마디가 고종의 입에서 튀어나왔다. 남자가 말을 해야 할 것 같았다. 하루 종일을 이리로 저리로 시달리던 어린 왕후는 고종의 그 첫 마디 말이 반갑고 고마웠지만 어떤 내색을 할 엄두를 못 내고 꼼짝 없이 그 자리에 앉아 있었다.

"이제 주무시게… 아이고. 나도 몹시 피곤하오…"

피곤하기는… 다 핑계다. 마음속에서는 하루 종일 이상궁에 대한 생각뿐이었지만 그걸 사람들이 알 턱이 있겠는가? 이제 내일부터는 이상궁을 정식으로 만날 수 있을 것이다. 내일 아침 일찍부터 제조상궁을 채근하여 이상궁을 이리로 보내도록 닦달을 하여야 한다. 하루 종일 그 생각을 하면서 마음에도 없는 복잡한 절차를 무사히 치러낸 것이다. 피곤이 스르르 몰려왔다. 언제 쓰러지는지도 모르게 고종은 자리에 조용히 쓰러졌다. 썩은 나무토막처럼 고종이 말없이 쓰러지자 어린 왕후는 난감했다. 쓰러진 고종을 바라보았다. 피곤하기도 하였을 것이었다. 자신도 피곤한데 남편인 임금은 얼마나 피곤하였으랴. 어린 왕비가 그런 생각을 하는 것도 모르고 고종은 꿈나라에서 이상궁과 함께 손을 잡고 꽃밭을 거닐고 있었다. 고종의 자는 얼굴에서 살며시 웃음이 새어나왔다. 귀여운 얼굴이다. 그렇지만…

'이걸 어쩐다?

임금이 먼저 쓰러져 잠이 들었으니 무엇을 어떻게 해야 하는가? 보아하니 잠으로 깊이 떨어진 것 같았다. 그래도 왕비가 어떻게 할 수는 없는 노릇이었다. 이럴 때에 어떻게 하라고 가르쳐 주는 책은 사서삼경 어디에도 없었다. 여하튼, 첫날밤에 남자가 어떤 지시를 하기 전에 여자가 먼저 행동을 하는 것은 법도에 어긋나는 일이다. 그것이 상식이다. 문밖에서 왕의 침소를 수종드는 몇몇 나인들이 방안의 일을 귀 기울여 듣고 있는 인기척이 들렸다. 손으로 구멍을 뚫지는 않았지만 세간의 풍습이 왕가에서도 어느 정도 통용되는 모양이었다. 촛불이 점점 작아지고 있었다.

"으흠, 으흠"

왕비가 기침소리를 내어보았다. 밖에 나인들이 아직도 있는지를 알고 싶은 신호음이었다. 아무런 소리도 들리지 않았다. 느낌으로 보아 자시가 이미 지났으니 모두들 자기 침소로 돌아간 모양이었다. 이젠 축시쯤일까? 가축들이 일어날 시간이다.

"으흠, 으흠"

다시 한 번 기침소리를 내어보았다. 반응이 있을 리 없었다.

'어떻게 한다?

어떻게 해야 하는 것이 올바른 처신일까? 첫날밤 신랑이 쓰러지고 나니 신부가 할 수 있는 일이라곤 아무것도 없었다.

'어떻게 한다? 어떻게 한다? 어떻게… 어떻게…'

자신도 모르게 옆으로 살짝 쓰러진 모양이었다. 깜박 잠이 든 것이다. 단 한 순간이었다. 정신이 다시 들고 보니 자신이 모로 쓰러져 있는 것이 아닌가? 촛불도 다 타버리고 촛농이 덕지덕지 녹아내린 게 시간이 적지 않게 지나간 것 같았다.

'아차! 내가 잠이 든 게로구나…'

정신을 추스르고 얼른 일어나 곧추 앉아서 신랑을 바라보았다. 꿈나라를 헤매고 있는 얼굴이었다. 천진난만한 얼굴… 이제 이 남자가 자신의 일생을 책임져 줄 남자인 것이다. 정성으로 받들리라. 시부모님께 잘 하고 남편에게 잘하는 훌륭한 내조의 아내와 며느리가 될 것이다. 민자영은 마음속으로 다짐을 하였다.

"상감마마. 기침하시었사옵니까?"

문 밖에서 늙은 내관이 상감의 기침을 묻는 나직한 목소리가 들렸다. 뭐라고 대답을 하려다가 다시 소리가 들리지 않아 자리를 고쳐 잡고 앉았다. 아마 혹시 일어났으면 자리끼라도 드리려는 모양이었다. 내관의 소리가 다시 들리지 않자 이번에는 멀리서 닭 우는 소리가 들렸다. 분명한 새벽이다. 새벽이 온 것이다. 첫날밤을 무사히 치른 것이다. 안도감이 마음속 깊은 곳에서부터 우러나왔다. 처음 민씨 부인이 왕비감을 찾는다고 하면서 자신을 찾아왔을 때 얼마나 두렵고 떨렸던가? 이제… 모든 절차가 끝난 것이다.

'첫날밤을 무사히 치렀으니 나는 지금부터 이 나라의 왕비가 된 것이다.'

조선의 왕비가 되어 남편을 내조하고 백성의 어려움을 잘 헤아려 나라를 바로 잡을 책임을 다하여야 한다. 잘 할 수 있을까? 첫날밤을 치렀으니 왕비가 된 것은 확실한 사실이었지만 그것을 실감할 수 있는 일은 아직 아무 것도 일어난 것이 없었다.

'그래… 무슨 일이 닥치든 잘 하리라…'

## 35

# 방화

국혼을 무사히 끝낸 대원군에게 이제 거칠 것은 없었다.

"종복아. 원납전 징수는 잘 되고 있느냐?"

"예. 한 번 냈다고 안 내려고 버티는 놈들이 많사옵니다. 결국 돈 있는 사람이 움직여 주어야 할 것입니다."

"어떻게 하면 좋겠느냐?"

"포고문을 다시 한 번 더 내려 보내시옵소서."

"그래 알았다. 오늘 밤 전부 모이라 이르거라."

밤마다 모여 회의를 하여야 했다. 돈이 다 떨어져가고 있기 때문이다. 이최응, 이호준, 이재면, 장대목, 천종복, 이장렴 그리고 대원군의 서자 이재선 등 핵심 인원들이 깊은 밤인데도 사랑채에 모였다.

"돈을 낼 사람들은 한정되어 있는 바, 이들에게 더 이상 돈을 갹출한다는 것도 한계가 있을 것이오."

"그렇지요. 묘안이 없을까요?"

머리를 맞대고 궁리를 하였지만 뚜렷한 대책이 떠오르지 않아 모두들 난감한 사이 어느새 날이 깊었다. 한 잔씩 걸쳐서 그런가?

먼 데서 작은 소리들이 들리는 것 같았다.

"대감. 무슨 소리가 나는 것 같지 않소?"

"글쎄요. 이 밤중에 무슨… 허긴 그런 것 같기도 하고요.

잠시 후, 소리가 좀 더 크게 들려왔다. 그것은 사람들이 떠드는 소리였다.

"무슨 일이 난 모양이구려."

천종복이 잽싸게 튀어나갔다. 궁궐터 쪽이 훤하게 빛나고 있었다. 큰 불이 일어난 것 같았다.

"합하나으리! 좀 나와 보시오. 불이 난 것 같소."

"뭐야?"

대원군이 자리를 박차고 일어나자 전부들 그 뒤를 따라 밖으로 따라 나섰다. 대궐 건축터에 무슨 변고가 난 것이 틀림없었다. 대원군이 서둘러 가죽신에 발을 쑤셔 박고 외쳤다

"종복아. 가자!"

회의에 참석했던 인원들도 서둘러 달려 나갔다. 숨이 턱에 닿을 정도로 달려가던 그들의 눈앞에서 거대한 화염이 솟아오르고 있었다.

"불이야!"

사람들이 물동이를 들고 불을 끄러 우왕좌왕하며 허둥댔다. 남터에 쌓아 놓은 춘양목이 불타고 있었다. 이최응의 얼굴이 새파랗게 질리며 신음을 쏟아냈다.

"저건 내일부터 서까래로 쓰일 재목인데…"

이최응이 자리에 털썩 주저앉으며 기운을 놓았다. 이게 무슨 일이란 말인가? 왜 쌓아 놓은 목재에 불이 났단 말인가? 이해할 수 없었다. 야간에도 소규모 작업을 하는 인부들이 있었고 금위영 병졸들도 지키고 있지 않은가?

"장렴아! 이게 어찌된 노릇이냐?"

기가 막히는 일을 당했다는 듯 이장렴이 입을 헤벌리고 맥을 놓고 있었다. 천종복이 앞으로 나섰다.

"뭔가 이상한 일이옵니다. 불이 날 수가 없는데요."

대원군의 얼굴에 불길한 생각이 스쳐지나가는 순간 큰 소리로 외쳤다.

"장렴아. 동궁전으로 나졸들을 데리고 급히 오너라!"

말을 마치자마자 대원군이 다시 동궁전 터로 쏜살같이 달렸다. 수십 명의 운현궁 장정들이 그 뒤를 따랐다. 어디서 구했는지 모르게 종복과 하인들의 손에 한 길이나 되어 보이는 나무 몽둥이가 들려 있었다.

"빨리 달려라!"

입에서 단내가 나게 뛰어 동궁전 터로 당도하자 어둠 속에서 무슨 일이 벌어지고 있는 것이 분명했다. 동궁전 나졸들과 장정 십여 명이 백병전을 벌이고 있었는데 땅바닥에 피를 토하고 쓰러진 자들은 전부 나졸들이었다.

"네 이놈들 게 섰거라."

팔뚝 굵은 천종복이 가장 먼저 달려들어 처음 보이는 장정놈의 대가리를 무자비하게 후려쳤다. 뻑! 하는 소리와 함께 한 놈이 비틀거리며 쓰러졌다. 정통으로 맞았으니 최하… 즉사다. 이윽고 하인들이 달려들어 다른 장정놈들을 향하여 결코 친절할 수 없는 무수한 몽둥이를 휘둘러댔다.

"뻑! 뻑! 으악! 으악!"

장정놈들은 도합 여남은 명이 되는 것 같았다. 갑자기 달려든 천종복 패거리들의 몽둥이질에 어쩔 줄 모르고 허둥대고 있었다. 몽둥이질이 한바탕 지나가자 대개의 장정들은 땅바닥에 널브러져 있었다. 그때 금위대장이 수하 열댓 명을 이끌고 허겁지겁 나타났다. 이미 제압이 거의 다 된 현장이었지만 어둠 속에서 흰 옷 차림의 한 놈이 궁장을 넘어 달아나는 것이 보였다.

"저놈 잡아라!"

천종복이 소리쳤다. 십여 명의 금군들이 그 사내를 향해 달려갔다. 이윽고 사내는 땅바닥에 내동댕이쳐졌다. 별로 힘도 없어 보였다.

"아이고 살려주시오…"

흰 옷의 사내의 입에서 비명이 흘러나왔다. 비명에 아랑곳 하지 않고 장졸들의 발길질과 몽둥이 찜질이 뒤따랐다. 입에서 피가 흘러나왔지만 죽은 것은 아니었다.

"이놈들을 전부 꿇어 앉혀라!"

대원군이 호령하자 쓰러진 놈들을 발길로 차서 포승으로 묶은 후 일렬로 꿇어 앉혔다. 도망치다 잡힌 놈까지 도합 열두 놈이었다.

"이놈들! 여기 뭐 하러 온 게냐?"

대원군의 호령이 떨어지자 아무도 입을 여는 자가 없었다. 곧이어 이장렴의 발길질이 앞줄에 꿇어앉은 자들의 얼굴과 가슴팍 위로 사정없이 날아들었다. 뒷줄에 앉은 이들에게는 등짝 위로 몽둥이질이 시작되었다. 비명이 귀를 찔렀지만 몽둥이질은 멈추지 않았다. 그 중 한 놈이 소리쳤다.

"살려 주시오. 우리는 아무 것도 모르오. 저기 있는 저 자가 돈을 많이 준다고 하여 오늘 온 것뿐이오."

"뭐라?"

지목된 한 놈이 앞으로 끌려 나왔다. 얼굴이 피범벅이 되어 잘 알아볼 수 없었다.

"이놈의 얼굴을 위로 들어내라!'

"장졸 하나가 그의 머리채를 잡고 얼굴을 위로 꺽었다. 희끄무레한 눈자위가 겁을 먹은 채로 위를 바라보고 있었다. 그 자를 잠시 바라보던 이장렴이 입을 떨 벌리며 다가왔다.

"아니, 네 놈은 강조장 아니냐? 네가 어쩐 일로 여기를…"

황금 운반에 동원되었던 조장 중의 한 놈이 장정을 이끌고 습격을 한 것이다. 은병을 받은 세 놈 중 한 놈이다.

"내가 네 놈을 다시 만나면 바로 베어버린다 하였거늘…"

이장렴이 이를 부드득 갈며 칼을 만지작거리자 강조장이라고 불린 자가 뒷줄의 한 사내를 가르치며 부들부들 떨었다.

"저기 있는 선비가 나를 이리로 오라 하였소.

뒷 줄에서 버들버들 떨고 있는 자를 장졸 하나가 앞으로 끌고 나와 대원군과 그의 일행 앞에 꿇어 앉혔다. 방금 전에 궁장을 넘어 내빼려던 자였다. 그 자를 보자 대원군은 깜짝 놀라며 소리쳤다.

"아니, 너는 김갑손이 아니냐?'

김갑손이 아무 말 없이 고개를 떨구었다. 그 순간, 혹시… 이 자가 자신만이 알고 있는 人王二家의 비밀을 푼 것이 아닐까 하는 생각이 들었다. 대원군이 의심에 가득 찬 목소리로 김갑손에게 물었다.

"인왕이가를 아느냐?'

뜻밖의 물음에 김갑손이 당황하며 얼굴을 들었는데 그 얼굴이 이미 하얗게 질린 것이 달빛 속에서도 확연히 보였다.

"모르오… 그런 것은 난 모르오."

손을 휘저으며 모른다고 내젓는 모습에서 이미 그가 인왕이가의 비밀을 풀었다는 것을 알 수 있었다. 그때였다. 멀리서 이최웅과 수하 몇몇이 허겁지겁 이 쪽으로 달려오는 것이 보였다. 동궁전 터에 묻혀있는 무언가를 탈취하기 위해 일부러 남터의 목재에 불을 질러 이목을 딴 데로 돌렸다는 것을 알아차리고 급히 동궁전으로 달려온 것이다. 그러나 그런 자세한 사연을 이최응이 알아차리면 일이 곤란해지리라는 생각이 들었다. 어떤 조치를 내려야 할 타이밍이었다. 허겁지겁 달려오던 이최응을 어떻게 알아보았는지 김갑손이 소리를 질렀다.

"대감. 나요. 김갑손이요. 살려주시오!"

"아니. 이 자를 아시오?"

대원군이 의심스런 눈으로 이최응을 바라보았다.

"며칠 전 조성하와 함께 왔던 자 아닌가?"

이최응이 김갑손을 향하여 대답을 하는 순간, 대원군이 턱으로 칼을 들고 있는 이장렴에게 지시를 내렸다. 이장렴의 대도가 강조장과 김갑손의 등 위로 순식간에 지나갔다. 억! 하는 비명소리와 함께 두 사내가 땅바닥으로 엎드려져 쓰러졌다. 쓰러진 자 중 한 놈이 버둥대자 군졸들이 달려들어 창으로 온몸을 찍어 내렸다. 찍히는 자는… 굳이 이름을 대라면… 김갑손이었다. 어둠 속에서도 두 사람의 몸뚱이가 조각나고 있다는 것이 느껴졌다. 이내 모든 것이 조용해지자 나머지 열 놈의 장정들이 보다 확실히 시야에 들어왔다. 어느새 동쪽 하늘이 벗어진 것이다. 먼동이 텄다. 인간들이 밤새 달리고 죽여도 시간은 흐트러짐 없이 흘렀다.

"이 자들을 하옥하고 배후를 철저히 캐어 내라!"

군졸들이 포승줄에 묶인 장정 열 놈을 압송하여 사라지자 대원군이 중얼거렸다.

'배후는 조성하였구나…'

# 36
# 양요

김갑손이 있었다는 것은 배후가 조성하라는 확실한 증좌였다. 그렇다면 조성하가 이 모든 사실을 알고 있다는 말인가? 허긴 언제인가 불시에 규장각 서고를 방문하였을 때에 조성하와 김갑손이 수군대다가 대원군이 나타나자 화들짝 놀라지 않았던가! 동궁터에서 직접 금괴를 탈취하다 잡힌 자 말고 남터에 불을 지른 자들이 있을 것이고 그들을 지휘하던 지휘자가 있었을 것이었다. 그 지휘자는 분명 조성하였을 것이다. 여기저기 동원된 장정들은 아무것도 모를 것이다. 확실한 방법은 조성하를 직접 다그쳐서 그의 토설을 받아 내는 것이었지만 그렇게 할 수는 없었다. 그렇게 되면 사건이 오히려 더 크게 되고 모든 것이 알려지는 계기가 될 것이었다. 이번 방화사건을 어떻게 처리하여야 할지 마땅한 방법이 없었다. 편전으로 들어가서 이 일을 중신들에게 말하고 방화범의 배후를 합법적으로 캐어내는 것처럼 하다가 증거가 잡히면 행동으로 옮기는 것이 가장 합리적인 방법이었다.

대원군이 부리나케 편전으로 나가자 편전 여기저기서 두런두런

대는 소리가 들렸다. 대신들이 모여 앉아 저희들끼리 이야기하다가 대원군이 당도하자 이내 조용해졌다. 대원군이 대신들에게 간밤의 사태에 대하여 운을 뗐다.

"다들 들어 아시겠지만 이 사태를 어찌하면 좋겠소?"

그때, 병조판서가 나섰다.

"저들이 무슨 목적으로 서강으로 들어와 우리 땅을 범하는지는 김포군수의 장계가 도착하여야 알 수 있는 일이옵니다만…"

서강이라니 아니, 이건 또 무슨 뚱딴지같은 말인가?

"무슨 일인지 자세히 말하여 보시오."

"예. 어제 프랑스 배 두 척이 김포에 나타나 식량이 떨어졌다 하길래 김포군수가 소 한 마리와 닭 열두 마리 등의 식량을 가지고 배로 올라가서 정탐을 하였다 하옵니다. 저들의 군사와 무기를 살피고 왔사온데 저들이 뱃길을 측량하는 것 같았다고 하옵니다."

"뱃길을 측량한다?"

뱃길을 측량한다면 지난번처럼 원산에 나타난 러시아 군함과 같은 목적일 수도 있었다. 단순한 측량이라면 구태여 분란을 일으킬 이유는 없었다.

"백성들이 프랑스 군함을 구경하려고 행주나루와 서강나루로 몰려들고 있다 하옵니다."

"그렇다면 저들의 목적이 무엇인가?"

"목적은 알 수 없사오나 저들을 무작정 그대로 내버려 둘 수는 없는 노릇이옵니다."

그냥 내버려 둔다면 무기를 들고 곧 상륙할 지도 모르는 노릇이었다. 서강나루에서 광화문까지는 한 식경이면 도달할 수 있는 거리 아닌가?

"우리 수군의 배를 동원해서 뱃길을 막으시오."

처방이 내려졌지만 사태에 따라서 어떻게 전개될지 알 수 없는 일이었다. 외국의 배가 이렇게 자주 출몰하는 것에 대한 방비를 세워 놓지 않으면 안 되는 시대인가? 어떤 방침과 원칙이 필요했다. 갑론을박(甲論乙駁) 끝에 내려진 결론에 따라 내일 다시 편전회의를 열기로 하고 중신들과 헤어졌다. 물론 조성하의 일은 대화에 오르지도 않았다. 모두들 일이 고되어 불만을 가진 자들의 단순 방화사건으로 알고 있었고 범인이 이미 잡혔다고 하니 사건이 일단락되어 더 이상 배후를 운위한다는 것은 이치에 맞지 않는 일이었다. 남터에서 불낸 자들을 멀찌감치 있는 동궁터에서 잡았다는 것에 대해 아무도 이상하다고 생각하는 자가 없었다.

'조성하 건은 일단 뒤로 미루자. 때가 있을 것이다.'

조성하에게 사람을 붙여 어떤 사람과 만나고 어떤 이야기를 하는지를 알아볼 필요가 있었다. 이런 일은 종복이 적격이었다.

"종복아! 아무래도 조성하가 수상하다. 어떤 방법이 없겠느냐?"

"예. 그렇지 않아도 조성하의 뒤에 날랜 보부상 하나를 붙였습니다."

눈치 하나는 빠른 놈이다. 종복에게 자신의 마음이 모두 읽혀지고 있다는 생각이 들었지만 오히려 안심이 되었다. 천종복, 이장렴, 장대목! 이런 자들이 없었다면 어떻게 이런 막중한 국가대사를 이끌어 나갈 수 있을 것인가?

다음날에 이르자 사태는 더욱 악화되었다. 프랑스 군함측에서 한 시간 이내에 뱃길을 트지 않으면 대포로 배를 부수고 지나가겠다고 경고한 뒤, 조선 수군의 배들을 대포로 공, 격파하고 양화진을 지나 서강까지 군함이 도착하였다는 급보가 날아들었다. 생각보다 강한 군대임은 확실했다.

"이 일을 누구에게 맡겨야 하겠소?"

"이용희 장군을 보내시옵소서."

이용희에게 군사 구백 명을 주어 서강으로 나가 급히 프랑스 군함을 막으라고 지시했다. 매일매일이 사건, 또 사건이다. 이 사건이 저 사건을 덮는 형국이었다. 다음날, 사태는 맥없이 가라앉았다. 프랑스 군함이 우리 군사가 당도하기 전에 물러갔다는 것이다. 지난번 원산항 러시아 함대 사건 때의 재판이 되었다. 중신들이 보고를 받고 안도감을 내비치자 대원군이 말했다.

"저들이 언제 다시 올지 모르니 배와 화포를 수리하고 금 삼만 냥으로 방비를 튼튼히 하도록 하시오."

대비를 하는 것이 가장 안전한 일이다. 일단은 사태가 진정되었으니 숨 돌릴 여유가 생긴 것이다. 김포와 강화 등 서강에 이르는 길목에 군사들을 배치하여 만약의 사태에 대비를 하여야 할 것이다. 평양에 나가있는 박규수를 부를까도 생각해 보았다. 지난 칠월에 대동강에 나타난 미국 배를 격침시키고 양이들을 처단한 박규수가 생각났다.

'박규수를 불러내야 할까?'

박규수를 부른다면 또 한두 달이 지체되는 것이었다. 지금 물러간 저들이 언제 어디로 다시 올지 모르는 일이었다. 아무튼 어떤 배가 나타나더라도 박규수가 썼던 것처럼 화공과 근접전을 펼친다면 못 막아내는 일은 없을 것이었다. 계략과 정신력으로 싸운다면 말이다. 아무 일 없이 보름이 지나 구월 초순이 되었다. 프랑스 함대가 다시 나타났다는 보고가 올라왔다. 네 척의 프랑스 함대가 강화

초지진에 나타났다. 이번에는 단단히 준비를 하고 온 것이다. 중무장한 프랑스 해군 병사들이 갑곶진으로 상륙하여 진을 치고 있었다. 조정이 발칵 뒤집혔다. 강화유수가 사람을 보내어 그들에게 떠나갈 것을 명령했다. 그러나 프랑스 군대는 유수가 보낸 관리에게 말했다.

"우리는 프랑스인을 아홉이나 죽인 일에 대해 책임을 물으러 왔소!"

입국 목적이 확인된 순간이었다. 강화성 동문을 공격한 프랑스군은 우리 군사 여러 명을 총으로 공격하여 죽였다. 남문에서도 수문장 등이 싸우다 목숨을 잃었다. 강화성이 저들의 수중에 손쉽게 떨어졌다. 이용희, 양헌수 장군의 순무영 부대가 편성되어 급히 강화로 떠났다. 양헌수 장군이 통진에 이르러 프랑스 함대의 대장인 로즈 제독에게 사자를 보냈다.


'지난날 프랑스 배들이 길을 잃고 먹을 것을 구하여 우리가 세 차례나 먹을 것을 구하여 주고 목숨을 구해 주었는데 그 은혜를 모르고 어찌 군대를 동원하여 우리 군사를 죽이고 재산을 빼앗는가? 그대의 우두머리는 빨리 나와 사죄하고 대화에 응하라.'


'프랑스인을 학살한 삼정승의 죄를 물으러 온 것이니 그들을 처벌할 것이요 또한 수호조약을 맺을 터인즉 관리를 보낼 것을 요구한다. 만약 이 요구를 거부한다면 모든 책임은 조선에 있음을 알린다.'


대화가 통하지 않는 서신과 편지가 오갔다. 이제 남은 것은 죽고 죽이는 전투밖에는 없었다. 대원군이 자신에 찬 어조로 조정 중신들을 향하여 말했다.

"서양 오랑캐들의 위협에 몰려 강제로 조약을 맺음은 천리 상 있을 수 없는 일이오. 이런 오랑캐들과 싸우지 않고 도망친다면 나라를 팔아먹는 짓이오."

지도자는 위기가 닥쳐올 때 약한 모습을 보여서는 안 된다. 질 때 지더라도 꿋꿋이 서 있어 주어야 병사들이 힘을 내고 죽기살기로 싸우는 것이다. 지금 대원군이 취할 수 있는 태도는 단 하나! 끝까지 버티고 있어주는 것이다. 어린 고종이 그런 일을 감당할 수 있겠는가? 이것만이 뒤에서 양헌수 대장과 이용희 대장을 도울 수 있는 유일한 길이었다. 그리고 효과가 가장 확실한 방책이다. 그런 대원군을 뒤에서 굳건히 받쳐주는 것은 얄궂게도 대원군에게 가장 피해를 입은 전국의 유생들이었다. 대원군에게 극존칭인 '대로'라 부르며 그를 적극 지지하는 것이 아닌가? 역시 정치는 좀 과단성이 있어야 백성이 따르는 법이다.

# 37
# 후사

하늘이 도왔는가? 한 달여의 사투 끝에 양헌수 장군이 방심의 허를 찌르고 일격을 가하자 프랑스 함대는 퇴각을 결정했다. 득보다 실이 많다고 판단한 것이다. 퇴각하면서 프랑스군은 엄청난 재물과 사고의 자료를 가져갔다. 그러나 그 정도로 끝난 것은 천만다행이었다. 함대가 퇴각하자 모든 것이 원상으로 되돌아갔다. 다시 봄이 오고 경복궁 공사에 조정과 대원군은 박차를 가하게 되었다.

"당백전을 주조합시다. 그 외에는 방법이 없소."

한 냥짜리 엽전에 '百'이란 글자를 새겨 놓아 백배의 가치로 통용시키자는 것이다. 우의정 김병학의 주장이었다. 이렇게 되면 당백전 하나로 공사에 필요한 물자를 백 배로 구할 수 있었다. 조정이 갑자기 백 배의 부자가 되는 것이다. 이건 국가적 사기행위였다.

"당백전 발행은 위험한 발상입니다."

다른 정승이 모두 반대 의사를 나타냈다. 아무도 그 돈을 쓰려고 하지 않을 것이다. 한 냥짜리 돈에다가 글자만 '일' 자 대신 '백' 자로 써 넣어 백 냥짜리로 쓴다니 누가 그 돈의 가치를 인정해 주겠는가? 당백전을 받고 물건을 내어 줄 상인은 없었다. 그러나 대원군은 밀어붙였다.

"이제 궁궐 공사는 막바지에 다다랐소. 조금 부작용이 있을지라도 한 해 안에 공사를 끝낼 때까지만 나라에서 써 먹는다면 공사가 끝난 다음에 다시 대책을 세울 수 있을 것이오."

공사가 완료되고 경제가 어려워지면 지하고에 있는 금괴를 어느 정도 녹여서 금화를 만들고 당백전을 흡수하면 경제난은 수습되는 것이었다. 그리 큰 금액이 들 정도는 아닌 것이다. 믿는 구석이 있어서인가? 대원군은 겁 없이 밀어붙였다.

"당백전을 주조하여 다음 달부터 풀고 필요한 물품을 구입하도록 하시오."

기와와 철물 등 마감재가 많이 필요한 시기였으므로 재료를 빨리빨리 구입하여 적재적소(適材適所)에 공급하여야 했다. 당백전을 거부하는 상인들은 잡아다 족치는 수밖에 없었다. 말하자면 어음과 같은 기능이었다. 대원군의 명령에 따라 당백전이 주조되었다. 금위영의 이장렴 대장이 모든 책임을 맡았다. 만들어진 당백전을 철공소와 상인들에게 물품의 대가로 지급하였다. 여기저기서 그 돈을 받지 않겠다고 실랑이가 그치지 않았다. 그렇지만 여기서 멈출 수는 없는 노릇이었다.

'상감마마. 조금만 더 기다리십시오. 이제 백년대계를 이룰 대전이 완성되고 상감께서 후사를 많이 보시어 나라를 반석 위에 올려놓을 준비를 신이 곧 마치겠나이다.'

상감의 나이도 이제 능히 후사를 볼 수 있는 나이가 아닌가? 대원군이 내시부에 사람을 넣어 상감의 수발을 드는 김내관을 조용히 불러냈다. 대궐의 돌아가는 것을 알기 위해서였다. 김내관은 전명을 맡은 승전색으로 키가 육척 장신이나 되고 듣기로는 십팔기에도 능하다고 한다. 사랑채로 성큼 들어와 앉는 품이 믿음직해 보였다.

"김내관! 수고가 많소. 그래 요즘 상감은 어떻게 지내시오?"

"예. 상감께서 이상궁하고 매일 붙어 지내시는 것이 장차 좋은 소식이 있을지도 모르는 일이옵니다."

"그래요. 합방을 시작했겠지요?"

"예. 합방을 시작한 지 여러 날이 지났으니 곧 좋은 소식이 도착될 것이옵니다."

아들만 낳아 준다면 무슨 일이든 못 해 줄 것인가

"이상궁의 몸도 잘 거두어 주시오. 장차 이 나라의 왕통을 생산하실 몸이 아니오?"

"그렇사옵니다."

"참, 새로 들어오신 왕비께서도 무고하시오?"

"예, 여전히 공부에 열중하시고 계십니다."

"그렇소?"

"예. 경서는 다 읽으신 것 같고 요즘에는 주역과 통감에 빠지신 것 같사옵니다."

"통감이라…"

통감이라 함은 『자치통감』을 말한다. 송나라 때 사마광이 지은 역사서로서 세종조에 집현전에서 재편찬하여 내어 놓은 방대한 분량의 책이다. 국가의 경영과 통치의 기본을 가르치는 『자치통감』은 고종에게는 대원군이 이미 어렸을 때부터 가르친 바 있는 제왕학의 책이었다.

"예, 그렇사옵니다. 워낙 책 읽기를 좋아하시고 항상 글을 쓰시며 서고에 있는 책은 모두 섭렵하려 하시는 듯하옵니다."

"독서광이시군요."

"예, 요즘은 다음에 읽을 책을 오라비인 민승호 대감에게 묻곤 합니다."

"민승호라…"

"예, 문과에 급제하여 지금은 아직 직책이 없다 하더이다."

"직책이 없어도 왕비에게 독선생이 되는 것이니 이보다 더 큰 직책이 어디 있겠소."

꽤 늦게 출사한 양반이다. 얼핏 본 기억으로는 그다지 똑똑해 보이지는 않았으나 궁중생활이 아직 낯선 왕비에게는 좋은 벗이 되어 줄 수 있을 것이었다. 더구나 왕비가 아직 상감의 승은을 받지 못하고 혼자서 공부에만 매진하고 있으니 얼마나 마음이 외롭고 쓸쓸하겠는가? 이럴 때는 피붙이는 아니지만 나이가 많은 양오라비가 곁을 지켜주면서 마음을 달래주는 것이 가장 좋을 것이다. 그리고 왕비가 아직 나이가 어리시니 조만간 아기는 얼마든지 생산할 수 있으실 것 아닌가?

"김내관께서 모두 잘 돌보아주시오. 곧 좋은 소식이 있으면 내게 가장 빨리 전해주시오."

"예. 그리하겠사옵니다."

대원군이 앉은 자리에서 주섬주섬 무언가를 찾고 있는 동작을 김내관이 유심히 바라보았다. 이윽고 누런 금괴 한 개가 대원군의 손에서 김내관의 손으로 전달되었다.

"합하! 이러시면 아니 되옵니다."

"괜찮소. 김내관! 받아 두시오. 이것이 다 상감께서 내리시는 성은이 아니고 무엇이겠소? 마다하지 마시오."

궁 안에 내관과 상궁 그리고 각종 사업을 담당하는 보부상들을 확실히 장악하여야 궁이 어떻게 돌아가는지를 잘 알 수 있는 것이다. 대원군은 수시로 이들을 불러내어 상감과 대비전의 일들이 어떻게 돌아가고 있는지를 충분히 파악하고 있어야 하며 이것이 그에게 있어 가장 중요한 임무인 것이다. 이런 임무를 수행하기 위해서는 핵심 인사들에게 확실한 보상을 하여야 진심으로 뛴다. 김내관은 그런 의미에서 상감 주변에서 가장 중요한 인물이다. 먹은 자는 약해진다. 그리고 아직 상감의 보령이 어리시고 판단이 충분하지 않으시므로 이런 일은 자신이 책임을 지고 해야 하며 또 온 정성과 지혜를 다 바쳐 이 나라와 상감을 위하여 일하지 않으면 안 되는 처지라는 것을 대원군은 잘 알고 있었다. 효과가 있었는가? 일주일후, 대궐의 김내관으로부터 급한 서찰이 도착하였다.

'합하나리! 감축드리옵니다. 이상궁에게 태기가 있다 하옵니다. 대비전에서 급히 내의를 보내어 진료를 하고 있다 하옵니다. 급한 일이라 사실만 기록하여 보내옵고 차후 다시 자세한 내용을 전하여 올리겠사옵니다.'

이상궁이 후사를 잉태하였다? 이렇게 큰 경사가 일어나다니 생각만 해도 기분이 좋아 온 몸이 날아갈 것 같은 심정이었다.

"여보, 마누라. 우리 상감께서 아기를 잉태하셨다합니다. 이보다 더 큰 경사가 어디 있겠소?"

"네?"

민씨 부인이 이 말을 듣자마자 함박웃음을 지으며 말했다.

"내가 이러고 있을 때가 아닌 것 같습니다."

"왜요. 어떻게 하시려고요?"

"빨리 아들을 생산하는 데에 필요한 약첩을 지어 올려야 하옵니다."

"그렇소? 그렇지요?"

"이러고 있을 시간이 없소이다. 내, 잘 아는 의원이 있습니다. 산삼 몇 뿌리를 빨리 구해야 하겠습니다. 속히 다녀오리다."

민씨 부인이 종종걸음으로 안채를 나가는 뒷모습을 바라보는 대원군의 입가에 미소가 그치지 않았다.

'이상궁! 제발 아들만 낳아 주시오.'

# 38

# 해산

"마마, 한 달 후면 이상궁이 해산을 한다 하옵니다."

읽고 있던 통감책을 잠시 옆으로 물려 놓은 민왕후가 오라버니 민승호를 바라보며 대답했다.

"예, 나라에 경사가 있을 것이옵니다."

잠시 침묵을 지키던 민승호가 다시 민왕후에게 말했다.

"마마, 이 일이 나라의 경사인 것만은 틀림없었사옵니다마는, 마마 님께는 적이 근심되는 일이 아닐 수 없습니다."

"나에게 무슨 근심이 되겠습니까? 상감께 경사인 것이 저의 경사 입니다."

또박또박 대답을 하시는 왕비에게 더 이상 이런 관점에서 이야 기를 계속한다는 것은 해결책이 되기는커녕 심리적인 부담만 가중 시키는 일이리라. 이제는 오라비로서 본론적인 이야기를 꺼내야 할 순간이었다.

"왕비마마, 전하께서 왕비마마의 방을 찾으시는지요?"

"오라버니! 내가 오라버니께 그런 이야기까지 하여야 합니까?"

언성이 높은 것은 아니었으나 낮은 목소리도 아니었다. 그렇다고 여기서 물러설 민승호가 아니다. 한 가문의 가장으로서 동생의 위치를 올바르게 설정해야 하는 것이 그의 책임이다. 요는, 어떻게 해서든지 왕비가 되었으면 왕통을 이어갈 왕자를 생산해야 하는 것이 지상최대의 과제인 것이다. 그런 과제를 정부인이 아닌 이상궁이란 여자가 이미 해내고 있는데 아무리 생각해도 이건 아니다 싶었다.

"손뼉도 마주쳐야 소리가 나는 법이요, 줄탁동시라 했사옵니다."

"손뼉을 칠 일이 무어 있겠습니까마는, 줄탁동시라 하오니 내 오라버니의 뜻을 잘 헤아려 아녀자로서의 처신을 더욱 힘쓰겠습니다. 이제 되셨습니까?"

가만히 앉아서 경서만 읽고 있는 줄 알았던 왕비의 입에서 그런 이야기가 나온다는 것이 놀라웠다. 손뼉을 칠 일이 없다는 것은 상감이 아직 자신의 처소를 찾고 있지 않는다는 의미다. 즉, 지금은 상감이 자신의 방을 찾지 않는 것에 대하여 야속해하고 성급하게 행동을 하기보다는 상감에게 진정으로 도움이 되는 것이 무엇인지 알아내어 그것을 위해서 힘써야 함을 왕비는 잘 이해하고 있었던 것이다. 느리게 보이는 것 같지만 그 방법이 가장 빠른 길이었다. 책이 닳도록 『자치통감』을 숙독하는 이유도 거기에 있었다.

'상감이 내게 오는 날, 내가 과연 상감의 진정한 협조자가 될 자격을 가질 수 있을 것인가?'

민왕후의 생각이 거기에 미치자 부끄러운 생각이 들었다.

"오라버니, 내가 지금 『자치통감』을 열 번째 읽고 있습니다마는 주나라와 한나라의 제왕들이 나라를 통치하실 때에 제일 먼저는 백성을 생각하고 그 후에 왕권과 후사를 생각하라는 뜻으로 이해를 하여도 좋겠습니까?"

"예, 그리 아셔도 좋을 듯 하옵니다마는, 통감이 워낙 방대한 책이라서 한 번 읽어내기도 벅차다 생각되옵니다."

"벅차다니요. 앞으로 상감을 모시고 전심전력(全心全力)으로 목숨을 다하여 모셔야 하는 것이 왕비 된 저의 사명이온즉 어찌 벅차다 하겠습니까? 오라버니도 시간이 나시는 대로 통감을 읽으시고 깨달은 바가 있으시면 저에게도 가르쳐 주세요. 언제라도 제가 가르침을 듣겠습니다."

"예. 마마. 노력하겠습니다."

하도 책을 많이 읽어서 그런가? 민왕후의 얼굴이 몹시 수척해 보였다. 비록 피가 섞이지는 않았지만 동생이 궁중의 법도를 숙지하며 상감의 진실된 반려자가 되려고 힘쓰고 노력하는 모습을 보니 양오라버니로서 몹시 안쓰러운 생각이 들었다.

"마마. 장차 마마께서도 후사를 보시고 왕자를 생산하셔야 하실 몸이오니 부디 옥체를 잘 보존하시옵소서. 약제를 좀 지어 올리리이까?"

"약제는 무슨… 시어머님이신 부대부인께서 철마다 저에게 약제를 올려 주셔서 제가 잘 먹고 있으니 오라버니께서는 제 몸 걱정은 아니 하셔도 되실 것입니다."

"그것이 다 왕자를 생산하시기를 원하시는 부모의 마음이 아니겠사옵니까? 빠뜨리지 마시고 꼭 챙겨 드시옵소서."

"상궁과 나인들이 식전, 식후마다 탕제를 끓여 상 앞에 대령하고 기다리니 안 먹을 도리가 없답니다. 하하하."

오랜만에 보는 왕후의 웃음이다. 민왕후가 잠시 웃음을 멈추고 몸을 앞으로 굽혀 민승호에게 묻는다.

"지난번에 문과에 급제하신 분의 이름이 민겸호라 하시었소?"

"예. 민겸호라 하옵고 마마와는 인척이 되옵니다."

"그렇지요? 내 그 오라버니께도 배울 것이 많이 있을 것 같으니 다음번에 들어오실 때는 함께 들어오시지요. 젊은 선비들이 어떤 생각을 갖고 계신지도 알아야 할 것 아니겠습니까?"

"알겠습니다."

대화가 무르익고 있었다. 그때 밖에서 제조상궁의 목소리가 들렸다.

"상감마마 납시옵니다!"

상감께서 왕비의 처소를 방문하시다니? 처음 있는 일이었다. 민왕후가 급히 옷매무새를 바로 잡고 자리에서 일어났다. 민승호는 뒤로 물러나 엉거주춤하고 서 있었다. 기다릴 것도 없이 힘찬 발걸음으로 상감이 들어와 상석에 앉았다.

"저기, 저 양반은? 혹시 오라비 아니시오?"

"그렇사옵니다."

민왕후가 대답하자 고종이 말했다.

"마침 잘 되었구려. 다들 앉으시오. 내가 할 말이 있습니다. 앉으세요."

고종의 채근에 민승호는 왕비 곁에 부복하고 앉았다. 혼례식장에서 얼굴을 보고 처음으로 가까이에서 보는 왕의 얼굴이었다. 그때보다 훨씬 당차 보이는 것이 모든 것을 손에 쥔 것 같은 모습이었다.

"전의가 말하기를 내달 초에 이상궁이 해산을 할 것이라 하니 이 아니 기쁜 일이오? 내가 이 일을 부인과 일가친척들에게 알리고 싶어서 왔소이다."

그 말을 전하는 고종의 입가에 함박웃음이 가득했다. 고종이 기다리지도 않고 다시 말했다.

"필시 아들을 낳을 것이오. 전의가 말하였소. 뭐니뭐니해도 효도를 하게 되어 정말 기쁘기 그지없습니다."

"축하드리옵니다."

"상감마마. 이제 왕통이 굳건하게 반석 위에 올라설 것이옵니다."

왕비의 축하에 이어 민승호의 축하가 이어지자 상감의 마음은 하늘을 오를 것 같았는지 연신 함박웃음을 터뜨린다.

"그렇지요? 처남?"

처남이란 말이 민승호의 귓전에 너무나 다정하게 들렸다. 당연한 호칭인데도 말이다.

"예. 정말 축하를 드릴 일이옵니다. 나라의 경사이옵니다. 널리 축하연을 베푸실 준비를 하셔야 하겠습니다."

"그렇습니까?"

"예. 왕통이 생산되시면 전국의 감옥에 있는 죄수들도 석방하시고 구휼미를 풀어 함께 축하를 하는 것이 나라의 관례이옵니다."

"그렇습니까? 내 아버님께 말하여 그렇게 준비를 하라고 이르겠습니다."

민왕후가 고종을 바라보며 한마디 거들었다.

"부대부인께서 저에게 항시 베풀어주시는 은혜를 잊지 않고 있사옵니다. 탕제와 보약으로 철마다 저를 챙겨주시니 고맙고 감사할 따름이옵니다."

그 말을 하는 정부인의 얼굴을 고종은 똑바로 바라보았다. 오랜만에 가까이에서 본 얼굴이다. 초야를 치르던 날, 한 번 본 얼굴과는 사뭇 다른 얼굴이었다. 총명하고 똑똑한 모습이 많이 사라지고 빛을 보지 못한 화초처럼 상한 것 같은 얼굴이었다. 애처로운 모습이랄까?

"부인. 내 오랜만에 부인을 뵈니 얼굴이 많이 안 되어 보입니다."

그렇게 말하는 고종의 마음이 켕겼는지 잠시 말이 끊어졌다. 즐거운 마음으로 기세 좋게 방으로 쳐들어왔는데 그런 기세가 슬며시 사그라들었다. 부인의 얼굴을 그렇게 만든 범인은 바로 자신이니까… 민승호가 나섰다.

"예. 왕비께서 너무 공부에 열중하시는 것이 적이 걱정이 되옵니다."

"허허… 공부라…"

"예. 통감을 열 번째 읽으시고 매일 숙독하시느라 얼굴이 상해 있는 것 같사옵니다."

"나도 통감을 어렸을 때 읽었소만 결국 백성을 먼저 생각하라는 말씀들 아니겠소? 그만 하면 많이 읽으셨소. 왕비께서는 앞으로 저와 후원 산책이라도 자주 하셔야겠소이다."

자신이 다른 여자의 몸에서 왕통을 생산하게 되었으니 본처에게는 최소한 후원 산책쯤은 해 주어야 할 것 아닌가? 물론 산책으로 때워지는 것은 아니겠지만 말이다.

"그렇게 하시옵소서."

민승호가 재빨리 말을 받았다. 이제 손뼉을 마주칠 수 있는 기회가 생길 것이다. 그렇게 왕과 산책을 하다 보면 왕비의 박식함이 왕에게 알려질 것이고 왕의 사랑을 받을 수 있는 계기가 마련될 것이었다. 오라비의 속마음을 다 읽고 있는 민황후가 한마디 거들었다.

"감사하옵니다. 전하!'

# 39

# 왕자

전의의 예측대로 왕자를 생산했다. 이상궁이 왕자를 생산한 것이다. 왕통을 이어갈 자격을 갖춘 왕자, 왕의 장자가 태어난 것이다. 무엇보다 기쁜 것은 대원군과 부대부인 민씨였다. 조대비가 기뻐한 것은 두말할 나위도 없었다. 이로써 이상궁은 귀인의 반열에 올랐고 영보당이란 존칭이 내려졌다. 태어난 아들은 완화군으로 봉하여졌고 이름은 이선이었다. 비록 서자이나 대를 이을 자격이 주어진 것이다. 서자가 왕위를 잇는 일은 왕가에서는 흔한 일 아닌가? 심지어 고종은 무수리를 어머니로 둔 영조대왕의 6대손이다.

"완화궁을 보러 가시지요."

대원군의 성화에 민씨 부인은 즐거운 마음으로 남편을 따라 나섰다. 새로 지어진 경복궁에서 가장 훌륭한 누각이 완화군을 기르는 영보당에게 우선적으로 주어졌다. 완화군 이선의 존칭으로 완화궁이라 부르는 것이다.

"어디, 우리 완화궁 좀 봅시다."

귀인 이씨의 품에서 잠들고 있는 백일이 갓 넘은 완화군이야말로 앞으로 이 나라를 이끌고 갈 재목임에 틀림없었다. 그러한 재목에게는 그에 마땅한 교육과 투자가 뒤따라야 할 것이다. 당대 최고의 학식과 인격을 갖춘 선비로서 완화궁의 스승을 삼아 어려서부터 제왕의 법도를 가르쳐 고종을 이을 인격과 실력을 연마시켜야 할 것이다.

'완화궁에게 제대로의 대접을 하여야 할 것이다.'

이제 선왕의 유지를 기꺼이 사용할 수 있는 명분이 생긴 것이었다. 완화궁을 만나보고 돌아온 대원군은 종복에게 채비를 시켰다.

"오늘 밤, 동궁전으로 갈 것이다!"

동궁전으로 간다고 하는 뜻은 동궁전 지하고에 있는 선대 대왕께서 물려주신 금괴를 꺼내러 간다는 뜻이었다. 물론 용처는 완화궁과 영보당에게 내릴 국가적 성은일 것이라는 것은 말할 필요도 없는 일이었다.

"큰 포대자루와 하인 몇 놈을 준비시켜라."

포대자루라… 예전과는 다르게 많은 분량을 꺼내어 올 참이었다. 대개 종복과 대원군, 이렇게 단 둘이서만 지하고에 들어가곤 하였는데 하인까지 대동하라는 뜻은 금괴의 무게를 대비한 일일 것이다. 그동안 아무도 없는 유시 이후에 새로 지은 경복궁으로 몰래 들어가서 동궁전의 문지기에게 외부 경비를 맡기고 횃불을 들고 지하고로 들어가 금괴 서너 개씩을 들고 나오는 것이 몇 차례 있었다. 그러나 이번에는 아마 종복이 포대자루를 몇 개를 준비해서 들고 들어가야 할 것이었다.

"대감나리. 준비 되었습니다."

가마를 짊어진 네 명의 가마꾼 뒤로 하인 두 놈이 뒤를 따르고 종복이 등불을 밝혔다. 영춘문에 이르자 기다리고 있던 금위대장 이장렴이 달려 나와 연신 굽신대며 인사를 하였다.

"합하나리. 오랜만입니다요… 헤헤…"

왕가에 경사가 있었던지라 대원군이 이장렴을 만날 짬이 없었던 것이다.

"그래 별 일은 없었느냐?"

"예. 왕손을 보심을 축하드립니다."

"오냐. 그래, 준비는 다 되었겠지?"

"예. 이리 오시옵소서."

종복이 뒤따르던 가마꾼과 하인에게 소리를 질렀다.

"너희들은 여기서 기다리거라!"

어두워진 영춘문의 대문을 열고 금위대장의 인솔을 따라서 세 사람은 동궁전으로 걸어 들어갔다. 동궁전은 지금 아무도 쓰고 있지 않다. 그러나 이 동궁전을 쓸 자격을 가진 완화군이 태어난 것이다. 그러니 가만 있을 수 있겠는가?

"너희들은 여기서 경비를 단단히 하거라. 아무도 들여보내서는 아니 된다. 알겠느냐?"

"예!"

금위영 나졸들에게 이장렴이 말했다. 그렇지 않아도 무섭기로 소문난 금위대장의 명령인지라 나졸들의 목소리가 우렁차게 밤하늘에 울려 퍼졌다. 횃불을 든 천종복과 이장렴이 대원군을 앞뒤로 에워싸고 동궁전 마룻장을 뜯어내 지하고의 입구로 들어섰다. 새로 만든 건물이라서 그런지 산뜻한 기분이 드는 것이 장대목의 솜씨를 실감할 수 있는 공간이었다. 계단을 한참 내려가 한 사람이 충분히 통과할 수 있는 복도를 지나 지하고에 다다랐다. 여기에서 더 나아가면 근정전과 사정전, 강녕전으로 통하는 길이다. 천종복이 다른 전각으로 나아가는 어두운 길을 물끄러미 바라보다가 이내 정신을 가다듬고 포대자루를 바닥에 내려놓았다. 금위대장 이장렴의 느낌도 남달랐다. 건축경비의 감독자로서 지하 통로를 건축할 때 이 길을 몇 번이나 다녀보았던 길이었다. 그러나 막상 준공이 다 되고 난 길을 걸어보니 그때의 그 길과는 전혀 다른 길을 걷고 있다는 느낌을 지울 수가 없었다.

"천서방! 이 길이 생소하게 느껴집니다."

앞서 가던 종복도 그런 느낌이었는가?

"나도 그렇소."

말을 마친 천종복이 횃불을 지하고의 양쪽 벽에 설치한 벽 등에 옮겨 붙이자 지하고가 곧 밝아졌다. 엄청난 분량의 금괴가 눈앞에 들어왔다. 장정을 부려 금괴를 정성스럽게 쌓아 올리던 그날 밤의 일이 떠올랐다.

"몇 개를 넣을까요?"

천종복이 대원군에게 묻자 대원군이 잠시 손가락으로 수를 세던 것을 멈추고 말했다.

"가만… 영보당에게 열 개에다가… 삼십 개 만 넣어라."

삼십 개를 넣어봤자 지하고 금괴의 백분의 일도 안 되는 분량이다. 그러나 그 무게만큼은 만만치 않은 무게이다. 천종복이 가져온 무명 포대 세 개를 풀어 포대마다 각각 열 개씩의 금괴를 넣었다. 천종복이 이장렴에게 한 자루를 건네며 말했다.

"이건 대장이 드시오."

이장렴이 한 자루를 들고 나섰다. 힘 좋은 천종복이 두 자루를 어깨에 메고 일어났다. 이 중 한 자루는 영보당에게 줄 것이다. 그 정도의 금괴라면 한 평생 편하게 먹고 살 수 있는 금액이다. 아니 당장이라도 기와집 백 채를 넘게 살 수 있는 금액이다. 춘홍을 통하여 이장렴에게 주어진 금괴 두 개로 이장렴이 아흔 아홉간 저택을 구입하고도 돈이 남을 정도였으니 춘홍이 더 이상 웃음을 파는 장사를 할 이유가 없어진 것이다. 물론 둘 사이에 태어날 자식도 서자가 아닌 적자가 되는 것이다. 양반가의 적자 말이다.

"가자!"

대원군의 명령이 떨어지자 천종복과 이장렴이 각자 좌우 벽 등의 불을 손으로 꺼내어 바닥에 눌러 한 개씩 껐다. 올 때처럼 횃불을 들고 이장렴이 앞장을 섰다. 천종복이 아까 들어올 때 바라보았던 내전으로 뻗어나가는 기다란 길의 아득한 어둠을 잠시 바라다보았다. 암흑이다. 한참 보면 빨려들어갈지도 모른다는 생각이 들었다. 지옥으로 들어가는 통로가 있다면 아마 저렇게 생겼을지도 모른다고 느끼는 순간, 고개를 돌려 이내 그들의 뒤를 따랐다. 세 사람은 들어왔던 순서대로 다시 횃불을 앞세우고 좁다란 길을 통해 동궁전으로 통하는 입구로 나와 돌계단으로 올랐다. 지상으로 나온 것이다. 그들이 올라온 후, 대청마루를 원상으로 복구시키고 동궁전을 빠져나왔다. 달이 밝았다. 여기 처음으로 들어갔었던 그날 밤의 달처럼…

"마누라. 김내관을 불러 주시오."

집에 도착한 대원군이 황금을 사랑채의 다락으로 옮기고 부인 민씨에게 부탁을 하였다. 이제 내일이면 여기에 있는 금괴 중 열 개는 자신의 피를 이어받은 완화군의 어미에게 주어질 것이고 그렇게 되면 조선의 기틀은 더욱 든든해지는 것이다. 이 모든 것이 다 정조임금과 장조대왕의 은공이다.

'정조대왕 전하! 감사하옵니다…'
'장조대왕 전하! 성은이 망극하옵니다…'

# 40

# 장조

영조의 장자 사도세자가 십팔기에 빠지게 된 이유는 무예의 단련만을 위함이 아니었다. 그를 항시 짓누르고 있는 고통을 잊고자 함이었다. 그를 짓누르는 고통이란 무엇인가? 하루가 다르게 자신의 목을 조여 오는 아버지 영조대왕에 대한 두려움과 공포, 그것이 사도세자를 십팔기에 몰입하게 한 것이다. 십팔기를 하는 동안만큼은 그 모든 괴로움으로부터 빠져나올 수 있었다.

'내가 비록 내일 이 세상에서 없어진다고 할지라도 이 세상에서 이루고자 했던 나의 뜻을 반드시 남기고 떠나야 할 것이다.'

자신의 뜻을 이루고자 하는 방법으로서 무예를 택한 사도세자다. 무예를 통한 정신의 구원과 마음의 평화를 얻는 것, 그것이 목적이었다. '번쩍!' 세자가 내뿜는 사인검의 섬광이 하현 반달의 달빛을 반사하고 있었다. 인해, 인월, 인일, 인시에 만들어 네 마리의 호랑의 기를 받아 만든 사인검이다.

"박상선! 내가 이제 어느 정도 수련한 것이오?"

십팔기의 최고 단계를 모두 연마한 세자가 스승인 상선 영감에게 물었다.

"세자저하의 십팔기는 조선 팔도에 당해낼 자가 없는 줄 아옵니다."

"그렇소?"

"예. 저하께서 편찬하신 무예신보의 모든 과정은 다 저하의 수련 동작을 보고 그린 것이오니 더 이상은 그릴 동작이 없는 줄 아옵니다."

"무예란 실전을 통하여 실력이 검증되는 것인데 언제 우리가 실전 검증을 할 수 있겠소?"

"예. 이제 곧 세자저하의 무예를 요긴하게 쓰실 날이 있을 것이옵니다. 저들이 배를 띄우고 화물을 모두 싣고 이포나루를 지나는 날이 그 날이옵니다."

"그렇지? 이포나루라 했겠다… 그래, 여주감영에는 단단히 준비를 시켜 두었는가?"

"예. 여주감사가 군선 여섯 척과 병사 이백을 준비시켜두었다고 합니다."

"양주감영에도 전달을 하였소?"

"예. 양주감영에서도 궁사 이백을 차출하여 강 양쪽을 지키고 있을 것이옵니다."

왜상선 탈취 계획이었다. 일본 막부의 실력자가 보낸 교역선 여섯 척이 대마도를 떠나 한강 하구에 도착한 것은 지난 달 보름이었다. 밀교역선이다. 오늘이 하순이니 마포 나루에서 짐을 부린 뒤, 충주까지는 뱃길로 보름이면 충분한 거리였다. 충주 나루에서 물건을 싣고 이포나루까지 도달하는 데에 길게 잡아도 열흘이면 충분할 것이니 지금 당장이라도 이포를 지나갈 가능성이 있었건만 상선이 보낸 심부름꾼에게서는 아무런 연락이 없었다. 지금 당장이라도 짐을 잔뜩 싣고 충주를 떠난 왜상선이 이포나루에 이르면 그들을 습격할 수 있는 만반의 준비가 되어있는데 말이다.

"이포로 보낸 조상원이란 자는 왜 아직 소식이 없느냐?"

"예. 오늘 안에 도착을 할 것으로 사료되옵니다."

"답답하구나. 빌어먹을…"

짜증을 내는 세자를 달래어 줄 방법은 없는가? 세자가 짜증을 낼 때 마다 박상선이 할 수 있는 일이라고는 아무 것도 없었다. 젖먹이 때부터 세자를 모셔왔건만 요즘처럼 세자가 궁지에 몰린 적은 없었다. 아버지인 영조대왕의 불같은 추국에 세자가 정신을 잃고 혼절하였다는 소식을 들었을 때, 박상선의 마음은 찢어지게 아팠다. 그 이후, 영조의 추국은 하루가 멀다 하고 세자에게 떨어졌고 이때를 이용하여 노론 중신들은 벌떼처럼 일어나서 세자에게 벌을 내릴 것을 주청하였다.

'어찌 아비에게 이런 일을 당하시는가?'

완벽주의를 넘어 결벽증을 가진 아버지 영조 앞에서 세자가 할 수 있는 일이라고는 아무것도 없었다. 유일한 탈출구는 바로 십팔기의 수련뿐이었다. 광적으로 집착하는 세자의 십팔기는 밀려드는 죽음의 공포와 맞서 싸우는 보이지 않는 적과의 투쟁이었다.

"안되겠다. 직접 이포나루로 가자."

"예?"

"내일 당장 어떤 일이 벌어질지 모르는 일이다. 오늘 밤 안으로 해치우지 않으면 기회를 영영 잃을지도 모른다."

갑옷을 차려입고 말을 타려는 세자에게 박상선이 매달렸다.

"세자저하. 오늘밤만은 정말 안 되옵니다. 이제 도성을 떠나 이포에 이르신다면 도성의 수문장들에게 보고가 될 것이고 내일이면 영조대왕께서 세자저하의 궁성 밖 외출을 알게 되실 것이옵니다."

"필요 없다! 나와 같이 갈 테면 가고 네가 안 간다 해도 나 혼자 갈 것이다."

말린다고 해결될 문제가 아니었다. 막을 방법이 없었다. 세자가 언제 막는다고 말을 들었는가? 그리고 아버지 영조가 요즘 매일마다 세자를 불러내어 조목조목 그의 행실을 따지고 있으니 언제 그를 험악한 지경에 빠뜨릴지 알 수 없는 일이었다. 세자를 처벌하라는 노론 중신들의 상소가 임금의 평상 위로 쌓이고 있지 않은가? 세자가 그것을 모를 리 없었다. 상선이 세자를 따라 말 위에 오르자 세자는 궁궐 밖으로 말을 몰았다. 상선의 임무는 세자와 끝까지 함께 하면서 그의 옥체를 안전하게 보존하는 것이다.

"헉, 헉, 여기가 어디쯤 되느냐?"

밤길을 두 시간이나 내달린 뒤 거친 숨을 몰아쉬며 세자가 물었다.

"미음나루이옵니다."

"오늘 밤 안으로 도착할 수 있겠느냐?"

"이대로 달린다면 닭 울기 전까지는 이포나루에 도착할 수 있을 것이옵니다."

"그러냐? 쉴 틈이 없다. 빨리 가자!"

세자의 눈동자에서 동물의 눈자위 같은 광채가 번득였다. 아니, 그것은 죽음을 감지한 한 마리 호랑이의 안광이었다. 비 오듯 내리는 땀을 연신 닦아내며 달리던 세자가 갑자기 말을 강 언덕 쪽으로 몰더니 이내 말에서 내려와 몸을 낮추고 언덕 밑으로 몸을 수그렸다. 이포나루다. 벌써 몇 번을 와 봤던 곳이라 어두워도 지형지물을 잘 파악하고 있는 곳이었다. 동쪽으로부터 어둠이 조금씩 벗겨지고 있었다. 가까운 거리에 사람들이 있는 것이 보였다. 군사들인 것이 분명했다. 세자가 목을 길게 빼고 강 상류를 바라보았다. 여섯 척의 장사배가 멀리서 보였다. 이런 새벽시간에 장사배라니 분명 왜선임이 틀림없었다.

"조상원! 조상원!"

세자가 군사들 속에서 상원을 발견하고 크게 소리를 지르자 조상원이 몸을 수그린 채로 세자에게 달려 나왔다.

"세자저하! 어찌된 일이옵니까?"

"너야말로 어떻게 된 일이냐?"

조상원이 달려 나와 세자와 박상선을 두리번거리며 바라보았다. 조상원이 세자에게 자초지종(自初至終)을 말하기 시작했다.

"충주목사의 말로는 다음 주 초에 왜선이 충주를 떠날 것 같다고 보고를 올렸사옵니다마는, 방금 전령이 도착하여 어젯밤에 왜선이 떠났다 하기에 군사들을 급히 풀어서 지금 막 제자리에 배치하였 사옵니다."

"그랬구나. 잘 했다! 여주감영의 군선 여섯 척은 어찌 되었느냐?"

"예 방금 전에 모두 강 양쪽에 은신을 시켜 놓았사옵니다."

"자. 이제 저기 왜선이 여기 언덕 쪽에 도달하면 불화살을 쏘고 여주감영의 군선이 출동하면 되는 것이렷다!"

"예. 그렇사옵니다."

"훈련한 그대로만 하면 될 것이다."

세자가 접근하는 왜선을 뚫어지게 바라보며 사인검의 칼자루를 굳게 잡았다. 왜선이 가까이 오기 시작했다. 궁수 백여 명이 불화살 을 다듬고 있었다. 왜선 여섯 척이 강 중앙에 이르자 세자가 일어나서 크게 외쳤다.

"불화살을 쏴라!"

말이 떨어지자 이백 명의 궁수들이 일제히 불화살을 쏘아대기 시작했다. 아름다운 불꽃이 강을 가로질러 강 한복판에 있는 왜선들의 돛과 선체에 박히는 모습이 보였다.

"배를 출동시켜라!"

강의 양안에서 여주감영의 군선 여섯 척이 중앙에 있는 왜선쪽으로 접근하기 시작했다. 불시에 불화살 공격을 받은 왜선의 당황하는 모습이 멀리서도 보였다. 갑판 위의 선원들이 우왕좌왕 뛰고 있었다. 잠시 후, 숨어서 불화살을 쏘던 군사들이 함성을 지르며 일제히 강가로 내려가 왜선 가까이로 다가서서 화살을 쏘기 시작했다. 바늘처럼 작게 보이는 침들이 여섯 척의 왜선으로 날아들었다. 세자가 광기 어린 목소리로 소리를 질렀다.

"저놈들을 모두 죽여라!"

여주감영의 돌격선 두 척이 활을 쏘며 가까이 접근하였다. 이윽고 군선의 병사들이 사다리를 왜선으로 걸치자 군사들이 칼을 빼들고 왜선으로 몰려들었다. 말도 안 되는 싸움이었다. 선원들은 반항할 엄두도 못 내었다. 갑판 위에는 선원 여러 놈이 벌써 활을 맞아 피를 흘리며 널브러져 있었고 몇 놈은 불을 끄다가 몸에 불이 붙어 나뒹굴고 있었다. 한 시간 안에 모든 것이 제압되었다. 왜선이 이포나루로 견인되자 세자가 배 위로 올랐다. 갑판 밑으로 세자가 내려가자 박상선과 조상원이 그 뒤를 따랐다. 선장으로 보이는 일본인이 하얗게 질린 채 밧줄에 묶여 있었다.

"나라에서 금한 밀무역을 하는 자들을 모두 참수하여 고기밥을 만들어라!"

배 위에서 왜인들을 처단 하는 동안 세자는 배 밑바닥을 뒤지기 시작했다.

"이거다!"

배 밑창에 깔린 마대를 들춰내자 누런 금속조각이 밑바닥에 빼곡히 깔려 있었다. 지난 수십 년간 전국의 금광 곳곳에서 사람들을 동원, 채굴한 금을 금괴로 주조해 충주의 일본 사찰에 숨겨 두었다가 일본으로 빼돌리려던 것이었다.

"이놈들이 이걸 가져가려 하다니… 이것은 조선의 재산이다!"

세자가 중얼거리자 박상선이 세자에게 다가와 아뢰었다.

"세자저하! 저들이 모두 처단되었사오니 이제 궁으로 빨리 돌아가심이 옳을 듯하옵니다."

"그래야겠구나. 군사들이 모두 돌아간 후 이 금괴를 전부 어머니의 생가에 마련해 놓은 비밀장소로 옮기거라!"

# 41

# 정조

"금괴를 모두 옮겼느냐?"

뒤주에 갇힌 세자가 상선에게 물었다. 목이 타들어가고 입천장이 갈라지는 것을 애써 참으며 부르짖는 소리였다.

"예… 저하의 사가로 무사히 옮겼나이다…"

"옥호를 붙였느냐?"

"예, 명대로 人王二家라 붙였사옵니다."

박상선이 뒤주에 갇힌 사도세자에게 죄인 같은 얼굴로 말했다.

"그래… 수고했구나. 내가 이승에서 할 수 있는 마지막 일이었는데 잘 되었다니 고맙구나…"

흙을 바르고 짚을 얹어서 가장 볕이 잘 드는 곳에 놓아 둔 뒤주였다. 일부러 덥게 만들려고 특수하게 제작된 뒤주다. 숨이 턱에 찰 정도로 더웠지만 아무도 그를 구원해 줄 사람은 없었다. 그런데 하필 영조는 왜 뒤주를 선택했을까? 세자의 말소리가 뒤주 속에 갇혀서 잘 들리지 않았다. 밤이 되니 그래도 조금은 견딜 만했다. 사흘을 물 한 모금 못 마시고 탈진한 세자가 마지막 힘을 모아서 상선이게 말했다.

"붓과 종이를 가져와서 나의 유언을 받아 쓸 수 있겠느냐?"

"예. 그리하겠나이다."

죽음을 위한 사형도구, 그 뒤주 속에서 흐릿하게 들리는 목소리였다. 쌀을 담는 뒤주가 사형도구가 될 줄은 아무도 생각하지 못했다. 박상선이 세자의 흐릿한 말소리를 듣고 움직였다. 박상선이 아니고 아마 다른 사람이었다면 무슨 말을 하는 소린지 모를 것이었다. 신음 소리 비슷했으니까… 자시가 넘은 시각인지라 금군들이 세자를 모시던 박상선을 눈감아 준 것이다. 저들도 상선이 무엇을 하려는지 잘 알고 있었다. 나졸들의 눈치를 보며 지필묵을 가지고 뒤주로 다시 다가온 박상선이 뒤주 앞에 종이를 펼치고 앉아 세자에게 고했다. 세자가 유언을 말하기 시작했다.

"사랑하는 나의 아들 왕세손 이산은 보거라…"

뒤주에 갇혀 죽어가며 유언장을 토하는 세자의 눈가에 지난 이십구 년간의 일생이 스쳐 지나갔다. 행복한 삶은 아니었으나 어려서는 아바마마와 어마마마의 귀여움을 독차지하며 자랐던 그였다. 그때를 생각하자 눈물이 앞을 가렸다. 모든 것이 허망했다. 자신은 이대로 이승을 떠난다지만 남겨진 왕세손의 앞날은 또 어떻게 될 것인가? 한참을 받아 적어 내려가던 상선이 붓을 멈추고 세자에게 말했다.

"세자저하! 이제 다 마치셨사옵니까?"

"그렇다… 이제 이승에 남긴 미련은 없느니라. 편하게 눈을 감을 수 있게 해 주었으니 죽어서도 내가 네 은혜를 반드시 갚을 것이다. 백골난망이다."

"백골난망(白骨難忘)이라니오? 거두어 주시옵소서. 망극하옵니다."

참고 참았던 상선의 눈물이 피가 되어 두 뺨 위로 흘러 넘쳤다. 그러나 그의 눈물이 유언장 위에 떨어져 세자의 마지막 유언이 눈물로 지워지지 않을까 하는 걱정이 들자 상선은 급히 종이를 접어 품속에 넣었다.

"박상선은 들으시오! 나를 모함한 자들이 내 아들의 목숨도 노릴 것인즉, 상선은 나의 아들을 지켜 줄 수 있겠소?"

왜와의 밀교역을 통하여 막대한 부를 축적하고 있는 노론 중신들의 집중적인 견제와 밀고로 자신의 목숨이 달아나게 되었다는 것을 잘 알고 있는 세자가 마지막 할 수 있는 일이라고는 아무것도 없었다. 단지 상선과 내시부 무사들이 출중한 무예 실력으로 아들을 끝까지 보호하여 주기를 바랄 뿐이었다.

"세손께서 대통의 위업을 이으실 수 있도록 목숨을 바치겠나이다."

상선이 세자의 유언장을 곱게 접어 품속에 넣었다. 세자가 갇혀 있는 뒤주를 향하여 세 번 절하고 물러나와 기둥 뒤에서 훌쩍이며 서 있던 조상원에게 다가가 일렀다.

"지금 눈물을 흘릴 때가 아니니라! 세손을 위하여 목숨을 버릴 각오가 되어 있는 고등수련자들을 당장 선발하여라."

"예"

일주일이 지나자 뒤주 안에서는 아무런 반응이 없었다. 세자의 숨이 끊어진 것이다. 한 나라의 모든 권세를 이어받을 수 있었던 세자가 아비의 불찰과 그 틈새를 노리고 공격하는 틈입자들의 끊임없는 잔 공격에 쓰러지고 만 것이다. 세자저하를 고변한 나경언이란 자는 즉시 참형되었고 그가 올린 열 조목의 비행동상변에 대하여 부친인 영조로부터 한 조목, 한 조목씩 국문을 당하던 세자는 드디어 자신의 죽음이 목전에 이르게 되었다는 것을 깨닫고 그동안 공을 들여 실행하려던 왜인들의 금괴운반선 습격을 서두른 것이었다. 그날 밤, 반성하는 모습을 보이지 않고 다시 궁을 빠져나간 것이 죽음에 이르는 결정적 사유가 되었음은 두말 할 나위가 없었다. 그러나 그가 탈취한 금괴는 자신의 아들 왕세손이 임금으로 등극하는 날, 지금과 같이 풍전등화(風前燈火)로 흔들리는 나라가 아닌, 왕권을 반석 위에 굳건히 세우는 나라가 되는 데에 필수불가결한 근본이 될 것임을 그는 잘 알고 있었다.

세월은 흘러 어린 정조가 몇 번의 죽음의 위기를 넘기고 왕이 되었다. 왕위에 오른 정조는 십여 년 전, 뒤주에 갇혀 목숨을 잃은 아버지 장헌세자를 생각하면서 그가 평소에 이른 대로 십팔기와 무예 연마에 전력을 다하였다. 물론 내시부의 고단자들로부터 모든 비밀 수련을 전수, 습득하였음은 말할 나위가 없었다. 무예신보를 증간하여 무예도보통지를 발간하였고 자신의 직속 군대인 장용영을 설립하여 십팔기로 단련된 최강의 장졸들을 양성하였다. 무예 수련은 왕이 된 뒤에도 하루도 그칠 수 없었다. 언제 어떤 자객들이 숙소로 침투할지 모르는 상황이었다.

"상감마마. 이제 제가 더 이상 가르칠 것이 없사오니 무예 수련을 이만 거두어 주시옵소서."

칠십에 가까운 박상선이 목검을 거두며 숨을 헐떡였다.

"내 아버지를 가르치신 스승이신데 어찌 수련을 거두라 하시오."

"마마의 십팔기는 돌아가신 장헌세자 마마의 기량을 월등히 뛰어 넘었사옵니다."

"그렇소? 하하하…"

언제 어디서 침입자가 나타나더라도 단 칼에 벨 수 있는 실력! 그것만이 정조가 확실히 믿을 수 있는 보호막이었다. 박상선이 목검을 제자리에 놓고 나서 주변을 두리번거리더니 정조에게 한 발 가까이 다가섰다. 땀을 닦던 정조가 다가서는 상선을 유의하게 바라보며 말했다.

"내게 뭐 할 말이라도 있는 게요?"

"예. 오늘이 있기를 기다려왔사옵니다. 이제 마마께서도 자신을 보호하실 수 있는 기량을 충분히 갖추셨사오니 이제는 부왕의 유지를 받으실 자격이 되셨을 것입니다."

"부왕의 유지라니요? 내 아버님 말씀이오? 아니면 영조대왕을 말씀하시오?"

"뒤주에 갇혀 돌아가신 장헌세자님을 말씀드리옵니다."

"내 아버님 말이오?"

정조가 화들짝 놀라며 목검을 자리에 꽂아 넣자 박상선이 품에서 서찰 하나를 꺼내어 정조에게 조심스럽게 전달했다.

"이것이 무엇이오?"

"예. 이것은 장헌세자께서 뒤주에 갇혀 돌아가실 때에 저에게 받아쓰시게 하오신 유언이옵니다."

"뭐요?"

정조가 깜짝 놀라서 눈을 크게 뜨고 편지를 받아 펼쳐서 읽어나갔다.

'사랑하는 나의 아들 왕세손 이산은 보거라…'

편지를 받아 읽는 정조의 손이 부들부들 떨리기 시작했다.

　'내가 이 편지를 씀은 너와 조선의 안위를 위함이니라. 우리 조선은 지금 안으로 권세자들이 사리사욕(私利私慾)에 빠져 백성들을 괴롭히고 있으며 밖으로 왜란과 호란의 세력들이 호시탐탐 조선의 땅을 넘보고 있으니 어찌 누란의 위기라 아니할 수 있겠느냐. 네가 왕이 되면 이러한 모든 것을 바로 잡아 불편부당함이 없도록 경세하여야 할 것이며 나의 원수를 갚기 위하여 함부로 경거망동(輕擧妄動)하여 일을 그르치는 일이 없도록 은인자중(隱忍自重)하여야 할 것이다…. 내가 이제 이 세상을 떠나 저승으로 가노니 너는 나의 말을 가슴에 새기고 한 시라도 잊지 말아 나라가 위험에 처하는 일이 없도록 군왕의 도를 깨달아 항시 어긋남이 없어야 할 것이다. 이제 네가 군왕의 도를 바로 펼 수 있도록 하기 위하여 人王二家에 간직한 나의 유지를 너에게 맡기노니 너는 박상선으로부터 이를 전달받아 한 조각이라도 허투루 쓰는 법이 없도록 하여 나라를 반석 위에 올려놓아야 할 것이니라.'

　편지를 받아 읽는 정조의 눈에서 두 줄기 눈물이 흘러 나왔다. 목숨과 바꿔서 얻어낸 장헌세자 부친의 유지였다.
　"人王二家는 어디에 있느냐?"
　"부왕의 사가에 있사옵니다."
　"가자!"

## 42

# 연합

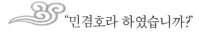 "민겸호라 하였습니까?"

민왕후의 처소에 왕후의 오라버니뻘인 민겸호, 이조참의를 맡고 있는 민규호 그리고 양오라비인 민승호가 모였다. 민겸호는 가장 늦게 과거에 급제하여 처음으로 민왕후를 대하는 것이었다. 민겸호를 왕후에게 처음 소개시키는 자리이다.

"예, 그렇사옵니다."

세 명의 종친 오라비가 둘러앉은 모습을 보니 민왕후의 마음이 매우 흡족한 듯 연신 웃음을 아끼지 않았다.

"세 분 오라버니들을 보니 내 마음이 얼마나 놓이는지 모르겠습니다."

그렇지 않아도 새로 태어난 완화군을 후계자로 삼아야 한다는 소문을 들어 마음이 편치 않았던 터였다. 성질 급한 민겸호가 먼저 입을 열었다.

"마마, 완화군을 세자로 책봉하여야 한다는 이야기는 앞뒤가 맞지 않는 해괴한 이야기옵니다. 어찌 상감의 정비가 있사온데 서출을 왕통으로 하자는 이야기를 하는지 도대체 말이 되지 않는 소리이옵니다."

"그렇사옵니다. 이는 유사시에나 있을 수 있는 일이오니 마마께서는 심려치 마시옵소서."

일찍 출사한 민규호가 거들고 나섰다. 민왕후가 조용히 제지하며 나섰다.

"그만들 하세요. 오늘은 그저 세상 돌아가는 얘기나 듣자고 한 자리입니다. 상감께서는 생각도 안하십니다. 대원군합하와 부대부인 쪽에서 나온 이야기니 신경 쓰실 것 없습니다."

좌장격인 민승호가 나섰다.

"상감께서 그런 말씀을 하셨습니까?"

"예, 며칠 전에 후원을 거닐면서 산책을 하시던 중 완화군에 대한 이야기를 하셨습니다. 완화군께서 잘 자라시고 또 아주 총명하시다는 이야기도 하셨습니다."

"상감께서 완화군을 후사로 세우실 것이라는 뜻으로 말씀하신 바가 있으신가요?"

민승호가 좌장답게 예민한 질문을 하고 나섰다.

"아닙니다. 상감께서 단지 부대부인께서 전하시는 말씀을 들으신 모양입니다. 완화군이 후사로 세우셔도 되실 정도로 총명하다고요…"

"그것이 다입니까?"

"예, 그것이 다입니다. 더 이상은 어떤 얘기도 없으셨습니다."

"그렇군요… 상감의 생각은 어떠하신 것 같으신가요?"

"상감께서 무슨 생각이 있으시겠습니까? 그저 부모님들께서 하시는 얘기라 그냥 듣고만 계셨던 것 같았사옵니다."

"그렇다면 안심이 되옵니다. 장안에 완화군이 대통을 이어갈 거라는 소문이 돌기 시작했는데 근거는 미약한 것이군요."

다행이었다. 오늘의 주제는 사실 다른 것이 아닌 완화군의 대통 문제였던 것이다. 세 사람이 미리 만나서 한 이야기도 바로 그 문제였다. 그 문제에 대해서 민왕후에게 직접 말을 들어보고 싶었던 것이다. 가슴을 쓸어내리며 민규호가 말했다. 세 사람 중 가장 먼저 급제한 사람이다.

"어쨌거나 이런 문제가 장안에 거론된다는 것이 좋을 리는 없습니다. 우리 형제들이 힘을 합쳐서 이런 이야기가 나올 때 미리 막아야 할 것입니다."

"무슨 수로 입을 막는답니까? 상감께서 다 알아서 하실 것입니다."

"상감께서요?"

세 사람은 일제히 그렇게 말하는 민왕후를 바라보았다. 지난 번보다 조금은 혈색이 도는 모습이었다. 맏형 민승호가 민왕후를 유심히 바라보다가 입을 열었다.

"상감께서 자주 찾으시는 모양입니다."

민왕후가 머뭇거리다가 이내 입을 열었다.

"자주… 는 아니옵고 요즘 월에 한두 번은 후원을 산책하고 있사옵니다. 향원정의 잉어도 보기가 좋습니다. 상감께서 잉어들에게 먹이도 던져 주시곤 하십니다."

민승호가 눈을 둥그렇게 뜨고 물었다.

"그래요? 허허허… 듣던 중 반가운 소리입니다. 정말 잘 하셨습니다. 상감께서 약속을 잘 지키시는 성군이십니다."

"하하하…"

"차가 식습니다. 이 차는 화엄사에서 올린 작설차라 하옵니다. 곡우 전에 딴 차라 매우 귀한 차이옵니다. 어서 드시지요."

민왕후가 채근하자 서로 얼굴을 쳐다보던 세 사람은 미소를 머금고 찻잔에 손을 잡았다. 잠시 후 민규호가 민왕후를 바라보며 말했다.

"대원위합하께서 영보당에게 엄청난 재물을 하사하셨다 하옵니다. 혹시 무슨 이야기는 못 들으셨는지요?"

"그 이야기는 나도 들었습니다. 새로 태어난 완화군을 위해서 먹이고 입히고 가르치는 데에 충분할 만큼 하사하신 것으로 알고 있습니다."

"대사성 조영하 대감이 동생 조성하에게 들은 이야기로는 합하께서 막대한 재산을 갖고 있다고 하옵니다."

"막대한 재산이라니요… 경복궁 중건을 마치기 위해 지방의 유지들에게 재산을 받고 고을 수령자리를 많이 내어 준 것으로 알고 있습니다. 그런 과정에서 나온 이야기일 것입니다. 남은 재산이 꽤 있을 것입니다."

민규호가 더 이상 이야기를 끌어갈 수 없었던 이유는 조영하가 자신에게 해 준 이야기가 너무나 근거가 없는 풍문 같은 이야기였기 때문이었다. 대원군이 금괴를 엄청나게 많이 갖고 있다는 이야기를 하고 싶었으나 더 이상 입을 열지 않았다. 괜한 분란을 일으키는 것은 오히려 좋지 않을 것 같다는 생각이 들어서였다. 민왕후가 다시 입을 열어 오라비들에게 당부하였다.

"나는 완화군에 대한 시기나 그 어떤 나쁜 감정도 없습니다. 오직 우리 상감께서 보위를 튼튼히 하시고 또 나라를 이끄시는 데에 조그마한 보탬이라도 된다면 더 이상 바랄 것이 없습니다. 세 분들도 저의 이런 마음을 헤아려 주시고 상감과 합하 그리고 부대부인의 하시는 일을 적극 도와주세요. 그것이 저를 돕는 일입니다. 부탁드립니다."

민왕후의 간곡한 부탁으로 세 사람이 처신해야 할 방향은 결정되었다. 즉, 왕실의 최고 실권자인 대원군의 하는 일에 방해가 되어서는 안 된다는 것이다. 대원군이 하고자 하는 일에 걸림돌이 된다면 그 누구의 안녕도 보장할 수 없는 것이다. 그러한 현실을 가장 잘 파악할 수 있는 자리에 있는 민왕후가 오라비들에게 내리는 명령이니 오라비들은 따르는 길밖에는 없었다. 조정 관리들과 친한 민규호가 왕비전을 나와 길을 나서는 민승호에게 말했다.

"형님께서 대사성 조영하 대감을 한 번 만나보시는 것이 어떻겠습니까?"

민겸호도 고개를 끄덕이며 거들었다.

"형님께서 그렇게 하시는 것이 좋을 듯합니다. 왕후께서 말은 안 하시지만 얼마나 마음이 조급하시겠습니까? 조대비의 의중도 알아보실 겸 해서 조만간 한 번 만나 보시지요."

"알았소. 내가 대사성 대감을 한 번 만나보겠소. 아니 이참에 조성하도 한 번 만나 볼 참이오. 무슨 금괴 이야기를 하는지 한 번 들어 보겠소"

"그게 좋겠습니다."

새로 지은 경복궁인지라 목재에서 풍겨 나오는 은은한 나무 냄새가 좋았다. 옻칠과 금칠로 새로 단장한 누각들이 여기저기 자리잡고 있었다. 창덕궁만큼 오래되고 아늑한 느낌은 없었으나 새 건물 특유의 젊은 기상이 느껴지는 상쾌한 궁전이었다. 옮겨 심은 새 궁전의 나무들은 아직 제 자리를 잡지 못하고 있었지만 교태전의 간판만큼은 높다랗게 제 자리에 걸려 있었다. 대왕대비, 왕대비, 대비 이렇게 삼전을 모시고 새로 지은 법궁으로 이어를 한 지 얼마 안 된 뒤였다. 이제 전에 법궁으로 쓰던 동궐 창덕궁은 이궁으로 남게 되었다. 세 사람은 왕비전을 빠져나와 빠른 걸음으로 각자의 길로 들어섰다. 이제 민씨 형제들의 연합전선이 형성된 것인가?

## 43

## 동도

놀랄만한 소식이 편전으로 날아들었다. 예산군 가야산에 있던 홍선대원군의 부친 남연군의 묘소가 흉도들에 의해 파헤쳐졌다는 것이다.

"예산군수가 급히 보낸 장계에 따르면 서양인들 수백 명이 배를 타고 들어와 남연군의 묘소를 파헤쳤다고 합니다. 묘소를 파헤치는 도중 석회가 나오는 바람에 중도 포기하고 저희들이 타고 온 배로 다시 돌아갔다고 하옵니다."

"뭐야?"

화가 머리끝까지 난 대원군이 노기를 참지 못하고 소리를 지르자 편전에 앉아있던 중신들이 모두 깜짝 놀랐다. 괴성을 있는 대로 다 질렀기 때문이다. 대원군의 얼굴이 순식간에 벌게졌다. 분을 삭이지 못하는 대원군의 모습을 불안한 표정으로 바라보는 고종의 얼굴도 걱정으로 가득 찬 모습이었다.

"아니… 도대체 어떻게 생겨먹은 이, 이, 인간들이길래 남의 조상의 묘를 파헤친단 말이오? 허, 참 이거야 원. 인간도 아니구먼."

"그렇습니다. 저들을 어찌 인간으로 볼 수 있겠습니까? 이번 일을 중간에서 도와주고 양이들에게 길을 안내한 자들은 분명 천주학을 믿는 무리들 아니고 누구이겠습니까? 지난 번 병인년 프랑스 배들의 침공 때와 다를 것이 없사옵니다."

"그렇습니다. 천주학을 믿는 자들을 보다 적극적으로 색출하여 내심이 재발을 방지하는 길이옵니다."

재발을 방지하는 방법치고는 너무 안일하고 일방적이다. 이양선에 관한 문제라면 해법이 없는 것이 작금의 형국이었다. 이조참판이 편전에 있는 대원군에게 아뢰었다.

"합하! 저들이 보낸 편지를 제가 가지고 있사온데 지금 읽어보아도 되겠사옵니까?"

"읽어 보시오."

대원군이 음습한 목소리로 외쳤다. 신음이었다.


"대원군은 들으시오! 우리는 이미 몇 차례에 걸쳐 조선과 통상을 하기를 요구하였으나 번번이 거절을 당하였으니 이는 도저히 묵과할 수 없는 무례한 행위라 아니할 수 없소이다. 우리의 요구를 더 이상 외면한다면 앞으로 어떤 일이 일어날지 알 수 없을 것이니 더 이상의 피해를 방지하려면 우리와 함께 협상을 하여 불의의 피해를 방지하기 바라오!"


안하무인(眼下無人)! 말도 안 되는 협박이었다. 여기저기서 고함소리가 터져 나왔다.

"저런 쳐 죽일 놈들 같으니라구…"

"적반하장(賊反荷杖)도 유분수로구나."

대원군이 소란을 잠재우는 손짓을 하자 편전이 조용해졌다. 입을 열고 느릿느릿 말하기 시작했다.

"양이들이 계속하여 우리 땅으로 침투하려고 시도 때도 없이 우리를 노리고 있으나 이는 우리의 강고함을 모르고 하는 소리인 듯합니다. 저들이 어찌 조상의 묘를 파헤치는 후안무치(厚顔無恥)의 행위를 하면서 통상을 하자고 요구하다니 이런 파렴치한 짐승 같은 자들과 무슨 이야기가 통하겠소? 앞으로 저들을 돕거나 저들이 전파한 천주학을 믿는 이들을 모두 잡아내어 엄한 벌을 내리고 철저히 처단하도록 하시오."

대원군의 명에 따라 다시 한 번 천주학을 믿는 사람들에게 체포령이 떨어졌다. 무수히 많은 목숨이 새남터에서 죽어나갈 것이었다. 목을 치는 망나니의 취업이 국가적으로 상당기간 보장되는 순간이었다. 명을 내리는 대원군의 얼굴을 물끄러미 바라보며 고종이 한숨을 쉬었다. 또 많은 목숨이 죽어야 할 것이었다. 갈등스러운 일이 자꾸 발생하는 것이다. 이렇게 조선 백성이 자꾸 죽어나간다면 왕은 누구를 대상으로 통치를 해야 한단 말인가?

"왕비! 오늘 할아버님의 묘소가 도굴되었소. 이를 어찌하면 좋겠소?"

후원을 거닐던 고종이 민왕후에게 말했다. 고민스러운 일이 있으면 왕비와 함께 후원을 거닐며 이야기를 나누는 고종이었다.

"또 피바람이 불겠군요. 천주학도가 많이 희생되겠습니다."

민왕후가 걱정스런 얼굴로 대답했다. 향원정의 잉어는 사람이 지나가기만 하면 먹이를 주는 줄 알고 따라오며 모여든다. 그러나 오늘은 먹이를 줄 마음의 여유가 있는 사람이 없었다. 내시와 궁녀들이 한 발 물러서 따라 다니고 있었고 그 중 물고기밥을 들고 수행하는 자가 있었지만 오늘은 왕과 왕비, 아무도 명령을 내리지 않았다. 고종이 다시 입을 열었다.

"저기 물고기만도 못한 것이 사람의 생명입니다. 이런 일이 또 일어나지 말라는 법이 없지 않겠습니까? 군왕이 되어 이런 일 하나 처결하지 못하니 마음이 답답합니다."

"전하. 마음을 편히 가지시옵소서. 일전에 들은 바에 의하면 왜와 중국은 이미 양인들의 출입을 허하여 자유롭게 출입한다고 들었사옵니다."

"무작정 열어 주는 것도 좋은 일은 아닐진대 언제까지나 무작정 닫고 있을 수도 없는 노릇이 아니겠소?"

"전하. 동도서기(東道西技)라 하였사옵니다. 먼저 동의 정신을 살리고 서의 기를 받아들이는 것이 순서라 하옵니다."

"그렇소? 그 이야기는 나도 들었소만 어떻게 하는 것이 동도서기의 올바른 길이란 말이오?"

"먼저 동도를 생각하시어 나라의 정신을 올바르게 세우심이 바른 길이라 사료되옵니다."

"동도라…"

동도서기란 북학파에 이은 남인 계열의 실학자들이 주장하는 국가경영론이다. 동방의 도, 즉 조선의 정신가치에다 서방의 기술문명을 받아들여 나라를 부강하게 하자는 이론이다.

"서양인들이 통상을 요구하면 우리는 또 천주학도를 잡아 죽이는 이런 일이 끊임없이 반복될 것이니 이를 어찌하면 좋겠소?"

"척화비를 세우는 것만으로는 안 될 것은 자명한 이치가 아니겠습니까?"

말이 통하는 배우자를 곁에 두고 산다는 것만큼 힘이 되는 것은 없다. 고종은 자신의 말을 십분 이해하고 또 함께 걱정하며 해결책을 찾으려 노력하는 왕비의 모습에서 편안함을 느꼈다. 완화군을 낳아 준 영보당에게서는 느낄 수 없는 새로운 편안함이었다.

"어떻게 생각하시오. 부인은?"

자신에게 의견을 적극적으로 물어오는 상감의 마음에 속으로 감사하며 민왕후는 대답했다.

"전하. 소녀가 어찌 해결책을 낼 수 있겠사옵니까? 동도서기론도 결국은 우리가 할 탓 아니오니까? 아무리 좋은 계책이 있을지라도 시행하는 과정에서 여러 가지 문제가 발생할 수밖에 없는 것이오니 전하께서 직접 국정에 임하시는 날을 위하여 모든 것을 대비하심이 옳은 줄로 아뢰옵니다."

앞날을 대비하여 여러 가지 경험을 쌓고 많은 사람들에게 의견을 물어 가장 합당한 의견을 선택하는 것이 올바른 길이라는 조언을 말하는 왕비의 입술이 예쁘게 보였다. 작은 얼굴에서는 진지함이 배어나왔다. 왕비의 그러한 모든 것은 하나의 조화로운 아름다움이었다.

"왕비는 공부를 많이 하셔서 아는 것이 많습니다. 하하하…"

"아니옵니다. 아직 공부가 부족하여 갈 길이 구만 리옵니다."

"갈 길이 구만 리라… 오늘 밤은 나와 함께 만리장성에 올라봅시다."

만리장성에 오르자는 말의 의미를 즉시 눈치 채지 못한 민왕후의 얼굴이 잠시 후… 이내 부끄러움으로 붉어지기 시작했다. 고종이 발길을 교태전으로 옮기자 민왕후의 가슴이 두근거리고 있었다.

'이제 소녀와 만리장성에 오르시어 나라의 기틀을 튼튼히 하시

옵소서. 소녀가 모든 것을 다 바쳐 상감과 나라를 위해 온몸을 던지
겠나이다.'

민왕후가 살며시 입술을 깨물며 교태전으로 들어서자 고종도 뒤
를 따랐다. 날이 저물어 붉은 황혼 빛이 경복궁의 뜨락을 비추어 주
고 있었다.

## 44
# 서기

인천 앞바다의 작약도에 미국 함대가 정박하여 있다는 급보가 조정에 날아들었다. 올 것이 온 것이다. 또 천주교도들을 잡아죽여야 하는가? 대원군은 신경이 날카로워졌는지 목소리도 갈라져 있었다.

"저들이 원하는 것이 무엇이오?"

원하는 것은 뻔했다. 외국의 배들이 원하는 것이 있다면 문호를 열고 통상관계를 갖고 외국인의 활동에 자유를 달라는 것이었다. 물론 그 와중에는 종교의 자유도 포함되어 있을 것이다. 말은 안 해도 조정 대신들은 이미 그것을 잘 알고 있었다. 병조판서가 대답했다.

"예, 미국공사란 자가 조선이 문호를 열고 통상 허락을 요구하였으나 우리 쪽에서 단 칼에 거절하였다 하옵니다."

"잘 하였소. 저들의 요구를 한 번 들어주기 시작하면 한도 끝도 없이 들어올 것이 뻔한 즉, 강력한 의지를 보여 초장에 저들을 격퇴하여야 할 것이오."

이미 이런 때를 대비하여 경기도 충청도 지방의 해안에 병사와 포수 삼천을 배치해 놓은 상태인지라 믿는 구석이 없는 것은 아니었다. 군사란 이럴 때를 대비하여 먹이고 입히고 했던 것인데 이제 그 은혜를 갚을 때가 된 것이다. 전투로 결정이 난 이상 반드시 이겨야 했다.

"어재연 장군으로 하여금 진무영을 이끌도록 하시오. 금위영, 어영청, 총위영에서 병기에 능숙한 군사들을 보강하여 대포와 화약을 충분히 공급하고 저들의 침입에 대비하여야 할 것이오."

결연한 의지와 구체적 방법이 전달되었으니 이제 남은 것은 싸움뿐이다. 이미 조선의 의사가 미국 함대의 로저스 제독에게 전달되었으니 이제 전투만 하면 되는 것이다. 답답한 하루가 흐른 뒤, 고종이 다시 민왕후를 찾았다.

"미국의 함대가 인천 작약도에 상륙하였는데 앞으로 일이 어떻게 전개될지 몹시 걱정입니다."

민왕후의 조리 있는 답변이 이어졌다.

"전하, 전쟁이란 싸워봐야 결과가 나는 것은 자명한 사실이옵니다. 그러나 미국의 함대가 일본에 쳐들어가서 저들을 개항시켰다는 것을 지인을 통해 들어 알고 있사옵니다. 미국의 군대는 천하제일이라 우리 군대가 당해낼 수 있을지 걱정이옵니다."

"천하제일이라 하였소?"

"그렇사옵니다."

천하제일의 군대와 조선의 군사가 맞붙는다면 누가 이길 것인가? 궁금한 일이 아닐 수 없었다. 그러나 고종은 자신이 그런 생각에 빠져있다는 것을 깨닫고 나자 몸을 부르르 떨며 다시 현실로 돌아왔다.

'내가 조선의 운명을 놓고 호기심에 빠져서야 되겠는가?

내 목숨이 없어지는지 안 없어지는지가 실험의 대상이 될 수 있는 것인가? 말도 안 되는 소리였다. 조정 대신들의 의논이란 결국 그런 호기심 차원이 아니고 무엇이겠는가?

"부인. 천하제일의 군대를 맞아서 우리가 어떻게 해야 할 것이오?"

근심어린 고종의 얼굴을 바라보며 민왕후가 말했다.

"민족의 멸망보다는 우선 살아남아야 하는 것이 급선무가 아니겠습니까? 저들이 이번 전투에서 질 리야 없겠지만 혹여 우리가 이긴다 해도 저들은 다시 더 많은 무기와 병사를 이끌고 침입을 해 올 것입니다. 그때가 되면 우리 민족의 앞날도 보장을 할 수 없을 것이옵니다."

"부인의 생각도 그러시오? 그렇다면 이거 큰일이군요…"

고종의 걱정은 걱정이고 현실은 현실이었다. 미국의 함선이 강화해협으로 접근하고 있었다. 이미 초지진과 갑곶나루등 주요 요충에 대포 70문과 수천의 병력을 배치하고 있었던 조선군은 접근하는 미국 함선의 뱃전에 포탄을 날렸다. 한 발의 신호 포탄이 날아가자 여타 조선군의 포탄이 일제히 미국함선으로 날아갔다. 물살이 빠른 손돌목에서 미국 함선을 잡지 못하면 기회를 잃을지도 모른다고 어재연장군이 판단한 것이다. 날아간 포탄은 미국 함선의 주변에 떨어져서 물보라를 튕기고 있었다. 그러나 한 발도 함선에까지 접근하지는 못했다. 잠시 후 전열을 정비한 미군 함선으로부터 응답이 왔다.

"쾅! 쾅! 쾅!"

미국 함선의 포탄이 정확히 조선군의 포탄 발사장소로 날아왔다. 날아온 포탄에서 엄청난 굉음과 함께 폭발이 일어났다. 처음 보는 폭발이었다. 한 발이 날아올 때마다 날아온 포탄에서 재폭발이 일어나 그 자리에서 병사가 여러 명 즉사하고 수십 명이 부상을 입어 움직일 수 없게 되었다.

"어이쿠. 이거 사람 죽네."

병사들의 입에서 겁먹은 비명소리가 터져 나왔다. 동도의 정신력으로 무장한 병사들이 서기의 문명의 힘을 확실히 느끼는 순간이었다. 책상머리에 앉아 지시나 내리는 선비들이 서기의 참 모습을 알 수 있었을 것인가? 더 이상 버틴다는 것은 몰살을 의미했다. 어재연 장군이 외쳤다.

"뒤로 후퇴하라!"

마침, 미국 함선의 공격이 잠시 멈추어서 후퇴하는 데에 지장이 없었다. 미국 함선 한 척이 얕은 바다의 암초에 걸려서 움직일 수 없게 되었기 때문이다. 광성보가 미국 함선에 의해 쑥대밭이 되고 병사 수십 명이 전사했다는 보고가 조정에 날아들었다. 아무도 말을 하는 사람이 없었다. 이제 어떻게 될 것인가?

"합하! 저들이 10일 안에 우리가 사과 할 것을 요구하였습니다."

"뭐야?"

화가 머리끝까지 난 대원군이 중신들 앞에서 이를 부득부득 갈고 있었다. 화내는 것은 대원군의 역할이었다. 화내는 방법 외에 다른 방법이 또 있겠는가? 그 길밖에 없다면 그 길로 가야한다. 울 수밖에 없을 때는 울어야 하는 것처럼…

"어재연 장군에게 명령하시오. 절대 후퇴하지 말고 목숨을 바쳐 싸울 것을 명한다."

죽어달라는 것이었다. 그동안 잘 먹고 잘 입혀왔으니 이제 죽을 때가 된 것이다. 앞으로 전개될 싸움이 어떻게 진행되리라는 것은 누구나 다 알고 있었지만 아무도 입을 열려하지 않았다. 오히려 주민들이 피난을 간다, 사재기를 한다, 법석을 떨었다. 결전의 날이 왔다. 미국 함대와 병사들이 초지진 앞에 이르자 어재연장군이 다시 고함을 질렀다.

"저들을 격퇴하라!"

초지진의 조선대포 12문에서 불꽃과 연기가 뿜어져 나왔다. 임진왜란 때 쓰던 대포다. 쾅! 하는 소리와 함께 조선포의 탄환이 미국 함대의 곁에 물보라를 이루며 떨어졌다. 그것은 조선 군사의 위치노출 작전 즉 '우리가 여기 있으니 여기로 대포를 쏘아주시오' 하는 하나의 신호였다. 신호를 받은 저쪽에서 즉시 응답이 왔다. 사납고 매서운 응답이었다. 두어 시간 동안 폭풍이 치고 화약이 터지자 조선병사가 수없이 죽어나갔다. 조선군의 마음속에 이미 그려져 있던 시나리오대로 후퇴를 할 수밖에 없었다. 잠시 후, 미국 병사들이 작은 배 여러 대로 나누어 타고 초지진에 상륙했다. 조선병사들은 다 후퇴하고 하나도 없었다. 다음 날은 덕진진 차례였다. 조선군은 총 한 방 쏠 수 없었다. 동도의 정신력이 서기의 기술력 앞에서 완전히 무너졌다. 미국 함대가 다시 광성보로 움직이기 시작했다. 상륙한 미해병의 병사들도 덕진진을 지나 육지의 광성보로 진격해왔다. 협공이다. 여기가 자신의 무덤이 될 것임을 직감한 어재연 장군이 병사들 앞에서 외쳤다.

"자! 이제 더 이상 물러설 곳이 없다. 비겁하게 사느니 여기서 죽자!"

그래 좋다 이거야. 나라를 위해서 죽는 건 좋은데 이건 개죽음 아닌가? 뭐 한 명이라도 보람 있게 나라를 위해 목숨을 바친다면 목숨을 바친 사람이나 그 유족들에게 의미가 있으련만 이건 그냥 형식만 전투일 뿐이지 집단자살 행위였다. 조선의 병사가 무슨 소모품인가? 아무리 동도도 좋지만 그것도 도를 실천할 수 있을 때 동도이지 도고 뭐고 엉망이 된 상태라면 도 나부랭이는 당장 집어치워야 할 것이 아닌가?

어재연 장군과 장군의 동생 어재순 그리고 조선 병사 350명이 그날 몰살을 당했다. 그렇다! 나라를 지켜내야 할 때에 목숨을 바쳐 그 가치를 표현하였다. 비록 그 방법이 만족스럽지는 못했지만… 그러나 그들이 바친 이 목숨의 가치를 편안한 곳에서 말잔치만 하고 있는 조정 중신들이 조금이라도 알 텐가? 글쎄… 아마 무관으로서의 당연한 죽음이라고 생각하겠지. 그러나 어재연 장군 같은 이가 없었다면 서기의 강력한 기술력을 누가 증명해 주었을 것인가? 아마도 죽을 때까지 변치 않을 가치라고 선전하면서 동도의 낡은 정신가치만 부여잡고 있었을 것이다. 죽을 기회를 잡지 못한 20여 명의 군사가 포로로 잡혔다. 포로로 잡힌 이유도 일어나서 싸울 수 없을 정도로 중상을 입었기 때문이다. 경상자들은 일어나 싸우다 죽었다. 동도의 부정적 면은 바로 이런 점이다.

"지독한 놈들이구먼…"

로저스 제독이 씁쓸한 승리를 얻고 나서 내뱉은 말이다.

# 45
# 회의

미국함대가 물러갔다는 장계가 올라오자 조정대신들이 일제히 만세를 불렀다. 나라의 위기가 이제 해소된 것이다. 글쎄… 이것이 만세를 부를 일인가? 전쟁에서 승리라도 한 것 같은 분위기가 조정을 지배했다. 대원군이 일갈했다.

"서양 오랑캐들과 화친을 하려는 자들은 나라를 팔아먹은 자로 처단할 것이다."

대원군으로서는 달리 방법이 없었다. 조선 역사상 서양의 힘, 서기를 처음으로 직접 경험하는 정치인이었다. 즉, 초보자 입장에서 달리 선택할 방법이 없었다고나 할까? 상대를 뭘 알아야 대책을 세우든 말든 할 것 아닌가? 어느 날 갑자기 나타난 적들과 대적해야 하고 지시를 내려야 하니 총알받이를 내세워 적의 강고함을 직접 시험하는 방법 외에 달리 선택할 방법이 없었다. 하여튼 미국을 비롯한 서양인들의 함정이 우리 바다에, 특히 강화도 쪽에 나타나면 승리할 수 없다는 사실만은 조정 대신들 뇌리에 깊이 박히게 되었다. 그것도 성과라면 성과라고나 할까?

어쨌든 저쨌든, 사태는 우리 쪽에 불리하지 않게 마무리가 되었고 장렬히 전사한 어장군과 병사들의 노고를 위로할 필요가 있었다. 미국도 조선의 정신가치에 대해서는 뼈저리게 알았을 것이다. 다른 나라와는 많이 다르다는 것을… 전국에 척화비가 세워졌고 어재연 장군과 그의 동생 어재순의 쌍충비가 세워졌다. 많은 비석과 척화비가 세워졌다. 바야흐로 석공의 시대이다. 석공들이 바쁘게 땀을 흘리며 비석을 세워댔지만 달라진 것은 아무 것도 없었다. 이것을 영특한 우리의 민왕후가 모를 리 있겠는가? 아무나 왕후를 하는 것이 아니다. 민씨 형제 삼총사가 다시 뭉쳤다. 어제의 용사, 예비역이 아니고 현역이다. 화제는 단연 서기!

"미국 함정이 물러갔소. 천만다행(千萬多幸)이 아닐 수 없습니다. 세 오라버니들께서 한 말씀씩 해 보세요."

맏형인 민승호가 먼저 말했다.

"우리 조선에 누란의 위기가 지나간 것입니다. 그러나 다시 위기가 온다면 당해낼 방도가 없을 것입니다. 저들이 우리 병사의 분골쇄신(粉骨碎身)을 대포로 뚫고 파죽지세(破竹之勢)로 전진하는 날, 조선의 역사는 이 땅에서 사라질 것입니다."

너무 세게 발언을 한 것일까? 역사까지야 설마 사라지겠는가? 그러나 사라지지 않았는가? 불과 사십 년 후에 말이다. 말이 씨가 된 것은 아니지만 이건 과장된 표현이 아니었다. 아무도 후속 발언이 없었다. 뭐, 허긴 그 말 한마디로 모든 것이 다 표현되었으니까 말이다. 무슨 말이 더 필요하겠는가?

"그렇습니다. 이대로는 안 될 것입니다. 어떤 방법이 없겠습니까? 저는 지난 몇 달 동안 미국 병사가 대궐로 쳐들어오는 악몽을 꾸며 지냈습니다."

민왕후의 증세가 자못 심각한 지경까지 이른 모양이었다. 허긴 민왕후는 조선이 자신의 것이라는 주인의 입장이요 세 오라비는 솔직히 말해 민왕후의 후광으로 한자리 차지할 요량으로 민왕후에게 붙어있는 것 아닌가? 주인과 손님의 심정이 어찌 같을 수 있겠는가? 그래도 조정 밥을 제일 오래 타먹은 민규호가 나섰다.

"지금의 형세로는 달리 방법이 없습니다. 그렇다고 무작정 국가의 문을 연다는 것도 현실적으로 불가능합니다. 어떤 제도의 변혁만이 사태의 근본 해결책이 될 것입니다."

'제도 변혁' 이라… 참으로 정치인다운 무책임한 말이다. 뭔가 근본적인 대책을 뱉어 놓은 듯 한 말이지만 실상 그 내용은 아무것도 없는 말이 '제도의 변혁' 이란 말이다. 어쨌든 지금의 제도와 방법으로는 해결책이 없다는 뜻인데 당장 무얼 어떻게 하자는 말인가? 모두의 머릿속에는 '대… 원… 군…' 이라는 세 글자가 깊이 뿌리박혀 있었지만 아무도 겉으로 그 말을 드러내는 사람은 없었다. 아마 드러냈다면 민왕후가 가장 먼저 꾸짖었을 것이다. 방법이 없을 때에는 화제를 돌려라. 이런 '회의실의 명언' 이 당시에도 있었던가? 민승호가 다시 입을 열었다.

"조성하를 만나보았는데 대원군 합하께서 상상할 수 없는 막대한 재산을 갖고 있다는 소문이 있다 합니다."

"막대한 재산이라니요?"

가장 젊은 민겸호가 물었다. 돈에 예민한 사람이다.

"예. 일전에 경복궁 궁터에서 화재가 발생한 일이 있는데 자신과 같이 일을 했던 김갑손이라는 규장각 대교가 그날 밤 칼을 맞고 죽었다고 합니다."

"칼 맞은 일하고 막대한 재산하고 무슨 상관이 있습니까?"

"있네. 이 사람아. 그 김갑손이라는 자가 대원군의 재산에 관한 비밀을 모두 알고 있었다는 게야. 그래서 대원위 합하의 졸개… 아니 그쪽 인물인 금위대장에게 칼을 맞고 죽었다고 하네…"

"그래요? 필시 무슨 곡절이 있는 모양이군요."

"내 좀 더 알아봄세…"

"그래서 대원위 합하께서 조성하를 그렇게 멀리 하셨나? 뭔가 켕기는 구석이 있는 모양이군."

더 이상 놓아두면 개인 인신공격이 나올 지도 모르는 순간이었다. 민왕후가 재빨리 나서서 민승호를 제지하였다.

"그 일은 그쯤에서 끝내 주세요. 괜한 오해를 불러일으킬 수도 있습니다."

매사에 똑 부러지게 판단하고 행동하는 민왕후 아니신가? 세 형제는 자신들을 뛰어 넘는 젊은 왕후의 잠재력에 어느덧 복종하는 입장이 된 것이다. 은인자중(隱忍自重)하라는 뜻이다. 그렇다면 큰 일을 앞두고 있다는 뜻인가? 왕후는 상대의 마음을 다 읽고 있었다. 화제를 돌릴 타이밍이다.

"상감께서 요즘 저를 많이 찾아 주시니 여인으로서 한없는 고마움을 느낍니다. 세 오라버니들도 상감의 하시는 일을 나의 일로 여기시고 충성을 다 해 주세요."

이게 갑자기 무슨 말인가? 곧 기쁜 소식이 있을 수도 있다는 말인가? 대통을 이을 소식 말이다. 그렇게 된다면 완화군의 대통 이야기는 일시에 사라지게 될 것이다. 민승호가 말했다.

"왕비마마. 옥체를 잘 보전하시옵소서. 나라의 안녕이 왕비마마의 옥체에 달렸나이다."

"하하하. 오라버니들. 걱정 마세요. 제 몸은 제가 잘 알아서 합니다. 오라버니들도 몸조심하세요. 나라가 어지러울 때에는 무슨 흉사가 일어날지 모르는 일입니다."

자신감에 찬 민왕후의 웃음이 방안에 퍼지자 긴장감이 사르르 녹아 없어지는 듯 했다. 민왕후가 고개를 앞으로 굽히며 민승호에게 말했다.

"오라버니. 감고당 옆에 있는 한약방에 권영감님 아직도 약방을 하고 계시나요?"

"예. 아직도 정정합니다. 좋은 보약을 많이 먹어서 그런지 칠십이 다 되었는데도 정정합니다. 그런데 왜 그러십니까?"

"예. 약제를 한 재 지어 먹어볼까 하고요. 그리고 여기 교태전으로 한 번 모시고 들어와 주세요. 제가 진맥을 한 번 받아 볼까 합니다."

"진맥이라니요?"

"글쎄요. 그런 일이 있습니다. 호호호…"

민왕후의 볼이 바알갛게 부풀어올랐다. 청춘이다. 아니 이것은 분명 청춘과는 조금 다른 표시였다. 진짜로 임신? 민승호의 얼굴도 조금은 흥분되는 것 같았다. 만약 이것이 사실이라면 나라의 경사가 아닐 수 없었다.

"내의를 부르시지요. 혹시 그런 일이시라면…"

"내의를 부를 일은 아닙니다. 혹시라도 불렀다가 아무 일도 아닌 것이 되면 내 입장만 곤란해질지도 모르는 것 아닙니까?"

만약 임신이라면 이 얼마나 좋은 일인가? 서로 얼굴을 보며 싱글벙글대며 자리에서 일어섰다. 전에 없이 오빠들의 배웅을 나가겠다는 민왕후를 모두들 기급하며 자리에 앉히고 세 사나이는 경쾌한 발걸음으로 교태전을 나왔다. 그동안 들었던 소식 중 가장 반가운 소식이었다.

"아, 정말 우리 왕후님께서 잘 되셔야 할 텐데요…"

"잘 되실 겁니다. 나는 속히 감고당으로 달려야 할까보오."

"그래야지요. 형님!"

## 46

# 임신

민왕후가 임신을 했다는 소식에 가장 신이 난 것은 조대비였다. 조카인 조성하가 제일 먼저 대비전에 달려왔다.

"대비마마. 감축드리옵니다. 나라의 기틀이 튼튼해질 것이옵니다. 이 모든 것이 다 대비마마의 은덕이옵니다."

조성하는 이 날을 기다려 왔다. 공식적으로 조대비를 알현할 수 있는 명분이 생긴 것이다. 형님인 조영하는 대사성의 직책을 맡아 그런대로 잘 나가고 있건만 자신은 규장각 직제학에서 해임된 이래 아직 아무 직책도 맡지 못하고 있는 것이다. 게다가 대교 김갑손이 경복궁 신축 현장의 화재 사건에 연루되어 졸지에 칼을 맞고 죽어버린 것이다. 아무리 생각해도 수상한 구석이 있는 사건이었지만 어찌해 볼 도리가 없었다. 민승호에게 자신이 알고 있는 사실을 모두 이야기했지만 특별히 달라진 것은 없었다. 결론은 대원군이 자신을 일부러 버린 것임이 분명했다. 이호준은 벌써 판서가 되어 떵떵거리며 살고 있지 않은가?

"그렇지요? 이제 나라의 기틀이 튼튼해질 것은 분명한 사실입니다. 외국의 배들도 더 이상 우리 조선을 넘보지 않고 있습니다. 이러한 때에 왕비가 아들을 생산하시어 나라의 기틀을 튼튼히 해 주신다면 이 늙은이는 더 이상 바랄 것이 없습니다."

많이 늙었다. 갑자기 많이 늙었는가? 아니면 오랜만에 찾아와서 얼굴을 보아서 그런가? 늙으면 정신이 없을 것이다. 바로 자신의 이야기를 청탁하여야 한다.

"대비마마. 제가 지금 나라의 직책을 맡지 못하여 백수건달 생활을 여러 해 하고 있사옵니다. 살펴주시옵소서."

대원군을 믿고 있다가 가버린 세월이었다. 왜 나만 유난히 미워하는가? 알다가도 모를 일이었다. 특별히 원한 같은 것은 없는데도 말이다. 대원군이 백수시절, 조대비에게 연결시켜서 결국 고종을 왕위에 세우게 한 것도 자신이 아니던가? 그런 자신을 저버리고 아무런 직책도 주지 않는다는 것은 의도적인 것이 아니라면 도저히 해석할 수 없는 수수께끼였다.

'내가 도대체 무엇을 잘 못 했는가?'

아무리 연장자라지만 너무한 처사였다. 형님인 조영하도 그 점은 수긍을 한다. 이제 대원군을 동지라고 생각하는 마음을 버리고 확실한 적으로 삼지 않는다면 자신에게 어떠한 화가 미칠지 모를 일이었다. 세상일이라는 것이 그렇다.

"형님이 맡고 있는 성균관의 대사성을 맡아볼 생각이 있느냐?"

대사성이라면 학교의 명예직이다. 강의가 있는 날에만 나가는 직책이지만 그래도 명함은 번지르르하다. 물론 먹고사는 문제가 해결되는 것은 아니지만 그래도 형님은 정규직을 맡아 모든 것이 잘 나가는 중이다. 자신도 노력할 탓이다. 유생들과 부대끼며 지내다 보면 좋은 기회가 올 수도 있었다. 성균관장이 조대비의 일가였고 성균관 일은 전적으로 조대비와 의논하며 처결하였으므로 더 이상의 결재는 필요 없었다.

"예. 그렇게 하겠습니다."

조대비가 대사성직을 주었으니 이제부터 상소를 올리는 일에서부터 국가 전반의 정치에 관여할 수 있는 근거가 생긴 것이다. 조대비가 조카를 보며 말했다.

"조카님. 우이골에 가서 올해 수확된 밤 중 실한 놈을 좀 가져오세요. 완화군에게 줄 밤이 다 떨어져간다고 합니다."

완화군에게 싱싱한 밤을 먹이는 것이 요즘 조대비의 가장 큰 낙이었다. 할머니로서 후손에 대한 사랑이 극진한 것은 왕가이건 촌부이건 다를 바 없는 것 아닌가?

"예. 그리하겠습니다."

대사성 직책 하나 얻고 그 댓가로 심부름 한 건 맡은 것이다. 성과가 없지는 않았지만 자신의 신세가 처량했다. 대원군의 사랑채로 발길을 돌렸다. 분명 판서 이호준과 또 많은 식객들로 북적일 것이다. 전국의 보부상 우두머리에서부터 각종 기예단, 소리꾼들, 크게 장사하는 시전과 난전의 도방 등 소위 잘나가는 권세가들은 모두 운현궁 사랑채에 모여 있어 이제는 찾아가도 대원군의 얼굴을 볼 수 있을 확률은 거의 없었다. 따로 천서방에게 뇌물을 쓰지 않으면 독대를 할 수가 없었다.

'예전에는 이렇지 않았는데…'

여기저기 두리번거리다 한 무리의 사람들과 어울리고 있는 이호준을 발견한 조성하가 슬며시 자리에 끼었다. 친형인 이최응과 대원군의 아들 이재면도 그 자리에서 대화를 나누고 있었다. 기름진 안주와 곡주가 그들의 흥을 돋우고 있었다.

'잘들 먹어 조지는구나…'

"조대감, 어서 오게. 이 술 한잔 받으시게…"

이판서가 따라주는 술을 쭈욱 들이킨 조성하가 술잔을 탁! 하며 상에 내려놓았다. 다시 한 잔을 더 따라주자 그 자리에서 연거푸 석 잔을 마셨다. 그런 조성하를 보고 이최응이 말을 걸었다.

"그래. 조대감은 요즘 어떻게 지내시오?"

빈정거리는 말투였지만 상관하지 않았다.

"대비마마를 만나고 왔소이다!"

그 한 마디에 모든 시선이 일제히 조성하에게로 쏠렸다. 물론 조대비가 실권이 있는 것은 아니나 섭정의 대표자는 조대비다. 아무리 실권이 없기로서니 표면적인 권세는 조대비의 직인을 받아야 하는 경우가 많았다.

"내일부터 성균관 대사성에 나가게 되었소."

"그런가? 축하하네. 이 사람!"

이판서가 웃음으로 조성하의 말을 받아주었다.

"잘 되었습니다. 조대비께서 조카님을 많이 사랑해 주시는 구려…"

이최응이 한 마디 거들었다. 조용히 술을 마시던 대원군의 장자 이재면에게 조성하가 말했다.

"이제 조카님을 둘이나 두시게 되었으니 축하를 드려야겠소이다."

"아들인지 딸인지는 낳아봐야 아는 것 아니겠소?"

"아드님이 분명하겠지요. 완화군에 이어 왕가에 경사가 아닐 수 없습니다. 둘 중에 누가 대통을 이어야 할지 고민이 많으시겠습니다…"

대통이라니… 일순, 분위기가 착 가라앉고 말았다. 조성하가 대원군에게 섭섭한 마음을 가지고 있다는 사실은 어느 정도 알고 있었지만 공개석상에서 입에 담지 않았어야 할 금기사항을 발설한 것이다. 그리고 그런 말은 큰 아들 이재면이 들으면 속 터지는 소리 아닌가? 아버지가 자신을 젖혀 놓고 동생을 왕위에 앉힌 일도 섭섭한 일이 아닐 수 없는데 차기 대통까지 거론하다니… 하여간 방금 한 이야기는 곧 대원군의 귀로 들어갈 것은 불문곡직(不問曲直) 뻔한 노릇이었다.

"어흠! 어흠!"

어색한 분위기를 가라앉혀 보려는 이호준의 헛기침이 이어졌다. 잠시 후, 이호준의 호들갑이 이어졌다.

"아, 이 사람아. 어디서 무슨 이야기를 듣고 왔는지는 모르겠으나 그게 될 법이나 한 이야기인가?"

"뭐가 되지 못한답니까? 촌부들도 다 아는 이야기 아닙니까? 둘 중 누군가는 왕이 되지 못할 것이 당연한데 그런 문제를 왜 이야기하지 못한답니까?"

더 이상 이야기를 했다가는 무슨 사나운 이야기가 그의 입에서 나올지 모른다고 생각한 이호준이 조성하의 팔을 잡아끌고 밖으로 나갔다.

"이보게. 나가세. 술이 과했나보이"

# 47
# 난산

3일간의 극심한 산고 끝에 아이가 태어났다. 난산 끝에 낳은 아들이라 그런지 우는 소리가 매우 작아 모기 소리만 하였다. 아기를 받은 내의원 산파와 의녀들이 아기를 다 씻은 후, 한참 동안이나 아기를 보며 만지작거렸다. 고개를 갸우뚱거리는 의녀도 있었다. 잦아들어가는 정신을 겨우 부여잡고 민왕후가 입을 열었다.

"뭐가 잘못된 것이라도 있느냐?"

내의원 의녀 하나가 아기를 관찰한 결과를 민왕후에게 알려주었다.

"마마. 이 아이에게서 한 가지 없는 것이 있사옵니다."

"한 가지가 없다니 무슨 얘기냐…"

"예. 아기에게서 홍문이 보이지 않사옵니다."

"그게 무슨 말이냐?"

홍문이라니… 뭐가 잘 못 되었는가? 절대로 잘 못 되어서는 안 된다. 절대로… 정상아보다 몸무게는 조금 작았지만 아들 아닌가? 대통을 정식으로 이어갈 아들 말이다. 민왕후가 다시 물었다.

"홍문이 보이지 않는다는 게 도대체 무슨 말이냐?"

"예. 소인이 보기로는 있어야 할 곳에 있어야 할 것이 보이지 안 사온대 무엇이 잘 못 되었는지는 아직 알 수 없사옵니다."

"어린 아기라서 그런 게다. 너희들이 볼 수 없었을 것이다. 밖에 나가서는 절대로 그런 말을 해서는 안 되느니라. 알겠느냐?"

"예."

아무리 작은 인간이라도 있어야 할 곳에 있어야 할 것이 다 있어야 인간이 되는 것이다. 민왕후는 겁이 더럭 났지만 아기를 낳은 어미가 겁을 낸다면 걱정을 할 사람이 한두 명이 아닐 것이다. 우선 남편인 상감이 첫째고 자신을 믿고 왕비로 선택해 준 대원군과 부대부인 그리고 조대비와 세 분의 오라버니들에게도 큰 실례를 범하는 것이 된다. 어떻게 해서든지 잘 살려내어 완화군을 제치고 정식으로 왕통을 계승하여야 할 사명이 이 아기와 자신에게 있는 것이다.

'아가야, 걱정 마라. 어미가 널 끝까지 보살펴 줄 것이다.'

아무 것도 모르고 잠들어 있는 아기의 얼굴을 보면서 민왕후는 굳게 결심했다. 산파가 민왕후에게 아기에 관하여 고하였다.

"마마. 마마께서 젖이 부족하실 것으로 생각되어 사가에서 금방 아기를 낳아 젖이 풍부한 젖어미를 준비시켰나이다. 내일부터 젖어미를 들이리이까?"

"그렇게 하시오."

산파가 젖이 부족한 경우를 대비하여 유모를 준비시킨 것이었다. 산파가 방을 나가자 이번에는 다른 상궁이 들어왔다.

"마마. 대원군 합하와 부대부인께서 아기에게 먹일 산삼을 보내오셨사옵니다. 달여드리오리까?"

지난 번 완화군 때에도 산삼을 구해다 들였다더니 이번에도 산삼을 구하여 들인 모양이었다.

"저런, 고마울 데가… 그렇게 하세요."

말을 마친 민왕후는 정신을 놓았다. 깊고 깊은 잠에 빠져들었다. 꿈 속에서 아름다운 도라지 꽃밭을 달리고 있었다. 보라색 도라지 꽃이 가득 피어있는 천상의 정원이었다. 열 살짜리 소녀는 민왕후의 어릴 적 행복했던 모습이었다. 그때, 돌아가신 부친 민치록이 나타났다. '아버지!' 하고 부르려 하였으나 아버지는 성난 눈을 부릅 뜨고 자신을 바라보고 있었다. 공부를 덜 하려고 꾀를 부렸을 때의 화난 얼굴이었다. 아버지가 무서워 도망을 하며 민왕후는 도라지 밭을 달렸으나 발이 헛디뎌지며 아버지의 눈길을 피할 수가 없었다. 그때 알 수 없는 새소리가 들렸다.

"아. 버.지."

민왕후가 남은 힘을 모아 아버지를 불렀으나 그 소리는 입안에서 맴돌고 있었다. 다시 새소리가 들렸다. 어렴풋이 잠이 깨었는데… 그 소리는 아기의 울음소리였다. 너무 작아서 겨우 들릴락말락한 소리였으나 당직 의녀 둘이 급히 아기 쪽으로 다가와 아기를 관찰하려고 얼굴을 들이댔다. 한 의녀가 붓으로 기록을 시작했다.

"무슨 일이냐…"

겨우 정신을 추스리고 민왕후가 물었다.

"아기 울음소리가 너무 작사옵니다. 걱정되는 일이옵니다."

"네가 걱정할 일이 아니다!"

"예. 마마."

"산삼 달인 약제는 준비되었느냐?"

"예. 준비되었사옵니다."

"뭘 하느냐. 속히 가져오너라."

기록을 맡았던 의녀가 급히 밖으로 나가 탕제에 있는 산삼 탕약을 그릇에 받쳐 들고 방으로 들어왔다.

"조심해서 먹여야 한다. 너무 뜨겁게 해서는 아니 된다. 알겠느냐?"

"예."

의녀가 작은 은수저에 탕약을 떠서 자기 입으로 한참을 불어 식힌 후, 다른 의녀의 품에 안겨있는 아기의 입속으로 조심스럽게 탕제를 넣었다.

"됐다. 그만 하거라. 너무 많이 먹이면 오히려 좋지 않을 것이다."

아기가 땀을 흘리는 것으로 보아 힘이 드는 것이 분명했다. 민왕후가 다시 잠으로 빠져들자 의녀들도 조용히 물러나 방안에서 대기하고 있었다. 왕후가 계속하여 아버지를 부르는 것이 필시 악몽을 꾸는 것이 분명했다. 다음 날, 유모가 들어와 아기에게 젖을 물렸다. 몇 번이나 젖을 물리는 것을 실패한 유모가 가까스로 젖을 물리자 아기가 젖을 빨며 땀을 뻘뻘 흘리고 있었다.

"우리 아기… 왜 이렇게 땀을 흘리시는가?"

민왕후가 아기를 애처로운 눈초리로 바라보며 힘없는 목소리로 말했다. 유모가 민왕후에게 아뢰었다.

"마마. 아기가 젖을 빠는 힘이 너무 약하옵니다. 다른 아기들 같지 않사온데 어찌하오리이까?"

유난히 젖이 큰 젊은 유모가 민왕후에게 말하자 민왕후가 대답했다.

"너는 그냥 계속 먹이거라."

젖을 조금 빨던 아기가 이내 잠이 들었다. 유모가 물러나 밖으로 나가 대기 장소로 향했다. 다음날도 산삼과 유모의 젖이 들어갔다. 어제보다 더 적은 양의 젖을 빨던 아기가 이내 잠에 떨어졌다. 나흘째 되던 날, 의녀 한 명이 아기의 얼굴을 유심히 바라보다가 잠이 덜 깬 민왕후에게 고하였다.

"마마. 송구하오나 아기마마의 숨소리가 들리지 않는 것 같사옵니다. 이를 어찌 하오리이까?"

"그럴 리가 있겠느냐. 다시 잘 살펴보아라!"

숨이 없다면 죽었다는 말인가? 가슴이 철렁 내려앉는 이야기였다. 민왕후가 다급한 목소리로 의녀들을 다그쳤다.

"마마. 황공하오나 숨결이 없는 줄 아뢰옵니다."

이게 무슨 이야기란 말인가? 아기가 죽기라도 했다는 말인가? 의녀 두 명이 하얗게 질린 것이 필시 무슨 큰 일이 벌어진 것이 분명했다. 민왕후가 벌떡 일어나서 아기의 얼굴에 귀를 갖다 대었다. 아무 소리도 들리지 않았다. 심장에서도 아무 반응이 없었다. 죽은 것이 확실했다. 몸도 식어 있었다. 어떻게 낳은 아기인데… 대통을 이을 아기가 죽을 수 있단 말인가? 민왕후가 두 의녀를 쏘아보며 말했다.

"이 무슨 조화냐?"

"황공하옵니다."

의녀가 죽어가는 목소리로 대답을 하였다. 그 목소리도 다 듣지도 못하고 민왕후는 눈앞이 하얗게 변하더니 하얀 정신이 한 점으로 모이면서 눈앞에서 가물가물 사라져갔다. 먼 데서 마마! 마마! 하고 외치는 소리가 들렸다. 잠시 후, 다시 눈을 뜬 민왕후가 의녀를 향하여 다그치듯 소리를 질렀다.

"아기가 왜 죽었느냐? 왜? 왜?"

울부짖는 소리가 바깥까지 크게 들렸다. 대통을 이어갈 아기가 죽다니 이는 필시 무슨 사연이 있음이 분명했다. 완화군 쪽의 음모일 수도 있었다. 그러고 보니 대원군이 완화군을 다음 대를 이을 대통으로 정한다는 소문을 들은 것이 새로이 마음으로 다가왔다. 왕통을 이을 아들은 둘이 있으면 안 되는 것이다. 대원군의 사랑채에서도 요즘 그런 이야기들을 나눈다 하지 않았는가? 의심되는 것은 단 하나! 운현궁에서 보내준 산삼이었다. 보약도 몸이 약한 사람에게는 극약이 될 수 있다 하지 않았는가?

"운현궁이다… 나를 이 지경으로 만든 사람은 운현궁이야…"

# 48

# 음모

"오라버니, 너무 억울합니다."

민왕후가 민승호를 비롯한 세 형제를 앞에 놓고 눈물을 찔끔거리며 말했다. 억울하다니 무엇이 억울하다는 말인가?

"분명 운현궁에서 보내온 산삼 때문에 우리 원자 아기가 죽은 것입니다. 운현궁이 이를 알고 보낸 것이 틀림없습니다."

산삼 때문에 죽은 것이라고 굳게 믿고 있는 민왕후에게 달리 해줄 말이 있겠는가? 산삼도 하나의 사인이 될 수도 있겠으나 남들은 없어서 못 먹이는 산삼을 먹고 아기가 죽었다는 것이 말이 되는가? 사리에 맞지 않는 이야기였다. 영특하고 똑똑한 왕비도 이런 면이 있었구나! 민승호가 가족을 대표해서 말했다.

"마마. 너무 심려 마시옵소서. 상감과 마마의 보령이 아직도 젊으시고 창창하시온데 크게 걱정하지 마시옵소서. 다 하늘의 뜻이라 여기시옵소서."

"아닙니다. 오라버니가 모르시고 하는 말씀이세요. 나는 직감적으로 벌써 알고 있었습니다."

'직감적으로 알고 있으셨다면 왜 먹이셨는가?' 하는 이야기를 가까스로 참고 민승호가 다시 입을 열었다.

"마마. 마마의 심려가 너무 깊으시면 상감께서도 걱정을 많이 하실 것이오니 이쯤에서 마음을 잡으시옵소서."

그저 상감을 들먹여야 사태가 진정될 것이었다. 애꿎은 운현궁을 마냥 나무랄 수만은 없었다. 이제는 현실로 돌아와야 했다. 이조참의 민규호가 오늘의 주제를 꺼냈다.

"상감의 보령도 이제 이십이 다 되셨습니다. 이제는 상감께서 직접 국정에 나서셔야 하실 보령이옵니다."

"그렇습니다. 이제는 섭정이 아니라 상감께서 직접 나서셔야 할 것입니다."

민왕후가 말을 받고 나섰다. 합리적으로 대원군에게 복수하는 것, 그것만이 형제들의 동의를 얻을 수 있다는 것을 민왕후는 잘 알고 있었다. 그래서 재빨리 말을 가로채고 나선 것이다.

"제가 상감과는 그런 이야기를 여러 번 나누었습니다."

"벌써요?"

민승호가 눈을 크게 뜨고 달려들었다.

"예. 오라버니. 우선 큰오라버니를 제대로 상감을 보위하실 자리에 등용하자고 주청을 드렸습니다."

"그렇습니까?"

민승호가 다시 한 번 크게 놀라며 민왕후를 바라보았다. 이제 결론은 정해진 것이다. 그런데 어떻게 하면 호랑이 목에 방울을 달 수 있을 것인가? 그 방법만 남은 것이다. 반란은 아니고 이제 제대로 가자는 것이다. 제대로 가자는데, 누가 막을 것인가? 정답은… 대원군과 그 일파이다. 권력이 사라지는데 가만히 물러날 사람이 있겠는가? 권력 앞에서는 피도 눈물도 통하지 않는다고 하지 않았던가? 누군가 총대를 메야 할 사람이 필요한 것이다. 그 자가 총대를 메고 일을 벌이면 수습하는 척 하면서 본진이 나서서 정리를 하면 되는 것이다. 그러면 누가? 민승호? 아니다. 민규호? 너무 닳았다. 민겸호? 아직 세상 물정을 잘 모른다. 적어도 세 사람은 아니다. 그 중 정치 밥을 제일 많이 먹은 민규호가 나섰다.

"왕후마마! 아직 그런 일을 벌이기에는 우리 쪽에 사람이 너무 없사옵니다. 이런 큰일에는 모사꾼뿐만 아니라 간자도 필요할 것이요, 앞서 나가는 선도자도 필요한 것입니다. 우리 세 사람의 힘만으로는 역부족이옵니다."

"나도 그렇게 생각합니다."

민왕후가 다시 명철한 머리로 돌아왔다.

"어찌하면 좋겠소?"

한동안 꿀 먹은 벙어리로 앉아 있던 민승호가 한 가지 안을 내었다.

"대원위합하에게 가장 앙심을 품고 있는 조성하 대사성을 만나볼 작정입니다. 그 자가 모사도 있고 지혜도 있는 자라 들었소이다."

회의의 결과물이 하나 도출된 것이다. 회의가 이래야지… 결과물 없이 끝나는 일이 너무 많지 않은가? 그런 회의는 다 필요 없다. 오히려 뭔가 일을 하고 있다는 그릇된 의식만을 심어주어 문제 해결 기회만 잃게 되는 것이 대부분의 회의다. 이제 결론이 내려졌으니 즉시 행동에 옮기는 것이 순서다. 민씨 형제의 장점은 바로 그런 것이다. 머리가 모자라면 몸으로 뛰면서 메우면 되는 것이 세상 이치이다. 세 사람은 즉시 조성하를 만나러 성균관으로 달렸다. 오히려 민왕후가 더 극성이시다. 세 사람의 뒤통수에 대고 외친다. 빨리 갔다 와서 결과를 보고하라고…

"오늘 대사성을 만나러 온 목적은…"

"목적은 말할 필요가 없겠습니다. 문제는 방법이지요…"

조성하가 말을 꺼내자마자 이상한 방식으로 이야기를 한다.

"아니, 그게 아니라, 오늘 대사성을 우리가 만나러 온 목적은…"

"운현궁이지요?"

조성하는 이미 다 알고 있었다는 듯이 말을 이어갔다.

"민왕후께서 나를 찾아가 보라고 말씀하셔서 찾아왔지요?"

"아니, 그걸 어떻게 아셨습니까?"

조성하, 이 자가 조금은 특이한 자라고는 생각했지만 이렇게 보통이 훨씬 넘는 자인 줄은 정말 몰랐다.

"이제 운현궁도 그만 물러날 때가 되지 않았습니까? 상감의 보령이 몇이신데요?"

그랬다. 상감의 나이가 스물이 넘었으니 이제는 수렴청정(垂簾聽政)을 거두어도 벌써 거두어야 할 보령인 것이다. 문제는 방법인데…

"그래서 제가 방법을 생각해 두었습니다."

"아, 그래요? 좋은 방도가 있습니까?"

삼형제가 일시에 달려들자 조성하가 잠시 주춤하며 놀라다가 이내 입을 열었다.

"지금 성균관 유생들의 의견은 대원군의 통치가 올바르지 않음을 지적하고 있습니다. 이런 의견은 곧 상소문으로 전달될 것이온데, 이것이 전달되는 과정과 절차가 대단히 중요합니다. 일개 유생이 상소문을 전달한다면 그저 휴지통으로 가기 십상입니다. 보다 강력한 인물이 이 일을 맡아 해 주어야 합니다."

"그게 누굽니까? 대사성 당신입니까?"

"나요? 허허허"

대사성이 껄껄 웃으며 다시 말했다.

"아이구. 원. 순진하기도 하셔라… 그런 걸 제가 보낸다면 유생의 우두머리쯤으로 여길 것이니 무슨 소용이 되겠습니까?"

"그럼 누구란 말이요?"

성질 급한 민겸호가 다그치며 물었다.

"면암이오!"

면암 최익현은 대원군에게 경복궁 중건과 당백전의 발행을 적극적으로 말리던 인물이다. 국책사업에 대하여 감히 상소문으로 반대를 표했다가 사간원의 탄핵을 받아 제주도로 유배가 있는 인물이다. 그런 인물이라면 이런 일에 총대를 멜 만한 강골로 적임자였다.

"그렇소!"

민승호가 무릎을 탁! 치며 크게 소리 내었다. 아직 최익현의 존재의미를 잘 모르는 두 사람은 무슨 영문인지 몰라서 민승호의 얼굴만 바라보았다.

"최익현! 그 자라면 충분히 해 낼 것이오. 그런데 제주도에 유배 중인데 어떻게 하면 좋겠소?"

"유배를 풀고 한양으로 올라오도록 발령을 내시오. 동부승지로 발령낸다면 좋은 결과가 있을 것이오."

"동부승지라…"

민승호가 중얼거리며 일어났다. 일어나는 민승호와 두 사람을 잠시 바라보다가 조성하가 한 마디 보탰다.

"조대비도 이미 알고 계시오!"

그 한마디에 세 사람은 일어나던 동작 그 자세로 한동안 얼어붙어 버렸다.

## 2권을 읽기 전에…

대한제국이 설립된 지 백 년이 지났다. 그동안 우리에게는 많은 일들이 있었다. 고종황제의 궁궐에는 당시 상상할 수 없이 많은 황금이 있었다. 그 많던 황금은 다 어디로 사라졌을까? 조선황실은 금광채굴권, 홍삼전매권 등 국가기간산업을 독점적으로 관리하고 있었다. 거의 수백 년간 축적된 자본이 있었으며 특히 영 · 정조 시대에는 현명한 정치와 착실한 경제운용으로 대중, 대일 수출까지 활발한 시기였으므로 황금의 축적은 이전 시대와는 다른 엄청난 규모였다.

일본인들이 다 가져갔을까? 일본이 한국을 침탈한 이유는 오직 한국으로부터 수탈을 하기 위해서였다. 내 경험으로 보건대… 다른 이유를 대는 사람들은 뭔가 불순한 목적이 있는 자들로 보면 틀림없다. 즉, 일본의 엘리트들은 한국으로 진입해서 왕릉 하나만 잘 도굴하면 엄청난 보물이 쏟아져 나왔기 때문에 로또에 당첨된 것처럼 팔자를 고칠 수 있었다. 그렇게 해서 형성된 것이 일본 지도층이다. 당시의 일부 일본인들은 왕릉도굴사업에 대한 부작용을 염려하여 이를 경고하는 발언들을 몇 차례 쏟아냈지만 그 소리는 이내 모기소리처럼 사그라들었고 너도나도 도굴로 팔자를 고치는 일에 앞장섰다. 경고 발언도 사실은 국익차원에서 부작용을 염려한 것이었지 수치심을 느껴서 그런 발언을 한 것은 아니었다. 수치심이란 그 나라에서는 존재하지 않는 개념이었다. 오직 동물적 성공, 실패 개념만 존재했을 뿐, 인간의 올바른 도리는 알 수도 없었던 국가였다. 그래서 누가 도굴로 거부가 되었다는 소문이 나돌면 너도나도 보따리를 싸들고 조선으로… 조선으로… 진출한 것이 구한말과 일제시대의 실체적 진실이다. 이런 최악의 국가를 이웃나라로 두고 있었던 것이 조선의 특수한 운명이었다. 나쁜 놈들….

대한제국 부활의 기미가 보인다. 우선 몇 분의 황손이 황실을 살리자고 주장하기 시작했다. 아니, 시작이 아니라 이미 십 년도 넘었지만 아직 시작이라는 말을 쓸 수밖에 없다. 무슨 시작이 이리 긴가? 그렇다! 시작이 긴 이유는 앞으로 전개될 그 본체가 어마어마한 규모이기 때문이다. 천 년을 넘게 지속될 제국의 역사가 지금 시작되고 있는 것이다. 그리고 그 씨앗은 이미 백 년 전에 고종황제께서 뿌려두신 것이다. 우리나라는 한번 개국하면 최소 오백 년에서 천 년을 지속한다. 우선 신라와 탐라가 천 년이 넘지 않았는가? 사실은 천 년이 넘은 나라가 또 있지만 아직 역사연구가 제대로 되지 않아 밝혀진 것이 많지 않다. 그 외에도 단군조선이라든가 환국도 연대를 알 수 없을 정도로 엄청난 역사를 가지고 있으나 역사연구가 미진한 실정이다.

천 년을 지속한 나라가 우리나라 땅의 나라 외에 지구상의 또 어디에 존재하는가? 신라와 고려, 조선의 국가연결은 하나의 내부 혁명이라고도 볼 수 있으니 이천 년 제국이라고도 말할 수 있다. 그 화려했던 로마도 따지고 보면 불과 몇백 년이고 그 이후에는 체계상으로 볼 때, 나라라고 할 수도 없는 후신국들이다. 우리가 천년제국을 꿈꾸는 데에는 다 근거가 있다. 나라 역사가 길다고 자랑하는 것이 아니다. 역사를 길게 이끌어갈 수 있었다는 것은 그만큼 어떤 구체적 이유가 있었다는 실증적 근거가 된다. 로마가 몇백 년을 지속한 이유는 법과 제도라는 '로마정신'이 있었기 때문이었다. 로마가 멸망한 것은 목욕탕을 많이 지었기 때문이 아니고 그 '로마정신'을 잃었기 때문에 스스로 멸망한 것이다.

천년제국을 부활시키려면 가장 필요한 것이 무엇일까? 자금? 그렇다 자금일 수 있다. 돈이 있어야 역사연구도 하고 드라마도 만들어서 고종황제의 일그러진 모습도 제대로 바로 잡고 일제강점기란 말도 역사책에서 몰아내고 독립투쟁기라는 말로 바꿀 수 있다. 그러려면 자금 즉, 연구, 홍보비 등이 필요할 것이다. 그러나 돈은 있다. 그때를 대비해서 고종황제는 엄청난 비자금을 우리 후손들에게 물려주신 것이다. 우리가 단지 그 돈을 쓸 수 없는 이유는 우리 쪽에서 준비가 안 됐기 때문이다. 그러면, 무슨 준비를 해야 하는가? 우리가 먼저 해야 할 준비는 바로 잃어버린 '한국혼'의 부활이다. 한국혼, 한국정신이 부활하고 나면 제국이 부활하는 것이다. 자금이 준비되었다고 해서 제국이 부활하는 것은 아니다. 황제는 지금 '한국혼'의 부활을 기다리고 계신다.

고종 같은 탁월한 황제를 우리 역사에서 모실 수 있었다는 것은 우리 민족에게 크나큰 축복이다. 고종황제가 그렇게 강력하게 버티지 않았다면 한일합방은 수십 년 일찍 진행되었을 것이다. 합방 후에도 고종의 지도력을 잘 아는 일제는 조선에서 함부로 수탈을 하지 못하였고 그를 독살시킨 후에야 마음 놓고 수탈을 하며 중국 침략과 태평양전쟁을 일으킬 수 있었다. 세계 역사에 이런 역할을 한 지도자는 드물다. 고종이 없었다면 아마 일본은 삼십 년 미리 전쟁을 준비하였을 것이고 이차대전에서 승리하여 세계는 지금 미국과 일본 두 나라로 개편된 지옥의 세상이 되어있을 것이다. 그렇게 나쁜 짓을 하고 패전을 했는데도 역사의 원흉인 이등박문의 탄생 백주년을 시대의 영웅으로 화려하게 조명하고 있는 것이 지금의 일본이란 나라 아닌가! 그러니 승리했더라면… 생각만 해도 끔찍하다. 그것을 고종이 무슨 힘으로 막아냈는가? 그것은 군대의 힘이 아닌 정신가치의 힘이었다. 개항 당시, 근대화의 순차적 도입으로 인하여 물리적 힘이 약해 35년간 잠시 국권이 정지된 것은 역사에서 그리 큰 흠이 아니다. 그보다 더 큰 문제는 선조들이 목숨을 다해 지켜내려고 노심초사(勞心焦思)했던 한국혼의 상실과 오염이다. 고종황제는 조선의 마지막 왕이자 조선보다 먼저 있었던 환국의 후신인 대한제국을 여신 개국 황제다. 잃어버린 우리의 정신가치와 한국혼을 부활시킨 선각자였다!

대한황실이 부활되면 우리나라의 정신도 부활될 것이다. 지금은 이런 주장이 별로 설득력을 못 얻고 그저 흥미 위주로, 작가의 상상력의 발로로만 여길 것이다. 그러나 십 년만 기다려 보라. 내가 장담한다. 아마도 구체적 움직임들이 곳곳에서 발현될 것이다. 그리고 나서 십 년을 더 기다리면 실체적 모습이 하나 둘 구현될 것이다. 그 실체적 모습의 최종 형태는 고종황제께서 백 년 전 건국하려고 하셨던 '대한'이라는 정신적 제국이다.

이 소설이 있기까지의 이유인
황금의 존재를 생각하게 된 근거 22가지

1. 대원군이 정권을 잡을 당시, 자신의 권력 기반이 취약하였음에
도 불구하고 자신의 권력을 약화시킬지도 모를 경복궁 대역사를
무리하게 추진한 점. (궁궐 창고에서 우연히 발견된 엄청난 분량의 왕실
금괴를 가장 안전하게 보관하기 위한 방법으로는 궁궐을 새로 짓고 궁궐 지
하에 비밀장소를 만들어 금괴를 보관하는 방법 외에는 없었을 것이다.)

2. 경복궁을 중건하면서 특별한 이유 없이 대화재 사건이 자주
일어난 사실. (금괴가 궁궐 지하에 숨겨지는 과정에서 금괴의 존재가 소수
의 외부인에게 노출될 수밖에 없었으며 이 사실을 알게 된 자들이 비밀리에
이를 탈취하려고 난동을 일으키다 실패함.)

3. 대원군이 실각하자 즉시 권력의 핵심인 민왕후를 시해하기 위
한 폭발물 투척사건이 바로 민왕후 침소 근거리에서 일어났다는
사실. (이 당시, 경계가 삼엄했을 때인데도 이런 황당한 폭발물 투척 사건
이 일어났다는 것은 궁궐 건축 당시 금괴 보관을 위한 비밀 지하통로를 설

계하지 않았다면 일어날 수 없는 사건이다.)

4. 대원군이 죽음을 앞두고 특별한 이유 없이 자신의 정적인 아들, 고종에게 최후면담을 끈질기게 요청한 사실. (금괴의 존재를 아들에게 알리기 위한 최후의 몸부림이었다.)

5. 대원군이 실각을 하였음에도 불구하고 정치 일선에서 계속적으로 활동할 수 있었던 점. (당시의 정치는 금력으로 할 수밖에 없었는데 막대한 정치자금의 뒷받침이 없었다면 불가능했을 일이었다.)

6. '비원(秘苑)' 이란 이름의 명명과정 (고종이 대원군으로부터 유산으로 받아 창덕궁 후원에 깊이 묻어 둔 금괴항아리를 일제가 찾아내지 못하자 아쉬움에 붙인 이름이란 말은 매우 타당성이 있다.)

7. 순종·영친왕·의친왕은 고종도 죽고 나라가 없어졌음에도 불구하고 돈에 쪼들리지 않고 살았다는 점. (영친왕은 아카사카에 대저택을 지을 정도로 돈이 충분했고 당대 최고가의 미술품을 많이 사들였으며 최근에 영친왕컬렉션이 발견되었고 고종의 다른 아들들도 모두 최신 외제차에 운전기사를 두는 등, 풍부한 자금을 보유한 이유는 상당량의 금괴를 조상으로부터 물려받았기 때문이다.)

8. 의친왕이 여러 여인들과의 사이에서 여러 명의 자녀를 둘 수 있었던 경제력은 고종으로부터 충분한 금괴와 자금을 유산으로 물려받았기 때문에 가능했다. (일제의 경비관계철에 따르면 의친왕은 한때, 거의 매일 조선 최고의 음식점인 명월관에 출입을 할 수 있었을 정도의

막대한 재산가였다.)

9. 대원군이 죽자마자 엄황귀비가 그동안의 현안이었던 학교 세 개를 설립할 막대한 자금을 즉시 확보하고 실행에 옮긴 점. 그리고, 그 당시 돈이 궁했던 도쿄의 의친왕에게도 엄황귀비로부터 거액의 학비가 전달된 사실. (당시 대원군의 막대한 유산이 없었다면 불가능한 일이었을 것이다.)

10. 무엇보다도… 대원군이 정계 은퇴 이후에도 계속하여 자신의 친아들의 정권을 빼앗기 위하여 비정상적으로 노력한 점. (지하창고 의 금괴를 안전하게 확보하기 위해서였다고 의심해 볼 수 있는 대목임.)

11. 헐버트가 노령임에도 불구하고 굳이 대한민국으로 귀국을 강 행하여 사망한 사실. (독일은행의 채권을 고종의 후손에게 전달하기 위 하여 귀국한 것이라고 볼 수 있다. 그 채권은 현재, 미국 어디엔가 남아있다 고 추정됨.)

12. 고종황제의 곁에 있다가 벼락부자가 된 사람이 유난히 많았 다는 점. (고종은 대원군 서거 이후, 대원군으로부터 물려받은 금괴가 풍부 하여 이를 해외의 독립투쟁단체나 조선 의병의 무기구입에 지원하였을 개 연성이 매우 크다. 제국군의 해체 이후 일제히 일어났던 의병들에게 풍부한 자금이 있었으나 무기를 구하지 못하여 총의 구입을 외국인에게 부탁했다 는 사실은 외국의 신문기자들에게도 확인된 사항이다. 또한 독립투쟁기에 궁궐 내직에 있었던 사람 중, 뚜렷한 근거 없이 벼락부자가 된 사람이 많이 있었는데 이는 고종이 국내외 독립투쟁 단체에 보낼 자금을 전달하지 못하

여 본의 아니게 착복하였거나 보관 또는 횡령의 의심이 있다.)

13. 내장원경 이용익의 예금된 재산을 놓고 수십 년간 일제하에서 법정투쟁이 있었던 사실. (고종의 자금이 상당 부분 포함되어 있을 가능성이 크다.)

14. 한국은 일제 말, 세계 제4위의 금 생산국가였다는 사실과 신라왕의 왕관이 금관이었고 금동불상이 흔했다는 점. (금생산을 통하여 대규모의 금괴 형성이 가능할 수 있었던 기본적인 토양)

15. 헐버트와 잘데른에 의해 독일은행에 예치된 500억 원의 자금과 이 은행 예치증서 일부가 일제에 의하여 비밀리에 환전된 사실. (이는 고종의 자금)

16. 의친왕이 만주로 탈출을 시도할 때에 자신의 몸에 프랑스은행의 증서를 가지고 떠난 사실. (고종으로부터 물려받은 자금)

17. 독립투쟁기 초기, 간도지역에서의 독립투쟁이 매우 활발하게 전개되어 일제에 대단히 큰 타격을 입히고 일본의 대륙침략을 수십 년간 저지시킨 점. (막대한 자금과 전략이 투쟁단체에 흘러들었기 때문에 총기구입이 가능했을 것이고 이런 자금과 전략은 독립투쟁의지가 강렬했던 고종과 의친왕의 주머니에서 나왔다고 생각할 수 있음.)

18. 정조가 규장각을 설립하고 수원화성을 건축한 이후, 대규모의 인원을 이끌고 수원화성 행차를 실시하고 무력부대를 양성할

수 있었던 것은 영조 때부터 발달되어 본격적으로 축적된 금광산업 발달의 자금력의 뒷받침이 있었기 때문으로 볼 수 있다. (정조 시절, 갑자기 국력이 강해진 이유가 무엇인지 생각해 보았는가? 정조의 급서로 비장의 금괴는 60년간 사라진다.)

19. 조선시대 모든 금광의 소유권은 대한제국 시절까지 왕실의 소유였다.

20. 고종이 황실소유의 금괴 85만 냥을 12개의 항아리에 나누어 비밀장소(비원 혹은 창덕궁 후원)에 매장한 후, 보물지도를 갖고 해외 탈출을 준비하다가 발각되어 독살되었다는 이지용의 증언기록.

21. 춘천의 김유정문학촌에 가보면 금병산 자락의 삼포 개울가에서 사금을 채취했다는 기록을 볼 수 있다. 이런 식으로 전국의 모든 개울가에서는 오래전부터 사금을 채취했다는 기록과 이야기가 발견되고 있으며 이 결과로 신라의 찬란한 황금문화가 만들어진 것이다. 이집트 도서관 소장문서기록에 의하면 '해동의 신라는 황금이 풍부해 개도 금목걸이를 하는 나라' 라고 소개된 기록이 있다. 한국인이 한반도에 정착하게 된 동기도 바로 풍부하게 채취할 수 있는 황금, 사금의 기회가 그 이유 중 하나가 아닐까 추정된다. 이렇게 하여 채취된 황금은 수백 년간 여러 경로를 통하여 왕실창고로 모아졌을 것이다. 고종과 명성황후의 신임을 얻은 내장원경 이용익도 함경도 갑산에서 채취한 송아지만한 황금을 조정에 바쳐 출세에 이용했다는 이야기가 있을 정도로 황금 채취가 많은 나라였다.

22. 무엇보다도 지난 백 년 간 경복궁 지하에 대량의 금괴가 묻혀 있고, 이 금괴는 대원군이 경복궁 중건을 할 당시에 묻었다는 소문이 꾸준히 나돌았다는 점. (나이든 사람은 웬만한 사람이라면 다 아는 소문인데 단지 물증을 발굴할 수 없을 뿐이다.) 신안 앞바다의 보물선 소문도 지난 50년간 꾸준히 나돌다가 드디어 눈앞의 사실로 발굴이 되었던 사례가 있지 않은가!

# 황제 ❶

초판 1쇄 인쇄일    2009년 11월 25일
초판 1쇄 발행일    2009년 11월 30일

지 은 이    문 영 (본명: 박문영)
만 든 이    이정옥
만 든 곳    평민사
            서울시 서대문구 남가좌2동 370-40
            전화: (02)375-8571(代)  팩스: (02)375-8573

**평민사 모든 자료를 한눈에 —**
http://blog.naver.com/pyung1976
이메일: pyung1976@naver.com

등록번호    제10-328호

ISBN    978-89-7115-545-5    04800
ISBN    978-89-7115-544-8    (전3권)

ⓒ문영, 2009

정 가    10,000원